영조의
세 가지
거짓말

초판 1쇄 인쇄_ 2010년 3월 17일 | 초판 1쇄 발행_ 2010년 3월 22일
지은이_김용관 | 펴낸이_진성옥 · 오광수 | 공급처_꿈과희망 | 펴낸곳_올댓북
디자인 · 편집_김창숙, 박희진 | 마케팅_김진용 | 인쇄_보련각
주소_서울특별시 용산구 원효로 1가 112-4 디아뜨센트럴 217
전화_02)2681-2832 | 팩스_02)943-0935 | 출판등록_제1-3077호
http://www.dreamnhope.com| e-mail_ jinsungok@empal.com
ISBN_978-89-90790-95-8  03810 | 값 13,000원
ⓒPrinted in Korea. | ※ 잘못된 책은 바꾸어 드립니다.

※ 올댓북은 꿈과희망의 브랜드명입니다.

드라마를 통해 재조명되는 영조의 출생 비밀!!

# 영조의 세가자 거짓말

김용관 지음

올댓 **book**

# 경희궁 태령전의 비밀

영조의 세 가지 거짓말, 그 가운데 두 가지는 그리 큰 문제는 아니다. 어느 시대나 왕이란 무소불위의 권력을 차지하기 위해 형이나 아우를 죽이는 일, 심지어 자식을 죽이는 일이 비일비재했다. 영조 뿐아니라 다른 조선의 임금들도 저지른 만행이었다. 그러니까 이 책은 영조가 집권을 위해 이복형 경종을 독살하고 등극했으며(두 번째 거짓말), 아들 사도세자가 나경언의 고변처럼 패륜을 저질러 뒤주 속에 가둬 죽일 수밖에(세 번째 거짓말) 없었다는 사실을 의심하는 내용이다. 이것은 논란의 여지가 있지만 이 책에서는 좀 더 심도 있고 객관적인 사실을 바탕으로 주장하고 있다.

필자는 영조라는 한 인물을 파악하기 위해 『조선왕조실록』의 숙종과 경종, 그리고 영조 시대를 적어도 세 번 이상 읽고 의심나는 부분은 메모하면서 정독을 했다. 두 번째 거짓말은 여러 정황 뿐아니라 실록에서도 상당 부분 영조에게 혐의를 두고 기술하고 있다. 영조가 형 경종을 독살하려는 역모 수괴 혐의로 기록된 '목호룡의 고변사건' 내용들을 영조 스스로 불태웠지만 실록은 상당 부분 객관적으로 기술해 놓고 있다. 세 번째 거짓말, 즉 사도세자가 '나경언의 고변' 처럼 패륜과 비행, 그리고 반란을 일으켜 아버지를 시해하고 정권을 탈취하려고 했다는 주장 역시 영조의 판단력 착오, 혹은 아들을 죽여서라도 얻고자 했던 왕의 권력욕이었음이 드러난다.

그러나 무엇보다 충격적인 것은 영조 집권 52년 동안 내내 가슴을 졸이며 스스로 두려워했던 괘서들의 내용, 즉 '영조는 숙종의 아들이 아니다' 라는 사실이다. 1728년 3월 15일 발발한 '이인좌의 난' 은 영조라는 임금을 인정하지 않는 반란이었다. 규모도 삼남지방을 중심으로 20만 명 이상이 참가했다. 경종의 계비 선의왕후는 반란군에게 내린 언문교서에서 '왕실의

씨가 바뀌었으니 바로 잡아라!' 라는 반란의 정당성을 확인하는 글을 내렸다. 그로 인해 반란이 진압된 뒤 1730년 4월 15일에는 대궐에 괴한이 침입해 영조를 죽이려 한 사건에 그녀가 연루되었다는 억울한 누명으로 유폐된 뒤 화를 참지 못하고 스스로 음식을 일체 거부하다 결국 굶어 죽었다. 그것이 1930년 6월 29일 일이었고 그녀 나이 고작 스물여섯이었다.

영조가 숙종의 아들이 아닐 것이라는 소문은 당시 18세기를 살던 조선의 백성들에게는 너무 흔한 유언비어였다. 《영조실록》 전체에서 '괘서 출현'이란 기사들은 총 190차례나 등장한다. 그 내용들이란 '영조의 출생의 의혹'과 '선왕 경종의 독살설'이 대부분이었다. 영조는 죽기 직전까지 이런 내용의 괘서를 발견하면 먼저 불태운 뒤 내용을 보고하지 말고 그저 '차마 입에 담지 못할 글'이란 용어로 통일해 보고하게 했다. 영조는 괘서 내용을 입으로 보고하거나 문서로 남기는 자는 중한 죄로 다스렸다.

1776년 3월 5일, 영조는 83세 일기로 숨을 거두었다. 그는 죽기 직전 손자 정조에게 유언을 남긴다. 그것은 경희궁 태령전(泰寧殿)에 가면 작은 궤(櫃)가 하나 있는데, 그것을 재궁(임금의 관) 옆에 놓아둘 것을 지시한 것이다. 그 궤를 열어 본 정조는 슬픔이 복받쳐 통곡을 했다. 그 궤에는 영조가 평생 숨기고자 했던 세 가지 거짓말이 고스란히 담겨 있었다. 궤 속에 담긴 세 가지 유물은 이렇다.

영조 자신의 어진. 그리고 어머니 숙빈 최씨의 한성부 여경방 탄생을 알리는 호적단자(戶籍單子). 또한 영조가 여섯 살 때(1699년) 숙종이 친필로 '아들 금(昑)을 연잉군(延礽君)으로 봉한다'는 어찰.

지금도 경희궁 태령전에 가면 유리관 진공포장 속에 영조의 어진이 방문객들을 맞이하고 있다. 영조는 평생 세 가지 유언비어, 혹은 거짓말을 껴안고 살았던 임금이다. 그는 죽기 직전까지 경희궁 태령전에서 혼자만의 시간들을 자주 가졌다.

필자는 그곳에서 혼자 그 작은 궤를 열어보고 눈물지었을 영조를 생각하며 이 글을 기획했다.

첫 번째 무대

출생의 비밀

# 대감은 선왕의 아들이 아니오

"대감은 선왕(숙종)의 아들이 아닙니다." 1728년 이인좌가 죽기 전 한 말이다. 경종의 계비이며 영조의 형수 선의왕후는 언문 교서를 통해 "씨가 바뀌었으니 바로 잡아라!" 이런 지시를 반란군에게 내렸다. 정말 영조는 누구의 아들일까?

영조는 숙종의 아들이며, 경종의 동생이다. 조선 21대 임금 영조는 1694년(숙종 20) 9월 13일에 태어났다. 이름은 '금'이다. 이것이 우리가 알고 있는 영조라는 인물의 공식적인 정보다. 그런데 영조가 숙종의 아들이 아닐지도 모른다는 말들이 있다. 이 이야기는 오늘날보다 300년 전 조선에서 더 광범위하게 전파되어 있었다.

그 무렵에 살던 조선의 백성들은 영조가 숙종과 얼굴이 전혀 다르다고 알고 있었다. 이복형제이지만 경종과도 전혀 다른 모습의 영조, 그는 역대 조선의 군주와도 전혀 다른 얼굴을 하고 있었다. 아쉽게도 영조의 얼굴과 비교할 경종이나 숙종의 모습을 우리는 볼 수 없다. 조선의 임금 가운데 어진이 남아 있는 인물은 태조 · 영조 · 철종 · 고종이다. 고작 4명의 어진만이 오늘날 전해진다. 그런데 별로 없는 임금의 어진 가운데 영조는 두 개의 다른 모습을 우리에게 남겨 주었다. 젊은 시절, 그러니까 스물한 살(1714년) 왕자 시절 모습이 하나이고, 또 하나는 영조 나이 쉰한 살(1744년) 재위 20년 만에 그린 어진이 지금 우리에게 전해지고 있다.

한국전쟁 당시 부산 창고에 보관 중이던 어진들이 화재로 소실되었지만 영조의 젊은 시절 왕자의 초상은 오른쪽 3분의 1은 불에 탔지만 얼굴은 온전히 볼 수 있다. 옷은 왕자의 정복 차림이다. 짙은 눈썹은 약간 위로 올라갔지만 전반적인 표정은 차분하다. 아니 차분하다 못해 침울하다. 화가는 초상화를 그릴 때 그 사람의 마음을 담기 위해 애를 쓴다. 연잉군은 당시 궐 밖에서 살고 있었다. 1713년 숙종이 왕위에 오른 지 40년, 신하들은 전하의 어진 모습을 그림으로 남겨 달라는 청을 한다. 숙종은 자신의 모습 뿐아니라 왕자들 모습도 화폭에 담을 것을 어진화가들에게 지시했다.

우리가 영조의 얼굴과 조선의 역대 임금 가운데 유일하게 비교할 수 있는 그림은 태조의 어진이다. 두 사람의 얼굴 골격은 물론 시간이 너무 오래 지나(350년) 비교한다는 것은 무리일 수 있지만 너무 다른 것을 느낄 수 있다. 태조는 둥근 얼굴형인데 비해 영조는 갸름하다. 또

14

한 대개 어진이 몸 전체가 표현되어 있지만 영조 어진은 상반신만 표현하고 있다. 왜일까? 태조의 어진을 보면 전체적으로 기골이 장대한 무인 기질이 드러난다. 하지만 영조, 아니 연잉군 시절 그림을 보면 전체 몸에서 가늘고 여린 몸이 드러나고 있다.

영조가 숙종의 아들이 아닐 것이란 추측이나 유언비어는 당시에도 이런 영조의 역대 임금들과 전혀 다른 골격과 얼굴 모습 때문에 더욱 기승을 부렸을 것이다. 지금까지 존재하는 어진 가운데 태조가 긴 세월 동안 건재할 수 있었던 것은 조선을 창업한 군주라는 특수성 때문이다. 임진왜란을 겪으면서 대부분의 어진들이 불탔지만 태조의 어진은 조선 팔도 곳곳에 봉안되어 있어 지금까지 그 모습을 전할 수 있었다. 영조가 숙종의 아들이 아닐 것이란 말의 근거를 확인하기 위해서는 가장 확실한 것이 숙종의 어진을 확인하는 것이지만 아쉽게도 숙종의 어진은 남겨진 것이 없다. 실록을 보면 숙종은 집권 46년 동안 딱 한 번 어진(임금의 모습)을 남겼다고 한다. 반면 영조는 집권 52년 동안 십 년마다 한 번씩 자신의 모습을 어진으로 남겼다고 한다. 영조가 그렇게 다른 임금보다 자기 얼굴을 많이 남긴 것은 무엇일까? 영조는 자기 출생의 의혹을 가지고 그렇게 어진에 집착한 것은 아닐까?

숙종은 왜 서로 다른 모습의 어진을 갖고 있었을까?
숙종은 자기 모습을 그림으로 남기는 것을 싫어했지만 영조는 그 반대였다. 그런데 이상한 것은 숙종이 공식적인 어진 말고 두 개의 비공식적인 어진을 갖고 있었다고 실록은 전한다. 대개 공식 어진이 채택되면 다른 어진들은 세초(洗草, 물에 씻어 글자나 그림들을 지우는 것)하여 하나의 정본(正本)만을 간직하는 것이 보통인데, 숙종은 왜 자신의 어진에서 정본 말고 다른 어진을 따로 보관하고 있었을까? 그것도 비밀리에 말이다. 1713년 5월 11일 정언 어유귀가 "비밀리에 어진을 따로 보관하는 것이 후세에 무슨 금궤(金櫃)로 물려주시려고 하십니까?"라고 임금에게 따져 물었지만 숙종은 불편한 표정으로 가만있었다. 숙종의 불 같은 성격으로 보면 이 건방진 정언 어유귀의 말을 그냥 참지 못했을 법한데 실록에는 사관의 촌평이 메모되어 있다.(어유귀의 말이 사실이고 임금의 마음에 거슬리는 말이니 어찌 편할 수 있겠는가?)

임금의 용안은 함부로 그리지 못하고 그 어진이 완성되면 또한 보관하는 일에 무척 공을 들인다. 어진은 왕조의 상징물이며 통치권을 나타낸다. 비공식적인 어진은 1695년 숙종이 조세걸에게 시켜 그리게 한 그림이다. 그때 숙종이 조세걸에게 자신의 얼굴을 자세하게 그리게 한 뒤 그림을 한참 보며 혀를 찼다고 한다.

왜 그랬을까? 패주(浿州) 조세걸(曺世傑). 조선 중기 대표적인 화가 김명국의 제자로 산수화 인물화에 당대 최고였다고 한다. 스승 김명국처럼 술을 좋아했고 반드시 술을 마신 뒤 그림을 그렸다. 조세걸에게 자신의 초상화를 부탁하려면 술 항아리를 등에 지고 찾아가야 그림을 얻을 수 있었다고 한다. 1694년 영조가 태어나고 1년 뒤 숙종이 아무도 몰래 조세걸과 김진규 두 사람에게 자신의 모습을 그리게 했다. 그런데 소문에 의하면 김진규는 숙종의 원래 얼굴과 다르게 그렸다는 말이 돌았다. 김진규가 누군가? 그는 김춘택의 작은 아버지다. 워낙 예민한 이야기라 한 문장, 한 글자에도 그 속에 담긴 속뜻을 파악할 필요가 있다. 1713년(숙종 39) 4월 11일 《숙종실록》의 기록에는 행간 속에 숨은 숙종 어진의 비밀이 언뜻 보인다.

"도감제조 이이명 등 여러 신하들이 함께하고 임금은 익선관 곤룡포 차림으로 나와 어좌(御座)에 옛날 그림 두 개를 함께 걸게 하였다. 화공 진재해도 함께 과거의 어진과 자신이 그린 그림을 비교해서 보고 있었다. 여러 신하들이 진재해가 그린 그림을 가까이 가서 바라보며 각자 의견을 구술했는데 김진규가 더욱 특별히 주의(注意)하였다. 조태구가 의자에 걸린 것을 내려 평상에 앉아서 보면 바라보기가 편리할 것이라 청하니 임금이 그대로 따랐다. 이이명은 2본(二本)을 정사(精寫)하여 한 벌은 대궐에 봉안하고, 한 벌은 강화 장녕전(長寧殿)에 봉안하되, 장녕전에 봉안된 옛날 그림은 즉시 세초할 것을 청하니 임금이 '나의 의사도 또한 그러하다' 하였다.

새로 그린 진재해의 그림과 과거 조세걸이 그린 그림, 김진규가 그린 그림을 비교하고 여러 신하들이 의견을 개진하고 있는데, 사관의 관심은 김진규의 말에 주목하고 있었다. 당시 편전에서 숙종은 그동안 비밀스럽게 간직했던 비공식적인 어진 두 점을 임금이 앉는 어좌에 걸어놓았다. 그리고 최근 진재해가 그린 그림을 비교하기 시작한 것이다. 그러니까 세 점의 그림이 임금과 신하들의 심사를 받고 있었다. 그런데 왜 사관은 '김진규가 더욱 특별히 주의하였다'는 말을 굳이 기록해 두었을까?

**숙종과 연잉군은 판이하게 다르다.**

그건 소문들 때문이다. 추측컨대 당시 스무 살이던 연잉군(영조)의 얼굴이 숙종과 많이 다르다는 말이 파다했고, 그런 소문 때문에 숙종도 연잉군이 자기 자식이 아닌가 그런 의심을 하고 있었다는 말이었다. 그래서 신하들과 숙종도 어진에 과민 반응을 보였을 것이다. 그날 어진화가 진재해를 구하기 위해 이이명이 여러 날 방외(方外) 많은 화가들의 재능을 시험하였다고 언급하고 있다. 이이명은 역사적으로 유명한 1717년 정유독대(정유년인 1717년 노론의 영수인 이이명이 왕위 계승 문제로 숙종과 비밀리에 만난 것)의 장본인이다. 이이명과 숙종이 심야 시간에 사관을 물리치고 단 둘이 경종의 '무자다병(無子多病, 자식이 없고 병이 많은 문제)'을 놓고 긴 시간 논의를 했으며, 이것이 소론에서는 경종의 후계 지위를 무너뜨리기 위한 술책이라고 몰아붙였던 것이다.

실록의 숙종 어진 봉안 기록은 미묘한 당시 대궐 분위기를 전하고 있다. 그리고 실록은 이틀 뒤, 그러니까 1713년 4월 13일, 이이명의

연잉군(국립고궁박물관)　　　　　　　　　　　영조어진(국립고궁박물관)

30년 시간을 두고 그려진 두 개의 어진은 한 사람이지만 너무 다른 표정을 짓고 있다.
왼쪽은 소심함이 가득한 표정이다. 오른쪽은 1744년 51세 된 영조로 재위 20년 만의 모습이며,
근엄함과 자신감이 동시에 보이는 영조 표정이다.

요청으로 연잉군이 그림에 조예가 깊어 그에게 어진의 채색을 맡겼
다는 기록이 등장한다. "채색을 칠하는 일이 끝나자 여러 신하들이
모두 말하기를, '전에 비해서 훨씬 실물에 가깝습니다' 라고 말하고
김진규도 말하기를, '비록 다른 본(本)을 다시 만든다 하더라도 반드
시 이것보다 낫지는 못할 것입니다. 그러니 진재해로 하여금 조용히
생각해 보도록 해야 합니다' 라고 하니, 임금이 옳게 여겼다."

그러니까 숙종 집권 40주년 기념식에 쓰일 어진을 그리라고 명했

는데 진재해 그림을 놓고 과거 두 개의 비밀어진 조세걸과 김진규 그림도 함께 걸고 진재해 그림을 채택한 임금과 신하들이 이이명의 건의로 채색을 연잉군(영조)에게 맡겼다는 기록이다. 그림 솜씨는 원래 천성이 타고나야 한다는 말이 있다. 그런데 글씨를 잘 쓴 임금들은 많지만 그림을 잘 그린 임금은 영조 이전에는 볼 수 없었다. 그런데 영조는 조선의 역대 임금들과 달리 그림에 타고난 소질을 보였고 그런 소질은 손자 정조에게도 이어졌다. 조선의 역대 임금과 골격이며 얼굴 윤곽, 그리고 예술적 소질에서 전혀 다른 기질을 보인 영조, 그는 왕자 시절 아버지 숙종의 어진을 채색한 것을 그리 자랑스럽게 생각하지 않았다.

그 뒤 그는 다시는 그림을 그리지 않았다. 숙종의 어진에 대한 실록의 기록을 보면 어딘지 사관들 기록에서 영조 출생의 의혹을 암시하고 있다. 숙종 역시도 완성된 진재해 그림에 다른 두 개의 몰래 보관했던 조세걸과 김진규 어진을 세초해야 하는데 그렇게 하지 않자 정언 어유귀에게 불편한 말을 들은 것이다.

1714년에 그려진 그림 속의 연잉군 모습은 어딘지 어색하다. 턱 아래 수염을 일부러 깨끗하게 정리했던 연잉군, 그것은 당시 세간에 떠돌던 소문 '숙종과 다른 연잉군의 모습'을 의식했기 때문은 아닐까? 이인좌의 난이 발생하기 이전부터 영조의 근본에 대한 의문들이 빈번하게 벽서 형태로 출현했다. 영조는 그 벽서를 보는 즉시 '읽지 말고 태워 버려라!' 라고 지시했다. 임금은 흉서의 내용 뿐아니라 죄인들의 말도 기록하지 못하게 했다. 그저 '차마 들을 수 없는 말'로 표현하면 임금은 알아들었다.

"대감은 선왕의 아들이 아닙니다." 1728년 이인좌가 한 말이다. 이인좌는 영조의 얼굴을 빤히 바라보며, "대감! 대감의 얼굴과 선왕(숙종)의 모습은 너무 다릅니다. 선왕은 당신처럼 그렇게 수염이 많지 않았어요."라고 하였다.

1728년 3월 27일, 이인좌는 고개를 당당히 들고 영조에게 눈을 부라리며 대들었다. 놀라움과 두려움, 분노 같은 복합적인 감정에 몸을 바르르 떨던 영조는 갑옷을 입고 무장한 상태에서 칼을 들고 곧바로 이인좌의 목을 자기 손으로 베어버렸다. 그리고 그 피 묻은 칼을 휘두르며, "이 자의 말을 믿는 자들은 앞으로 나와라!"라고 소리쳤다. 영조는 그날 몰려든 군중들을 향해 칼을 휘두르며 광기를 내보이고 있었다. 갑자기 광인의 얼굴로 소리치는 임금을 본 백성들은 벌벌 떨며 뒷걸음질쳤다. 영조는 종종 그렇게 혼신의 힘을 다해 연기하는 배우의 모습을 보여 줄 때가 많았다. 1755년 나주벽서 사건 주동자들을 처형할 때도 영조는 직접 칼을 들어 죄인의 목을 치고 그 머리를 칼에 꽂아 군중들을 향해 소리친 일도 있다.

1728년 3월 15일 발발한 이인좌의 난은 영조라는 임금을 인정하지 않는 반란이었다. 규모도 삼남지방을 중심으로 20만 명 이상이 참가했다. 영조는 반군 두목 이인좌를 잡은 지 이틀 만에 서둘러 죽여버렸다. 역적의 수괴를 잡은 지 이틀 만에 죽인 것은 극히 이례적이었다. 그를 죽인 것은 영조의 광기가 극에 달해 일어난 우발적인 행동이었다. 그만큼 영조의 분노는 컸다. 세제 시절부터 줄곧 듣던 소문을 역모의 수괴에게 듣는 순간 영조는 이성을 잃고 그의 목을 베어버렸다.

# 왜 7일 동안 숨겼을까?

영조 출생의 비밀 두 번째는 그의 출생 날짜의 혼란이다. 《숙종실록》에서 영조가 태어난 날은 1694년(숙종 20) 9월 20일로 기록되어 있다. 영조는 생일은 9월 13일이다. 그런데 실록에는 왜 9월 20일 태어난 것으로 기록되었을까?

 

실록에는 소론 온건파로 청렴한 재상이란 소문이 자자했던 우의정 윤지완이 왕자가 태어났다고 시중을 들었던 환관들에게 임금께서 내구마(임금이 타고 다니는 말)를 하사한 것은 너무 과분한 조치라고 숙종을 비판했던 말이 실려 있다. 문제는 왜 9월 13일에 태어난 왕자를 20일에야 실록에 실었는가 하는 점이다. 7일 동안 대궐에서는 왜 왕자 금이 태어난 것을 비밀로 했을까? 야사(당시 확인되지 않는 유언비어)에 의하면 숙종은 무수리 최씨와 성관계를 가지면서 최대한 아이를 임신시키지 않기 위해 노력했다고 한다. 그러나 최씨는 이미 아이 생산력에서는 타의 추종을 불허하는 여인이다. 숙빈 최씨는 1693년, 1694년, 1698년에 각각 아들을 잉태했다고 한다. 그런데 그 가운데 영조의 앞뒤 아들들은 모두 일찍 죽었다.

숙빈 최씨는 숙종에게 가장 많은 아들을 선물한 여인이다. 그러니 아들을 좋아했던 숙종에게는 하늘이 내려준 여인인 셈이다. 그런데 숙종은 숙빈 최씨의 아들이 태어날 때마다 달수가 맞지 않는다고 고개를 갸웃거렸다.

영조의 출생의 의혹은 바로 숙빈 최씨의 임신 출산의 날짜가 이상한 점과 연관된다. 1693년 4월 23일, 그날 숙종은 인현왕후 생일이라는 점 때문에 미안한 나머지 밤에 그녀가 머물던 통명전에 들어갔다. 그때 당연히 불이 꺼져 있어야 할 인현왕후 처소에 불이 켜 있었던 것이다. 물론 김춘택이 미리 손을 써둔 이벤트였다. 숙종은 불이 켜 있는 그 처소의 문을 활짝 열었다. 그리고 촛불에 아른거리는 숙빈 최씨의 얼굴을 보고 단번에 반한 것이다. 장희빈의 강짜에 심신이 피곤했던 숙종은 오랜 만에 미인을 보자 그만 성적 충동을 참지 못하고 그녀를 취한다. 그리고 3일 뒤 임금은 그녀를 내명부 숙원(종4품)으로 봉하라 지시를 내린다.

위낙 민감한 일이니 날짜를 다시 확인할 필요가 있다. 분명 《숙종실록》에는 1693년 4월 26일 "최씨를 숙원으로 삼도록 하라!"라는 기록이 있다. 숙원은 임금이 하룻밤 성은을 베풀면 그것을 기념으로 내려진 내명부 종4품 벼슬이다. 임금이 취한 여자라는 뜻이다. 궁녀가 아무리 올라가도 임금의 은혜(성관계)를 입지 않으면 상궁으로 내명부 정5품이 끝이다. 하지만 무수리 최씨는 숙종과 하룻밤 사랑으로 일약 후궁 대열에 오른 것이다.

그런데 숙종의 아이를 낳았다는 숙빈 최씨, 첫째 아이부터 이상하게 임신 달수가 맞지 않는다. 최씨가 숙종과 처음 살을 섞은 것은 1693년 4월 23일인데 아이 영수를 낳은 것은 1693년 10월 6일이다. 아무리 손가락을 펴고 접어도 날짜가 맞지 않은 것이다. 그녀는 아이를 빨리 낳는 기술이 있는 여자일까? 남인 사람들은 김춘택이 숙빈 최씨와 미리 관계한 뒤 임신을 시키고 숙종과 잠자리를 가져 임금의 아이인 양 위장한 것이라고 의심하기 시작한 것이다. 1693년 10월 6일에 태어난 영수는 그해 12월 13일 죽었다. 숙종은 예장을 치르지 말라고 했다. 너무 일찍 죽었기 때문이라 하지만 희빈 장씨도 이윤(경종) 말고도 1690년 9월 16일 왕자를 또 한 명 분만했었다. 그런데 불과 열흘 만에 그 아이가 죽어버렸지만 숙종은 조촐하게 장례식을 거행하게 했다. 왜 한 아이는 두 달 만에 죽었고 한 아이는 열흘 만에 죽었는데 그리 다른 결정을 했을까? 여인에 대한 애정 차이? 아니다. 숙빈 최씨의 임신 출산이 의심스러워 그런 것이다. 당시 민간에서는 숙빈 최씨가 숙종을 만나기 전에 이미 결혼한 유부녀란 말이 파다했다.

그런데 1693년 10월 6일 아이를 낳고 그 아이를 두 달 만에 잃은 숙빈 최씨는 또 1694년 9월 13일 아이를 출산한다. 숙종은 첫 아이 출생에 대한 좋지 않은 소문 때문인지 그 아이를 자기 아들로 인정하는 데 머뭇거린 것이다. 그때 그 해 4월, 장희빈이 숙빈 최씨에게 폭력을 가한 사실을 임금은 기억했다. 장희빈을 미워해서 쫓겨났던 서인들이 숙종의 사랑을 듬뿍 받던 숙빈 최씨를 통해 다시 정계에 복귀하자 장희빈은 최씨에 대한 증오심을 갖고 있다 그녀를 잡아오게 했다.

다시 야사를 인용하면 장희빈이 최씨의 임신 사실을 알고 뱃속의 아이를 죽이기 위해 항아리 속에 담아 두고 며칠을 굶겼다고 한다. 그런데 그 모습이 숙종의 꿈에 생생하게 나타나 숙종이 장희빈의 처소에 갑자기 들이닥쳤고, 항아리 속에 묶여 있던 최씨를 발견하고 구했다는 것이다. 숙종은 그날의 기억을 확인하고 임금의 아들이란 것을 인정해 주는 절차로 숙빈 최씨의 아들 분만에 공이 큰 환관과 궁녀들을 포상한 것이다. 그러니까 1694년 4월 장희빈 폭력에서 숙빈 최씨를 구출한 환관과 궁녀들의 공로 표창이었다. 그러자 소론 출신 우의정 윤지완이 공식으로 문제 제기를 한 것이다. 그래서 영조 탄생이 공론화되었다. 물론 신하들 사이에서는 고개를 갸웃거리는 사람들이 많았다.

다시 날짜를 확인해 보면 숙종이 숙빈 최씨와 관계를 처음 가진 날은 1693년 4월 23일 인현왕후 생일날 밤이고 그래서 첫 아이 영수가 태어난 것이 1693년 10월 6일. 첫 아이도 임신 날짜가 맞지 않고, 그 아이가 1693년 12월 13일 죽었는데, 최씨는 다시 1694년 9월 13일 영조를 잉태한 것이다. 숙종과 무수리 숙빈 최씨 사이 사랑의 첫 결실을 잃은 슬픔을 위로한 그날 관계를 해서 낳은 것이 영조라고 숙종은 생각했다. 그러나 이미 궐내에서는 숙빈 최씨의 첫 아이부터 그것은 임금의 아이가 아닐 것이란 소문들이 파다하게 퍼져 있었다. 영조는 몰라도 첫 아이 영수는 분명 7개월 만에 낳은 것이니 숙종의 아이가 아닐 것이란 의심은 당연한 것이었다. 그런 것 때문에 영수라는 아이의 죽음에 숙종은 장례식을 치르지 말도록 지시했고, 영조의 탄생에 7일 동안 의심을 갖고 여러 가지 확인을 했던 것이다.

창덕궁의 전체 조감도 격인 동궐도 그림을 보면 영조가 태어났다는 보경당은 창덕궁에서 가장 후미진 곳에 위치하고 있다. 그림을 보면 보경당 뒤로는 수많은 항아리들이 그려져 있다. 보경당은 한때 숙종이 밤에 신하들과 면담하는 곳으로 쓰이기도 했고 정사를 보다 피곤하면 쉬는 휴식의 공간으로 활용되었다. 그곳에서 영조가 태어났다. 영조가 태어난 지 60주년이 된 1754년 9월 13일 실록의 기록을 보자. "이날 영조는 자기 생일을 맞아 여러 신하들을 보경당에서 접견했다. 그곳이 임금이 탄생한 집이었기 때문에 그런 것인데 유신에게 『시경』의 육아시(蓼莪詩, 부모가 애써 자식을 키운 공을 노래한 시)를 읽도록 하고 오랫동안 눈을 감고 추모와 감회에 젖어 있었다." 영조는 생일날 자신이 태어난 곳에서 돌아가신 생모를 추억하며 육아시를 감상했다는 기록이다. 1773년 10월에는 영조는 친히 보경당으로 나

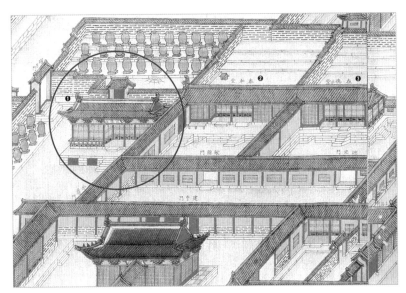

동궐도 ❶보경당 ❷태화당 ❸재덕당

**창덕궁 보경당**
영조가 태어났다는 보경당은 지금은 화재로 소실되고 그 터만 남아 있다.
사진의 공터가 보경당 터다. 이곳은 창덕궁 선정전 뒤편에 위치하고 있다.

와 '탄생당 팔십서(誕生堂八十書)'라는 여섯 글자를 써서 편액으로 걸게 했다고 한다.

1757년 5월 29일, 영조는 예방승지에게 "통명전 뒤에 샘이 있는데 이름을 열천이라 부르도록 하라."고 말한 뒤 '열천(冽泉)'이란 글을 직접 써서 우물의 돌에 새기게 했다. '열천冽泉'이란 『시경』에 나오는 말인데 '이가 시리도록 맑은 물'이란 뜻이다.

지금도 창경궁 통명전 뒤편에 '열천'이란 글이 새겨져 있는 샘물이 있다. 숙빈 최씨가 인현왕후가 사가로 내쫓긴 뒤에도 혼자 통명전을 깨끗이 치워 놓으며 왕비의 복귀를 간절하게 기도하다 숙종을 만났기 때문에 영조는 그 샘물이 자신의 잉태를 가져오게 한 좋은 샘물이라 생각한 것이다. 영조는 치수 사업에 많은 관심을 기울였다. 그의 최대 업적 가운데 하나인 청계천 준설공사도 개천의 물이 흐르지 않고 고여서 전염병이 생긴 것이라고 생각했다.

우물물을 기르며 생활했던 궁녀의 하인 무수리란 천한 직업을 가진 어머니를 둔 영조는 유난히 우물에 관심을 두었다고 한다. 영조는 육상궁을 지을 당시 우물을 발견하고 '냉천(冷泉)'이란 이름을 손수 짓고 정자도 마련했다고 한다. 그리고 육상궁을 갈 때 꼭 그 정자에 들러 우물물을 떠 마시곤 했다. 그런 우물에 궁녀가 빠져 죽은 일이 있자, 궁녀 30명을 방출하기도 했던 영조다. 집권 기간 어느 임금보다 기우제를 많이 올리며 물을 좋아한 임금 영조. 하지만 그의 집권 기간 52년은 물처럼 그렇게 자연스럽게 흘러가지 않았고 파란의 역사가 전개되었다. 그리고 정치적 격랑의 저 밑바닥에는 영조 출생의 의혹이 자리하고 있었다.

# 비밀에 싸인 여인

그녀는 출생 연월일부터 확실한 것이 없다. 어디에서 태어났는지 그것조차 세 가지 설로 나뉜다. 그만큼 복잡하고 신비하다. 영조의 탄생 비화나 의혹들은 숙빈 최씨 때문에 생겨난 것이다. 도대체 얼마나 복잡한 여인이기에 태어난 곳이 세 가지 설로 나뉠까?

그녀의 가계 기록을 살펴보자. 실록의 기록이다. 숙빈 최씨의 아버지는 최효원(崔孝元 1638~1672년)이다. 무관 출신으로 생전 관직은 충무위 부사과(종 6품)라는 미관말직이 전부다. 이 기록조차 믿을 것은 못된다. 워낙 불확실한 족보인지라, 해주 최씨라고 하지만 그 집안의 족보에는 숙빈 최씨의 아버지 이름은 나와 있지 않다. 숙빈 최씨의 집안이 워낙 근거도 없고 족보도 없어, 고심 끝에 영조는 외가 족보를 아마 위조하거나 조작했을 가능성이 높다. 아무튼 숙빈 최씨의 어머니는 남양 홍씨라고 한다. 최효원과 남양 홍씨가 결혼해서 1남 2녀를 낳았는데, 그러니까 영조의 어머니 최씨는 위로 언니도 있었고 남동생도 있었다는 말이다. 그런데 두 사람이 어떻게 살았고 어떻게 죽었는지 기록이 전무하다. 양반 혹은 사대부의 나라 조선에서 평범한 평민 혹은 미천한 천민의 삶이란 그렇게 기록들이 없는 게 일반적이다.

숙빈 최씨의 공식적인 기록, 아마 영조가 만들어 준 그녀의 내력은 이렇다. 《영조실록》 행장(돌아가신 후 살아 있을 때의 행적을 기록한 글) 맨 뒤편에 나와 있는 어머니 최씨의 연보다.

1670년(현종 11) 11월 6일 태어나, 7세(1677년)에 궁에 들어와 1693년 4월 26일 내명부 숙원(종4품)으로 그 해 10월 6일 왕자 영수를 생산하고 소의로 품계를 받고, 그리고 영조를 낳은 뒤 숙의로 봉해진 뒤 1698년 7월 10일 한 명의 아들을 더 낳고 후궁의 품계 가운데 가장 높은 숙빈(정1품)이 되었다고 기록되어 있다. 물론 마지막에 낳은 아이는 이름도 짓기 전에 죽었다. 이 가운데 일곱 살에 대궐에 들어왔다는 말, 이것 역시 신뢰하기 힘들다. 영조는 어머니 숙빈 최씨의 유년 시절 일들을 전혀 알지 못한다. 누구도 말해 주지 않았고 어머니 역시 자신의 과거를 말하지 않았을 것이다.

영조가 조작한 어머니 숙빈 최씨의 기록은 거짓이니 민간에서 전해진 기록을 비교해 보자. 최씨는 인현왕후가 왕비로 간택된 1681년 궁에 함께 들어왔다. 그러니까 궁에 들어온 것이 열두 살이란 이야기

↑ 창의궁 잠저터를
알리는 표석

↑ 창의궁 잠저 터에 있던 백송

영조가 임금이 되기 전 살았던 창의궁은 현재 종로구 통의동 35-15에 위치한
다. 그곳에는 우리나라에서 가장 크고 아름다웠던 백송이 있었는데 지난 1990년
7월 태풍으로 넘어져 결국 죽었다. 사진에서는 죽은 백송 밑동만 볼 수 있다.

다. 영조는 어머니가 인현왕후 몸종으로 궁에 들어온 기록을 전면 부
정했다. 아니 임금 입장에서는 사실이라도 왜곡하고 싶었을 것이다.
영조의 어머니 최씨에 대한 기억이나 기록은 정확한 것이 하나도 없
다. 그것은 아마도 숙빈 최씨조차 자신의 어두운 역사를 지우고 싶었
을 것이다.

비밀이 많은 여인, 그렇지만 한 시대 격동의 역사를 만들었던 여인,
무수리 출신으로 임금을 잉태한 최씨는 1718년(49세) 3월 9일 영조가
임금이 되기 전에 머물렀던 창의궁에서 죽었다. 풍수지리를 유난히
잘 믿는 영조는 종종 인왕산과 북악산이 마주하는 그 어머니의 자궁
과도 같이 아늑한 곳 창의궁에 임금이 된 뒤에도 자주 찾았다. 그리고

흥국사 정문
흥국사 절은 영조가 파주 소령원 가는 길에 자주
들러, 숙빈 최씨 그리움을 달래던 곳.

흥국사 전경

흥국사 약사전
숙빈 최씨가 이곳에서 영조가 왕이 되게 해달라고
기도했던 곳이다.

흥국사 약사전 현판
이 글씨는 영조의 친필이라고 알려져 있다.

그곳에서 살던 날들을 회상하고 추억했다. 영조에게는 그곳이 고향
같은 곳이었다.

　영조가 아들 사도세자를 죽이고 손자 정조에게 의지하며 말년을
보낼 때, 종종 외롭고 심신이 고달프면 창의궁 잠저에서 하루 이틀 잠
을 자고 대궐로 돌아갔다. 당쟁으로 머리가 아픈 날에도 영조는 대궐
을 피해 창의궁 잠저에서 며칠 머리를 식힌 뒤 돌아갔다.

한편 숙빈 최씨는 탄생부터 의문 투성이다. 숙빈 최씨가 태어난 곳은 세 곳으로 의견이 분분한 여인은 비밀이 많은 여인이다.

일반적으로 알려진 숙빈 최씨의 고향은 당시 경기도 고양으로 편재된 오늘날 서울시 은평구 구파발 부근이란 설이 유력하다. 숙빈 최씨의 아버지 최효원은 그곳에서 농사를 짓고 채소를 시장에 내다 팔던 아주 평범한 조선 시대 평민이었다. 앞서 종6품 무관직 벼슬이었다는 것은 영조의 조작이다. 구파발역에서 10분 거리의 흥국사는 영조가 파주 어머니 묘소를 가는 길에 자주 들러 어머니를 추억하던 곳이다. 숙빈 최씨는 죽기 직전, 건강이 좋지 않은 상황에서도 흥국사 사찰에서 아들의 무사안녕을 빌었다고 한다.

그런가 하면 최근 숙빈 최씨의 고향이 전라도 정읍이란 말이 등장한다. 1936년 장봉선이 펴낸 『정읍군지』라는 책에는 지금 정읍시 태인면 거산리 대각교라는 다리에 얽힌 숙빈 최씨의 이야기가 전해지고 있다. 그 내용을 한 번 기록해 본다. "대각교라는 다리는 전주 감영으로 가기 위해 반드시 거쳐야 하는 곳이다. 1675년(숙종 1년)에 둔촌 민유중이 영광 군수로 발령을 받았다. 그는 부임길에 아내와 딸을 대동하고 가고 있었다. 그런데 대각교 다리 위에 한 소녀가 서 있었는데 모습은 몹시 초라했지만 너무나도 앳된 얼굴을 하고 있었다. 당시 아홉 살 된 딸(인현왕후)을 안고 있던 민씨 아내는 그 아이를 불러 이것저것 묻고 부모 없이 밥을 빌어먹고 다니는 떠돌이 아이라는 것을 알고 측은지심이 발동한다. 평소 인정이 많기로 유명한 인현왕후 친정어머니는 아이를 데려다 키우기로 하였다."

당시 숙빈 최씨의 나이는 고작 여섯 살이지만 이런저런 정황을 보면 앳된 아이는 총명하고 귀여운 모습을 한껏 과시하며 잠깐 사이 민유중과 그의 아내의 관심을 한 몸에 받았을 것이다. 그 뒤 민유중이 영광 군수에서 다시 서울 내직을 발령 받아 한양으로 왔고, 1681년 그의 딸이 숙종의 두 번째 왕비로 간택되자 함께 궁에 들어간 것이다. 이것이 정읍에서 전해지는 숙빈 최씨 이야기다.

정읍의 설화는 묘하게 다리라는 공간적 배경과 겹쳐진다. 1728년 (영조 4) 이인좌의 난에서 '영조가 숙종의 아들이 아니고 김춘택의 아들이며 다리 아래에서 최효원의 딸과 간통을 해서 낳은 아이'라는 소문들이 파다했다. 다리에서 관계해서 아이를 낳았다는 것은 대개 천박하고 음탕함을 표현하기 딱 좋은 이야기다. 영조를 헐뜯는 측에서 만든 불륜 이야기일 수 있다.

황진이 출생도 황진사가 황진이 어머니 진현금을 다리 위에서 만나 한 눈에 반해 다리 아래서 관계한 뒤 황진이를 낳았다고 전해지지 않는가. 그래서 다리 아래에서 관계함은 음란한 출생을 상징한다. 영조를 미워하던 정치 세력들이 유언비어를 날조했다고 보이지만 김춘택과 숙빈 최씨의 애정 관계는 진위가 확실하지 않다. 다시 두 사람 관계를 유언비어 근거로 더듬어 보면 이렇다. 젊은 시절 방랑벽이 심했던 김춘택은 태인에 사는 최효원의 딸, 숙빈 최씨의 미모에 반해 다리 아래서 간통한 뒤 임신을 하자 대궐에 들여보내 그렇게 해서 태어난 것이 영조라는 거다. 밑도 끝도 없는 이야기고 시간적으로 봐도 앞뒤가 맞지 않는 소문이다.

그런데 이런 영조 출생의 비밀, 혹은 음란한 이야기들은 영조 집권 52년 동안 임금을 무던히도 괴롭힌 사안이었다. 그런 자신의 출생에 대한 의혹을 스스로도 비밀리에 확인하려 했던 영조였다. 또한 이인좌의 난이 평정되고 태인 역시 전라도 다른 지역보다 반역의 기운이 드센 곳이었지만 유독 군에서 현으로 강등을 시키지 않아 당시 사람들이 유언비어를 더욱 확산시킨 것이다. 그런데 실록의 기록들을 살펴보면 1675년은 민유중이 한양에서 전라도 장흥으로 유배 명령이 내려진 것이 나온다. 그러니까 민유중 일가가 장흥으로 가는 길에 어린 소녀 최씨를 만났다고 이야기를 전파한 것이 전혀 허무맹랑한 이야기는 아니다. 그러나 정읍의 이야기는 영조 입장에서는 악의적 소문이다.

소론이 영조 어머니 숙빈 최씨에 대해 음란한 소문을 만든 것은 노론이 장희빈을 표독한 여인으로 만든 것과 같은 정치적 의도다. 그런데 당시 백성들이 그런 이야기에 충분히 공감한 것은 숙빈 최씨가 무수리에서 한순간 장희빈이란 당대 최고 미녀와 숙종의 사랑을 놓고 불꽃 튀는 대결을 벌이자 그녀의 근본에 대한 관심이 증폭되면서 더 첨가되고 과장된 측면이 강하다.

그리고 마지막 숙빈 최씨 탄생에 대한 세 번째 이야기는 바로 영조 자신이 조작한 이야기이다. 민가에서 떠돌던 자신의 생모에 대한 이런 음탕한 유언비어에 분개하던 영조는 신하들에게 자신의 생모가 한양의 한복판인 여경방(오늘날 서울 시청 부근)에서 태어났다고 주장한다. 정읍의 설화도 그렇고 구파발에서 태어나서 자랐다는 것도 마음에 들지 않은 영조는 1761년 자신의 어머니 추존 작업에 박차를 가한다. 그 해는 사도세자 비극이 일어나기 한 해 전이다. 정치적으로 팽팽한 긴장감이 감돌던 시기, 영조는 천민 어머니를 두었다는 출생의 콤플렉스 때문에 아예 숙빈 최씨를 천민 신분에서 양반 집안이라고 조작을 한다. 이 이야기는 뒤에서 다시 이야기하자.

# 여인들이 좌우하던 세상

숙종을 놓고 벌이는 세 여인의 사랑과 전쟁은 운명적이다. 인현왕후, 장희빈, 그리고 숙빈 최씨, 이 세 여인의 삶을 주제로 사극을 만들면 볼거리가 풍성하다. 그만큼 극적인 요소들이 많았다는 말이다.

숙종은 3명의 왕비와 6명의 후궁을 거느렸다. 그는 성욕이 유난히 강한 임금 가운데 한 명이다. 하지만 지나친 성욕에 비해 생산성은 떨어졌다. 또 숙종은 이상하게 왕비에게는 아들을 갖지 못하는 불운한 임금이었다. 숙종의 불행은 두 아들 경종과 영조의 불행이었다.

6명의 아들을 두었지만 그 가운데 왕자의 칭호를 얻은 아들은 세 명, 경종과 영조, 그리고 연령군(명빈 박씨 소생)이고 나머지 아들은 일찍 죽었다. 딸도 5명을 두었지만 모두 일찍 죽은 것으로 보인다. 숙종의 사랑을 놓고 여인들 사이의 경쟁이 정치권과 맞물리며 복잡한 양

**감고당이 있던 곳**
지금은 덕성여고가 자리하고 있다.
정문 옆 감고당이 있었던 곳이라는 표석이 있다.

**감고당 표석**

상으로 전개되었다. 남인은 대개 중인 신분들이 많았고 역관이나 장사로 치부한 집단들이다. 그래서 고루한 성리학 원칙론에서 벗어나 실용적인 학문이나 경제적인 문제에 많은 관심을 두고 있던 정치권이다.

남인은 장희빈을 통해 숙종과 소통하고 있었다. 장희빈의 아버지 역시 역관 출신이었다. 남인은 희빈 장씨의 미모와 왕자 이윤(경종)이란 후계자까지 배출한 탄탄한 권력 기반을 갖춘 상황이었다. 1688년 10월 27일 희빈 장씨에게서 태어난 윤(경종)은 곧바로 정국을 요동치게 했다. 3개월 만에 원자 책봉이 이루어진 뒤 궁궐에서는 희빈 장씨 반대편 여인들에 대한 탄압이 시작되었다. 1689년 4월 22일, 희빈 장씨를 투기했다고 후궁 김씨가 폐출되었고, 이어 그 다음날 정비 민비가 서인으로 전락하고 폐출 당했다. 두 여인이 숙종에게 쫓겨난 것은 바로 서인의 몰락을 의미했다.

임금이 어떤 여자를 취하느냐에 따라 정치인들의 목숨과 미래가 담보되던 시절이었다. 그러니까 숙빈 최씨, 장희빈, 인현왕후라는 여인은 임금을 통해 세상을 움직이고 있었다. 정식으로 왕비 간택까지 받고 국모로 들어온 민씨가 궁에서 자기 집으로 돌아갈 때 조선의 많은 사람들이 눈물을 흘렸다고 한다. 물론 서인들의 관점이다. 반대로 남인들 입장에서는 경사스런 날일 것이다.

왕비의 아버지 민유중은 이런 불행한 일을 당하기 2년 전에 죽었고, 장손 민진원이 집안을 지키고 있었다. 인현왕후 오빠 민진원은 동생이 사가로 쫓겨 오자 비록 폐비라도 왕비의 존엄을 지켜야 한다고 가족들과 함께 친척집으로 가서 살았다. 그녀가 혼자 은둔하며 5년 동안 쓸쓸하게 살던 곳은 오늘날 정독도서관 아래 덕성여고 자리인 감고당이다. 감고당은 나중에 고종의 아내이자 조선의 마지막 국모인 명성황후가 대궐에 들어가기 전까지 살던 사택이기도 한, 조선의 국모를 두 명이나 배출한 역사적인 곳이다.

한편 끊임없이 민비 폐출이 부당하며 임금을 괴롭히던 서인들은 결국 송시열의 죽음으로 정계에서 축출된다. 1689년 6월 송시열이 정읍에서 사약을 마시고 죽었다. 조선의 선비 가운데 지존이라 추앙받던 송시열은 숙종이 정성스레 보내 준 사약을 먹고 죽었다. 그런데 그가 죽은 곳이 하필 숙빈 최씨가 태어났다는 정읍이다. 송시열의 죽음은 숙종의 카리스마가 얼마나 강한지를 보여준 사건이다. 송시열이란 이름을 실록에서 검색하면 효종 시대에는 159번, 현종 시대에는 611번, 숙종 시대에는 699번, 경종 시대 22번, 영조 시대는 275번이나 등장하고, 정조 시대에는 175번이나 등장한다. 그가 살던 시대뿐 아니라 그가 죽은 뒤에도 그는 당쟁의 역사 한 복판에 선 인물이다. 그래서 실록에서 그의 기록을 삭제한다면 실록이 한결 가벼워질 것이고 치열한 당쟁의 역사가 상당 부분 사라질 것이다.

그런 조선을 대표한 인물을 사약으로 죽였던 숙종. 숙종은 임금의 권한을 송시열이 침범했다고 생각했고 송시열은 숙종이 한 여인에게 눈이 멀어 후계자 선택을 잘못하고 왕비를 내쫓은 것은 폭군적인 행태라고 비난한 것이다. 명분 싸움 이면에는 조선 중기 왕권과 신권의 대립이 숨어 있었다. 그의 죽음은 당쟁의 역사에서 중요한 분수령이었다. 그가 죽은 뒤 서인과 남인의 대결은 단순히 논쟁 수준을 넘어 생사를 건 싸움으로 발전하기 시작했다.

그런데 그렇게 대단한 인물을 저승으로 보낸 여인이 바로 장희빈이고 또 장희빈을 죽음으로 내몬 여인이 바로 숙빈 최씨다. 조선의 역

사가 남자들에 의해 움직인 것 같지만 내막을 들여다보면 막후 실세
는 이처럼 여인들이다.

김춘택과 숙빈 최씨 사이 나돌던 사랑 이야기는 영조 이후 노론의
나라 조선 역사에서 그 흔적을 찾아 볼 수 없다. 아니 사실이 아닐지
도 모르겠다. 그런데 영조의 탄생 의혹에 두 사람이 깊숙하게 관련되
어 있고, 영조 자신도 '어쩌면 그럴지 몰라' 하는 식으로 의심을 품은
듯하다. 실록은 당연히 임금의 출생 비밀을 유언비어 차원에서 언급
할 수 없다. 그래서 실록을 숱하게 뒤지고 행간 속의 숨은 의미들을
찾아보려 했지만 김춘택과 영조의 출생의 연결고리는 찾을 수가 없
었다. 그런데 간혹 실록에 그와 비슷한 뉘앙스를 풍기는 글들이 있어
흥미를 유발시킨다.

실록에서 군주의 정통성을 의심한다는 것은 상당한 증거가 필요하
다.《영조실록》에 수백 건의 괘서 관련 기사 내용들은 영조 출생의 의
혹과 경종 독살설에 초점을 두고 있는 글들이다. 특히 영조는 출생의
의혹을 거론하는 괘서는 아예 자신에게 보고하지 말고 불태우라 지
시한다. 괜히 공론화하기 싫다는 의지이다. 그러나 사실 이런 소문의
진원지는 다름 아닌 숙빈 최씨의 임신과 출산의 의문점이 많아서 생
긴 것이다.

1728년 영조 집권 4년 만에 일어난 이인좌의 난에 왕실 가족들이

다수 포함된 것은 이씨(李氏) 조선을 지켜야 한다는 대의명분 때문이었다. 이인좌도 왕실 사람이다. 그는 영조를 숙종의 아들로 인정하지 않았다. 영조는 늘 "나는 효종과 숙종의 혈맥을 잇는 임금이다."라고 자신의 정통성을 자주 강조했지만 그것을 믿는 사람은 의심하는 사람보다 적었다. 우리는 영조의 출생의 비밀을 알기 위해 우선 북헌(北軒) 김춘택(1670~1717)이란 인물을 확인해 볼 필요가 있다.

# 김춘택이 나타나면
# 도시가 시끄러워

김춘택은 당대 댄디(멋쟁이)다. 또한 그는 당시 엘리트이며 야심가다. 그는 남자들의 야망을 한 곳으로 움직이는 리더십도 갖고 있었고, 여인들의 마음을 잘 알고 그것을 정치적으로 이용한 사람이다.

김춘택, 그는 1670년에 태어나 1717년 사망했다. 김춘택의 죽음 당시 기록은 전무하다. 그런데 그가 죽은 해가 묘하게 호기심을 자극한다. 그 해 숙종은 노론의 영수 이이명과 독대를 한다. 이이명과 숙종의 독대에서 경종의 정신병과 연잉군의 출생의 의혹이 아마 허심탄회하게 논의되었을 것이다. 두 사람 모두 후계자로는 흠이 많지만 정신병자를 임금으로 세울 수 없다는 판단에 숙종은 연잉군을 옹립할 계책을 마련하라고 이이명에게 지시했다.

김춘택은 1670년에 태어났으니 숙빈 최씨와 동갑이다. 숙빈 최씨가 장희빈을 능가할 만큼 미모를 자랑한 미인이었다면 김춘택은 당시 조선의 남자들 가운데 가장 멋진 사내였다. 김춘택은 숙종의 첫 번째 왕비 인경왕후가 고모이니 숙종의 조카인 셈이다. 할아버지는 숙종의 장인 김만기, 종조부는 최초의 한글소설 『구운몽』의 작가로 잘 알려진 김만중이다.

김춘택의 아버지 김진구는 병조판서를 역임했고, 작은 아버지 김진규는 대제학과 좌참찬에 오른 거물 정치인이다. 김진규는 앞서 언급한 것처럼 그림에도 조예가 깊어 산수화, 인물화에 뛰어난 작품을 남긴 인물이다. 화려한 김춘택 집안이 그의 나이 열아홉 살, 장희빈의 등장으로 폐문의 위기에 빠져 버렸다.

장희빈이 왕비로 책봉되고 종조부 김만중은 남해로, 부친은 제주도로, 작은 아버지는 거제도로 각각 유배를 갔다. 스승인 김수항은 송시열과 함께 사사 당했다. 김춘택은 청년 시절 천재로 소문이 날 만큼 영리했고 촉망받는 젊은이였지만 열아홉 살에 몰아닥친 기사환국이라는 남인에 의한 서인 대거축출이란 정치 사건이 그의 개인에게는 재앙과도 같은 참변이었다. 그래서 그는 단란한 가정, 행복했던 과거를 찾기 위해 서인의 원수인 장희빈이란 여인을 제거하기 위해 책을 던지고 당쟁의 정점에서 싸움꾼이며 전략가로 등장한다. 그의 뛰어난 머리는 서인을 다시 재기시키는데 아주 혁혁한 공을 세운다.

## 북촌을 들썩였던 북헌 김춘택

김춘택과 숙빈 최씨 사이 연인 관계 설정은 시기적으로 1689년 장희빈 등장 이후일 것이다. 두 사람 모두 한창 뜨거운 스무 살이었고 처지도 비슷했다. 숙빈 최씨는 감고당 인현왕후 사가에서 민씨를 보살피고 있었고 김춘택은 처지가 비슷한 북촌(서인들 주거 지역)의 친구들을 만나러 감고당 길을 오고가며 숙빈 최씨를 알게 되었을 것이다. 두 사람은 서로의 아름다운 용모에 취해 사랑이 싹텄을 것이지만 그렇다고 사랑밖에 몰랐던 것은 아니다. 사랑보다 권력욕을 원하던 두 사람이었다. 그래서 김춘택은 정국을 반전시킬 카드로 최씨의 미모를 이용하기로 했다.

김춘택을 끊임없이 감시하던 남인이나 소론 세력들은 그를 이렇게 평가했다. "북헌이 북촌에 나타나면 하루 만에 도시는 음험한 기운들이 가득했다." 그의 호가 북헌(北軒)인 것은 이런 뜻이 함축된 것이다.

서인들이 다시 정치권에 복귀할 수 있었던 것은 김만중의 소설 『사씨남정기』라는 책이 실마리였다. 김춘택의 작은할아버지 김만중이 귀양지에서 숙종이 인현왕후를 버린 사건에 실망하여 임금의 마음을 돌리기 위해 그 소설을 창작했다고 한다. 그 소설을 임금이 볼 수 있게 한문으로 번역한 사람이 김춘택으로 알려져 있다.

김춘택

영조 어진

김춘택과 영조, 갸름한 얼굴형이며 정말 수염이 비슷하다.
김춘택이 나타나면 북촌이 들썩이고 나라가 시끄러웠다.

　궁녀들이 소설을 읽고 눈물 흘리며 장희빈을 미워하기 시작한 것
은 모두 한 편의 소설로 세상을 바꾸려고 했던 김춘택의 전략 때문이
었다. 또한 김춘택은 당시 시대를 풍자하는 노래를 만들었다. 그는 아
이들에게 몰래 동요를 만들어주었는데 '장다리(장씨)는 한 철이고 미
나리(민씨)는 사철이다' 라는 곡이다. 소설과 음악으로 세상의 민심을
쫓겨난 왕비 민씨에게로 돌린 것은 김춘택의 기획이었다. 김춘택은
또한 쫓겨난 두 여인의 집안, 안동 김씨와 여흥 민씨 사람들을 두루
만나 세를 규합했다.

　문제는 최씨를 어떻게 대궐로 잠입시키고 어떻게 숙종의 눈에 최
씨를 보이게 하는가 하는 점이다. 궁녀들을 마음대로 지휘할 능력이
있던 김춘택. 그는 숙종의 유모 흔히 봉보부인(奉保夫人)이라 불린

여인과 결탁하여 1693년 4월 23일 인현왕후 민씨 생일날 숙종이 민씨가 거처하던 통명전에 들를 것이란 첩보를 전해 듣고 그날 일을 꾸민 것이다. (이 기록은 민진원의 『단암만록』에도 있는 내용)

김춘택은 최씨로 하여금 그날 밤 그 자리에서 임금을 유혹하기 위한 이벤트를 준비시킨 것이다. 궁궐의 동태, 그리고 숙종의 마음을 다 읽고 있지 않으면 불가능한 일이었다. 그렇게 해서 김춘택은 숙종의 여자를 장희빈에서 최씨로 바꾼 것이다. 다급해진 남인은 우의정 민암을 통해 김춘택은 무리지어 이상한 행동들을 하는 교활한 인물이고 그들이 현재 역모를 모의하고 있다고 고변한 것이다.

"김춘택이 은화(銀貨)를 모아 환국을 도모하고 있으며 그를 도와주는 세력은 인현왕후 민씨 세력과 귀인 김씨 세력들이 있습니다." 숙종은 말을 들은 즉시 수사를 지시했다. 그리고 곧바로 김춘택을 비롯한 관련자를 그날 잡아들였다. 그런데 수사를 진행하던 3일 만에, 갑자기 사건 관련자들 입에서 김춘택이 효종의 장녀 숙안공주(1636~1697)와 효종의 3녀 숙명공주(1640~1699)도 은화로 매수했다는 말이 나왔다. 숙안공주의 아들 홍치상은 1687년 조사석이 우의정으로 제수되자 '후궁 장씨의 어머니가 조사석의 여종 출신인데 그 연줄로 정승이 되었다'는 말을 했다가 사형을 당한 일이 있었다. 조사석이 장희빈을 대궐에 안내했던 그 공로로 정승이 되었다는 항간의 소문을 임금 앞에서 말하다 죽음까지 당한 것이다. 숙종은 신중하지 못해 고모의 아들을 죽인 것을 두고 후회하는 마음이 깊었다. 그런데 다시 남인의 민암이 왕실 가족들을 건드리자 숙종은 수사의 칼끝을 재빨리 돌린 것이다. 물론 그 임금의 마음을 돌리는데 임금의 잠자리를 지배한 숙빈 최씨도 큰 몫을 했을 법하다.

1694년 3월 29일, 아침 해가 막 뜰 무렵 3명의 유생들은 종묘에서 창덕궁으로 가는 차비문을 무사 통과한 후 곧바로 임금에게 고변서한 장을 전달했다. 당시 남인 세력이 승정원과 삼사를 모두 장악한 상황에서 이들 세 명의 유생들이 임금에게 남인의 우두머리 장희재를 잡는 고변서를 직접 전달할 수 있었던 것은 궁궐 수비를 책임지는 호위 장교의 도움과 숙종의 은밀한 지시가 있었음은 쉽게 짐작할 수 있는 사안이다. 숙종이 의도한 사건이란 정황은 그날 아침 일찍 임금은 내전에서 승정원을 거치지 않은 고변서를 받고 곧바로 의금부에 수사를 지시한 것에서 알 수 있다. 글에는 장희빈의 오빠 장희재가 숙빈 최씨를 독살하려 한다는 내용도 들어 있었다.

1694년 3월 29일 밤 10시, 숙종은 갑자기 수사 방향을 틀었고, 수사를 진행하던 남인들은 갑자기 도성 밖으로 나가 임금의 신임을 묻고 있었다. 4월 1일, 고변서가 접수된 지 하루 만에 영의정 권대운과 좌의정 목내선, 대사헌 이봉징을 비롯한 상당수 남인 세력들이 관직을 빼앗기고 도성 밖으로 쫓겨났으며, 우의정 민암 등은 유배형에 처해졌다. 그 다음날 김춘택을 비롯한 서인 세력들이 옥에서 풀려났고 이렇게 해서 김춘택과 숙빈 최씨, 그리고 숙종 임금의 합작으로 서인이 정권을 잡는 데 성공했다. 이것이 갑술환국이었다. 1695년부터 조선은 엄청난 기근으로 150만 명이 아사하는 참극이 벌어진다. 그런 참혹한 재앙에도 불구하고 정쟁은 멈출 줄 몰랐다. 정쟁의 중심에는 김춘택이 있었다. 그 무렵 남인을 몰아낸 서인은 다시 분당(分黨)의 길로 들어서고 있었다. 세자 윤(昀)이 비록 장희빈의 아들이지만 후계자로 인정하자는 소론과 적당(敵黨)의 아들은 임금이 될 수 없다고 주장하는 김춘택을 대표로 하는 노론이 갈라져 있었다. 그 과정에서 김춘택은 임금의 미움을 받고 1697년 황해도 금천으로 귀양을 갔다. 이때부터 김춘택의 귀양 생활이 시작된 것이다.

김춘택은 참 여자 관계가 복잡했다. 부인 말고 내연의 여인들이 수두룩했다. 잘생긴 외모를 정치에 이용했기 때문이다. 당시 소문에는 김춘택이 궁궐에 들어가면 궁녀들이 술렁거릴 정도였다고 한다. 또한 김춘택이 장희빈의 오빠 장희재의 아내를 유혹하여 내연녀로 만들어 장희재의 동태를 살폈다고 한다.

그는 도성의 여인들과 대궐의 여자들을 움직일 만큼 여자들에게 인기가 많았다. 1701년 장희빈이 숙종의 미움을 받고 죽음을 맞게 될 때 김춘택은 궁녀들을 이용해 궁궐 여러 곳에 이상한 물건들을 땅에 묻어 저주의 굿판 증거물들을 숙종에게 제시했다. 그런 것은 모두 궁녀들 도움 때문이다. 그러나 숙종은 김춘택이 장희재의 아내를 건드렸다는 말이 터져 나오자 그를 전라도 부안으로 유배를 보내 버렸

다.(1701년 11월 22일)

## 적(敵)과 아(我), 모두 김춘택이 두려웠다

5개월 뒤 1702년 4월 19일, 숙종이 종로를 행차할 때 김춘택의 바로 아랫동생 김보택이 임금의 가마를 막고 자기 형의 억울함을 눈물로 호소하며 유배를 풀어달라고 했다. 그의 호소가 받아들여져 잠시 석방된 김춘택은 다시 한양 북촌을 중심으로 움직이면서 당쟁에 개입하기 시작했다. 1704년 아버지 김진구가 죽자 그는 아버지 묘 옆에서 3년 상을 마쳤으며 1706년 봄 한양으로 올라왔다. 그가 한양 북촌에 나타나서 정치적인 문제에 처음 개입한 사안은 노론의 이념인 존명사상이다.

병자호란 당시 청나라와 화친을 주장했던 최명길의 손자를 숙종이 명나라 존명사상의 심장인 대보단 제관으로 임명하려 하자 노론이 말도 안 된다고 들고 일어났다. 이때 노론을 하나로 뭉치게 한 것이 김춘택이었다. 1706년 4월 2일 수찬 조태일이 김춘택은 위로는 임금도 협박하고 아래로 신하들을 능멸한다며 탄핵하고 나섰다. 이에 숙종은 "모두 김춘택에게 벌벌 떨고 있는데 그 기개가 가상하다."는 말로 그의 공격을 칭찬하며 김춘택을 남해로 유배 보내 버렸다. 다시 시작된 유배의 길, 하지만 이번 길은 한양 북촌과 영영 담을 쌓는 먼 길이었다.

김춘택의 묘
경기도 안산시 대야미동에 위치

　김춘택이 남해에 머물고 있었지만 소론은 여전히 그를 미워하고
두려워했다. 1706년 9월 17일, 이잠의 극렬한 탄핵 상소는 김춘택을
죽이고자 하는데 초점이 잡혀 있었다. 이잠은 1705년 숙종이 왕위를
세자에게 넘기려고 할 때 세자를 살해하려고 하는 무리들이 있었는
데 그 주모자가 바로 김춘택이라고 공격했다. 귀양 간 자를 공격한 것
에 숙종의 미움을 받은 이잠은 지독히도 모진 매를 맞다가 그날 그 자
리에서 죽었고, 김춘택도 땅 끝에서도 정국을 어지럽히니 섬에 가둬
나오지 못하게 하라는 임금의 명에 따라 제주도에 갇히게 되었다. 김
춘택은 5년 동안 제주도에 머물면서 아름다운 풍경을 시로 담아 작품
집 『북헌집』을 남겼다. 1711년 김춘택의 나이 42세, 전라도 임피(오늘
날 군산)로 그의 유배지가 바뀌었지만 그는 여전히 도성 출입이 금지
된 인물이었다. 1716년 5월 14일 정언 이진유는 "김춘택이 귀양 가면

조정이 조용하고 그가 나타나면 도성 전체가 들썩거린다."며 그가 한양과 멀지 않은 곳에 있다는 이유만으로 조정이 시끄럽다고 임금에게 그의 경계를 요청하는 글을 올리기도 했다.

김춘택의 인생은 사십대 이후 행적이 더 묘연하다. 이십대 중반 갑술환국을 기획하고 장희빈 사사를 주도한 그는 삼십대 중반부터 마흔여덟 살의 나이로 죽을 때까지 이곳저곳 귀양지를 떠돌았다. 1717년 4월 22일, 김춘택은 죽었지만 그가 어떻게 죽었는지 전혀 알려져 있지 않다. 김춘택에게는 7명의 아우들이 있었지만 모두 노론 일당 독재를 위해 자신들의 목숨을 초개(草芥)처럼 바친 인물들이다. 1720년 경종이 집권하자 김춘택은 역적의 수괴 명단에 가장 윗자리를 차지했다. 1722년 임인옥사가 일어나자 김춘택의 동생들 김보택과 김운택은 잡혀서 모진 고문 끝에 장살 당했고 김민택과 김조택, 김복택은 유배형에 처해졌다. 그래서 요절한 형제 두 명을 제외한 김춘택 동생들 모두는 임인옥사에 연루되어 죽거나 고초를 겪은 것이다. 그 가운데 김복택은 형제들 사이에는 가장 오래까지 살다가 죽었는데, 그런 그가 1740년 11월 5일 창덕궁 인정문 앞에서 영조에게 혹독하게 맞아 그 자리에서 죽었다. 그가 그렇게 맞아 죽은 이유는 '영조 출생의 의혹'들을 숙종이 남긴 시라고 읊고 다닌 죄 때문이었다. 김복택의 죽음은 뒤에서 더 언급하기로 한다.

김춘택의 동생들은 영조 등극 뒤 대부분 복권되었지만 영조를 괴롭히던 흉서 때문인지 김춘택의 복권은 허용되지 않았다. 정조 시대에는 그의 이름조차 실록에 전혀 언급되어 있지 않았다. 그러다가 김춘택이 죽은 지 170년 만에 겨우 명예가 회복되었다. 그의 까마득한 후배 영의정 심순택이 선배 김춘택의 명예 회복을 위해 임금에게 "그의 고매한 지식이 세월이 가도 그 빛이 꺼지지 않습니다. 가난한 선비로 간사한 자들 모함에 빠져 3번 옥에 갇히고 5번이나 귀양길에 올랐지만 특히 갑술년 인현왕후 복귀에 남다른 공을 세운 점이 있어 추증을 상신합니다."(1886년 12월 4일) 고종은 며칠 동안 숙고 끝에 그를 성균관 대사성으로 추증했다. 그래서 김춘택은 불천위(不遷位)란 칭호, 즉 나라에 큰 공이 있는 사람은 보통 4대까지 제사 지내는 유교의 예를 따르지 않고 사당을 만들어 영원히 그를 추모하게 했다.

그러나 김춘택이란 이름은 노론에게도 불편한 이름이었다. 그러다 보니 날카롭고 예민한 이름이 무뎌지는데 170년이란 시간이 필요했던 것이다. 아직도 김춘택은 역사에서 그 자취가 묘연하다. 김춘택이 1886년 죄인의 신분에서 벗어나 '불천위'라는 이름을 얻을 수 있었던 것은 노론 장기 집권 덕분이었다. 그러나 여전히 그는 수수께끼 가득한 인물이다.

# 이 아이를
# 임금으로 만들어 주세요!

1694년(갑술년) 서인 정권이 다시 등장하고 남인이 몰락한 것은 김춘택과 숙빈 최씨의 합작물이다. 두 사람의 노력으로 쫓겨났던 인현왕후도 돌아올 수 있었다.

갑술환국을 통해 하룻밤 사이 세상은 다시 남인에서 서인으로 바뀌었다. 그 하룻밤 세상의 변화를 주도한 여인이 바로 숙빈 최씨였다.

환국정치, 숙종이 즐겨 쓰는 정치적 기술인데, 오늘날로 말하면 대선이나 총선과 같은 정치권 전체가 물갈이 되는 상황을 말한다. 남인은 전혀 예상하지 못했다. 최씨라는 한 여인을 통해 세상이 이렇게 갑자기 바뀔 것이란 것을 전혀 예상하지 못한 것이다. 최씨는 정치적으로 순발력이 뛰어난 여인이다. 그런 그녀의 정치적 수완이나 감각이 결국 영조를 탄생시킨 것이다.

## 뜨는 숙빈 최씨, 몰락하는 희빈 장씨

1694년 4월 인현왕후는 숙종의 사과를 받으며 자신의 집에서 대궐로 들어왔다. 숙종은 민씨가 감고당에서 창덕궁 정문 돈화문 앞까지 올 때 직접 마중을 나가 그녀가 가마에서 내릴 때 손을 잡으며 미안하다고 했다. 그렇지만 서인 입장에서는 여전히 불안한 승리다. 숙종의 후계자로 왕자 이윤(경종)이 딱 버티고 남인의 바람막이 구실을 하고 있었다. 그러나 아직 서인에게는 후계 구도에 뛰어들 왕자가 없었다.

그런 상황에서 서인에게 선물처럼 영조가 재빨리 태어난 것이다. 그러니까 영조는 이미 태어나기 전부터 정치적으로 서인, 그리고 노론의 핵심 당원이 된 것이다. 또한 생모 숙빈 최씨를 굶주림에서 살려 준 것도 서인이고 대궐로 이끌어 영조를 낳게 한 것도 서인이고 노론이었다. 남인 입장에서는 혜성처럼 나타난 숙빈 최씨와 그 여인의 뱃속에서 잉태된 아이가 의문 투성이었을 것이다. 그녀는 영조를 낳고 곧바로 영빈 김씨(김수항의 손녀, 안동 김씨)에게 아들을 주었다. 거친 정치판에서 아이의 운명이 걱정이었을 것이다.

"이 아이를 임금으로 만들어 주세요!" 그런 마음으로 주었을 것이다. 숙빈 최씨가 그런 야심이 없었다면 영조는 그저 그런 평범한 왕자로 한 시대를 살았을 것이다. 실제로 연령군(1699~1719)이 그렇게 산 사람이다. 영조를 많이 따랐던 그는 어머니 명빈 박씨의 집안이 한미하여 역사에서 존재감 없이 그저 조용히 살다 조용히 사라진 인물이었다.

한편 정상까지 올라간 여인, 장희빈은 왕비에서 희빈으로 강등된 자신의 처지를 무척이나 한탄했을 듯하다. 장희빈은 어느 시대나 악독한 악녀로 표현된다. 노론의 나라 조선이니 남인을 대표했던 여인에게 그리 곱지 못한 시선을 주는 것은 당연할 것이다. 그래서 표독한 여인의 상징이 되었다. 장희빈은 1701년 10월 10일 사약을 먹고 죽었다. 그녀가 낳은 아들이 임금의 후계자인데 한 때 왕비였던 여인은 결국 죽었다. 임금인 남편에게 버림을 받은 그녀는 그 사내가 준 따뜻한 사약을 받기 싫었다. 사랑은 변할 수 있지만 그렇다고 사랑하지 않는다고 죽일 것까지는 없는 거였다. 서인 내부에서도 장희빈을 죽일 필요까지 있는가? 그런 동정론이 나왔다. 그렇게 해서 노론과 소론이 갈라졌다. 노론은 장희빈을 죽여야 하고, 소론은 세자 이윤(경종)을 생각해서 죽이지 말자는 의견이 대두되었다. 소론의 주장은 연산군이 어미 폐비 윤씨의 안타까운 죽음을 알고 폭군으로 변한 역사적 사실이 있는데 그럴 수는 없다는 거였다. 1701년 9월 23일, 임금은 한 달 전 인현왕후가 갑자기 죽은 것(1701년 8월 14일 창경궁 경춘전)이 희빈 장씨의 악독한 저주 때문이란 비망기를 내린다.

## 희빈 장씨 제거에 앞장서다

숙종은 갑자기 희빈 장씨에 대한 증오의 칼을 휘두른다. 사랑이 금이 가면 미움이 되고 그 미움이 금이 가면 증오심으로 변하는 것인가 보다. 그런 임금의 마음에 기름을 부은 것은 숙빈 최씨였다. "대비(명성왕후 숙종의 어머니)께서 병에 걸린 2년 동안 희빈 장씨는 병문안 한 번 가지 않았습니다. 그리고 '중궁전'이라 하지 않고 '민씨'라고 불렀지요. 뿐만 아니라 대궐 안에 이상한 신당을 만들고 궁녀들을 불러 이상한 굿판을 행했습니다." 이어 숙종에게 민진원(인현왕후의 오빠)이 다음과 같은 이야기를 전했다.

"왕비가 죽기 전에 희빈 장씨가 궁녀들을 시켜 창에 구멍을 뚫고 안을 들여다보는 짓을 서슴없이 행하고 각종 저주의 굿판을 벌여 원인도 모를 병에 걸려 시름시름 앓다가 죽었습니다." 그래서 숙종은 희빈 장씨가 벌인 저주의 굿판을 조사하게 하였는데 인현왕후가 거처하던 통명전 이곳저곳에서 왕비를 저주한 물건들이 땅 속에서 나온 것이다. 역사가 언제나 승자의 기록인 점을 감안하면 당시 희빈 장씨의 죽음은 억울한 면이 너무 많았다. 당쟁의 역사에서 승리한 노론은 자신들의 정당성을 확보하기 위해 희빈 장씨를 악녀로 묘사하는데 정사(실록)와 야사를 모두 동원했다.

그리고 장희빈을 죽음으로 몰아넣은 것에 민씨 형제들과 숙빈 최씨, 그리고 김춘택 등이 조직적으로 가담한 정황이 보인다. 희빈 장씨의 온갖 주술 행위에 쓰인 증거물들이 땅 속에서 나온 것은 충분히 조작되었을 가능성이 높다. 1701년 9월 25일 숙종은 궁녀들을 고문하여 희빈 장씨의 온갖 악행을 자백 받고 그들을 참형에 처했다. 그리고 보름 뒤 밤 숙종은 "첩을 절대 왕비로 삼지 마라!"는 유시를 내렸다. 앞으로 어떤 조선의 국왕도 첩을 왕비로 삼지 말라는 명이었다. 이런 임금의 명은 숙빈 최씨에게도 좋지 못한 소식이었다. 그녀는 왕비까지 꿈을 꾸었는지 모른다. 보름 뒤 숙종은 "희빈 장씨에게 사약을 먹여라!" 그렇게 지시했다. 그리고 "장씨가 자진했으니 예조에서 국상을 당한 예로 제사를 거행하라." 지시했다. 죄인이지만 세자의 어미라는 점이 감안된 조치였다. 실록은 희빈 장씨의 죽는 장면을 기록하지 않았다.

당시 궁녀가 썼다는 『인현왕후전』을 살펴보면 장희빈이 숙종의 미움을 받고 사약을 마실 때 마지막으로 아들을 보게 해달라고 했다고 한다. 마지막 어미의 청을 물리칠 수 없었던 숙종은 왕자 이윤(경종)을 장희빈에게 보여주자 한을 잔뜩 품은 여인은 "내 이 종자의 씨를 말려 버리겠다."고 울부짖으며 경종의 아랫도리를 훑었다고 한다.

그 때 경종의 나이 열네 살이고, 막 사내의 그것이 무르익을 나이였을 것이다. 그날 이후로 충격을 받은 경종은 목소리가 어눌하고 말을 더듬거리며 걸음을 걸을 때도 마치 내시처럼 걸었고 정신이 혼미한 상태로 지냈다고 한다. 그리고 결국 장희빈의 저주처럼 경종은 아이를 낳지 못하는 불구로 지냈다. 경종이 아이를 낳지 못하고 정신이 이상하다는 것은 국왕으로 자격이 없어 그래서 연잉군(영조)이 그 자리를 대신했다는 노론의 정치적 시각을 대변한다. 이처럼 노론은 정사와 야사를 자신들을 정당화하는데 미화했다. 그런 여론몰이에 주도적인 역할을 한 것이 김춘택이다. 궁녀가 썼다는 『인현왕후전』은 추측컨대 혹시 김춘택의 글이 아닐까? 아니면 김춘택을 흠모했던 궁녀의 작품일지 모른다. 김춘택에게 작가 수업을 받은 궁녀의 작품 『인현왕후전』은 장희빈을 악녀로 철저하게 묘사하고 있다.

## 잔인한 숙종, 광기의 영조

어쨌든 장희빈의 죽음은 노론과 소론의 갈림길이었고 그 단초를 제공한 사람은 민진원과 숙빈 최씨다. 숙빈 최씨가 유년 시절 민씨 집안에서 성장했으니 민씨들이 똘똘 뭉쳐 장희빈을 죽인 것이다. 숙빈 최씨는 조선의 정치사에 아주 중요한 분수령인 1694년 갑술환국과 1701년 장희빈의 죽음을 주도하였다.

장희빈은 죽기 직전까지 자기 죄를 인정하지 않았다. 그래서 숙종은 사약을 억지로 입에 넣어 죽였다. 다시 『인현왕후전』을 보면 희빈 장씨의 포악함이 잘 드러난다. "임금이 약을 주며 이것은 너의 죄에 비하면 상인 줄 알아라! 그러니 장씨가 발을 동동 구르며 민씨 죽은 것이 어찌 나의 죄요? 하고 따져 묻자 임금이 네가 저주를 퍼부어 죽은 것이니 네 몸을 토막 내 죽이는 것이 법이라 하시며 소매를 걷고 천고(千古)의 요악한 년! 그리 말씀 하시며 옆에 있던 자들에게 장씨 손을 잡게 하고 임금이 직접 막대기로 장씨 입을 젖힌 다음 세 그릇의 사약을 밀어 넣으니 그제야 큰 소리를 치며 피가 입에서 샘솟듯 하였다." 사실 작가는 희빈 장씨의 악독함을 말하고 싶었을 것이지만 필자는 그 구절을 읽으며 희빈 장씨에게는 측은함을, 숙종에게는 잔인하고 난폭함을 느낄 수 있었다.

영조가 종종 광인의 모습으로 죄인들을 직접 난도질할 때 그 난폭함은 어디에서 온 것인가 생각했는데 그건 숙종의 포악함을 닮은 것이다. 한때는 너무도 사랑한 나머지 어머니(명성왕후)에게 대들 정도로 아꼈던 여인을 숙종은 마지막에는 세상에 둘도 없는 폭력적인 방법으로 죽인 것이다. 그가 마지막으로 희빈 장씨에게 베푼 사랑은 사약 세 그릇이었으며 서둘러 죽인다고 인삼 달인 물을 퍼 넣어 급사시켰다. 정말 몹쓸 배려였다. 숙종의 폭군 기질은 나중에 영조에게 대물림된다. 영조 역시 아들 세자를 뒤주에 가둬 죽인다. 8일 동안 물 한 모금 주지 않고 목이 타들어가는 고통 속에 그 좁은 뒤주에서 팔다리도 움직이지 못하게 한 다음 죽게 만들었다.

아들을 그토록 잔인하게 죽인 사람은 고금의 어느 나라 역사에도 없다. 그러니까 숙종과 영조는 겉모습은 전혀 다르지만 난폭함은 아주 비슷했다고 볼 수 있다. 1728년 이인좌의 난은 당시 많은 반란군이 죽었으며 이름 모를 양민들이 반란군이라고 오해 받아 학살되었다. 영조는 어느 임금보다 많은 사람을 죽인 군주로 기록된다. 영조의 잔인함과 난폭함은 양면적이다. 감성적이고 다정다감한 면을 보이다가 어느 순간 이성을 잃고 광인처럼 행동하는 영조를 아들도 이해 못하고 신하들도 이해 못했다.

창경궁을 가면 화창한 날씨에도 어딘지 을씨년스럽다. 창경궁의 정문 홍화문을 지나 금천교에서 본전 명정전, 그리고 왼편이 사도세

눈이 쌓인 창경궁 전경

자 죽음과 관련된 문정전이 있으며, 뒤를 돌아 나오면 넓은 정원에 함
인정이 작고 아담하게 자리한다. 하지만 그 주변으로 연산군이 아버
지 성종의 후궁들을 잔인하게 죽인 장소 경춘전 앞뜰이 펼쳐져 있고
다시 오른편 전각이 통명전인데, 그 전각 앞에서 장희빈은 남편이 억
지로 먹인 사약 때문에 피를 토하고 죽었다.

특히 통명전 그 전각은 한이 많이 서린 곳이라 유난히 음습한 기운
이 감돈다. 연산군의 생모 폐비 윤씨도 그곳에 살다가 쫓겨나 결국 남
편 성종의 사약을 받았으며, 장희빈의 비극적인 죽음이 있던 현장이
기도 하다. 그래서 그런지 자주 이상한 일들이 일어나기도 했다. 현종

**창경궁 통명전 앞**
이곳에서 장희빈은 숙종에 의해 사사되었다. 통명전은 유난히 이상한 일들이 많이 일어났다.
숙종의 아버지 현종 시절에는 도깨비 소동이 일어나기도 했다.

무렵에는 갑자기 궁녀들 머리카락이 잘려 나가 도깨비 소동이 일어

난 곳도 그곳이며, 사도세자가 죽기 직전 불과 보름을 남겨 두고 갑자

기 나무가 부러지며 굉음을 내기도 했던 곳도 그곳이다. 사도세자는

그 때 자신의 죽음을 예감했다고 한다.

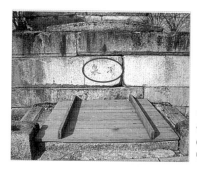

영조가 손수 돌에 새긴 **열천(우물)** 1984년 발굴
영조에게 우물은 어머니를 상징한다. 통명전 뒤 '열천'
에서 물을 길었던 숙빈 최씨, 이 우물을 영조는 자신의
탄생 뿌리라고 생각했다.

**통명전 앞 우물**
사도세자가 아버지에게 심한 꾸지람을 듣고 스스로
자결하려고 빠져 죽으려고 했다.

한편 통명전 뒤편에는 영조의 어머니 숙빈 최씨가 숙종을 처음 만난
곳이라 기념하기 위해 샘물을 만들고 '열천洌泉'이란 글씨까지 써놓
은 곳도 있다. 그리고 통명전 앞에는 지금도 숙빈 최씨가 물을 길렀을
것으로 추정되는 우물이 있다. 영조는 한 겨울에도 그곳 우물에서 이
가 시리도록 찬 물을 마시면서 어머니를 애타게 그리워했다고 한다.

# 아들을 엄하게 교육하다

숙빈 최씨는 세상에 의지할 곳 없는 고아나 마찬가지다. 그래서 자식을 키울 때 강하게 키우려고 했다. 영조가 딸들에게는 한없이 자상한 아버지 모습을 나타냈지만 아들 사도세자에게는 너무도 엄격한 아버지 모습이었다. 그건 숙빈 최씨 영향 때문이다.

영조가 금주령을 통해 술의 유통을 막은 것은 먹을 쌀도 없는 나라에서 술을 만든다고 낭비되는 쌀의 수요 때문이라 한다. 그러나 영조에겐 술에 대한 좋지 않은 기억이 있었다고 한다.

영조가 막 스무 살 되던 어느 날, 그는 종로 주막에서 거나하게 술을 마시고 그만 깜빡 잠이 들었다. 잠깐 잤다고 생각했는데 새벽닭 우는 소리가 들렸다. 놀란 그는 얼른 주변을 보니 입고 있던 옷도 가진 돈도 몽땅 털린 채 주막의 평상에 쓰러져 있었다.

그는 서둘러 경복궁 옆 창의궁 집으로 들어갔다. 밤새 아들이 돌아오지 않아 뜬눈으로 밤을 새운 최씨는 아들이 집으로 들어올 때 몰골을 보고 다짜고짜 다 장성한 아들을 방 안에 앉힌 뒤 종아리에 피가 고일 만큼 매질을 했다. 그리고 한참을 눈물을 흘리며 "너의 그 추한 모습을 보고 사람들이 얼마나 손가락질 했겠느냐? 천한 어미의 몸에서 태어났으니 천할 수밖에 없다는 말이 너의 귀에는 들리지 않느냐?"라고 했다.

그날 이후로 영조는 술을 아예 끊다시피 했다. 어느 임금보다 금주령을 혹독하게 실천한 영조, 술을 마시다가 혹은 제조하다 걸린 사람을 죽이기까지 해서 그의 술에 얽힌 악연이 왕이 되기 전의 좋지 않은 술의 기억 때문이라는 말이 돌았다. 하지만 그 일화에는 숙빈 최씨의 아들에 대한 완고한 교육 방식도 엿볼 수 있다.

1714년, 스물한 살이 된 연잉군 시절 모습과 영조의 어진을 비교해 보면 왕자 시절 잔뜩 주눅이 든 표정을 하고 있는 게 보인다. 숙빈 최씨는 궐 밖에서 연잉군이 임금의 아들로 살아가는데 작은 흠이라도 노출되지 않기 위해 엄격한 자기 절제를 강요했다. 그때까지 세자 윤은 스물여섯 살이지만 자식을 낳지 못하고 있었다. 숙빈 최씨는 자신의 아들이 임금이 될 것으로 생각했을까? 윤은 정신이 이상하다는 이야기가 공공연한 비밀이었다. 그래서 그랬을까 유난히 경제적인 문제에 민감했던 최씨다. 실록에는 여러 차례 숙빈 최씨의 재산에 대한 비판의 글이 보인다.

## 아들을 위해 재산 축적에 몰입하는 최씨

"연안(延安) 남대지(南大池)에서 민가에 물을 공급하면서 약 1천 석의 세금을 걷고 있습니다. 그것이 원래 수진궁(후궁들의 사당) 소속 재산인데 이제 숙빈 재산으로 넘기라는 명이 있는데, 왕자 집안에 그리 많은 재산을 넘기려 함은 청렴함을 가르치는 일과 거리가 멉니다."(1699년 8월 23일)

황해도 연안의 남대지라는 저수지는 조선의 3대 저수지로 그 규모가 엄청나다. 그런데 그곳을 숙빈 최씨 궁방세로 돌리라고 하자 왕자의 집안이 너무 많은 재산을 갖는다고 반대하는 상소문이다. 나라의 3대 저수지 가운데 하나를 숙빈 최씨에게 주라는 임금의 명에 신하들이 비판한 글이다.

1699년 12월 24일, 숙종은 병약한 아들을 보며 행복하고 오래 살라는 뜻으로 '연잉군(延礽君)'이란 왕자 이름을 지어 주었다. 대궐 안에서는 숙빈 최씨와 희빈 장씨의 불꽃 튀기는 사랑 대결이 한창이었고 대궐 밖에서는 김춘택을 중심으로 한 서인 정치인들과 장희재(장희빈의 오빠)를 중심으로 한 남인 정치인들의 대결이 한창 벌어지고 있었고, 장희빈이 사사된 뒤 숙빈 최씨는 대궐에서 나와 이현궁에 거주하고 있었다. 이때부터 그녀는 본격적으로 재산을 모으기 시작했다.

1702년 5월 25일, 실록의 기록은 연잉군 궁방에서 경기도 용인 등지에 토지를 매입하려다 소송이 걸렸던 이야기가 등장한다. 지주에게 너무 싼 가격으로 강매를 하여 지주가 억울하다며 나라에 진정서를 제출한 일이 있었다. 숙종은 지주에게 땅을 돌려 줄 것을 명했다. 그런 일이 일어나고 얼마 뒤 또 이런 상소가 접수되었다. "숙빈 최씨 궁방 (이현궁)에서 평택 직산 등지 포구를 만들어 민가의 피해를 주고 있다고 합니다. 서둘러 공사를 중지시켜 주십시오." 정치적 공격임을 감안한다 하더라도 숙빈 최씨가 유난히 경제적인 문제에 집착하고 부를 축적하려는 의도가 드러난다.

특히 숙빈 거처하는 주택 문제로 시끄러웠다. 왕자나 공주는 결혼을 하면 궁궐에서 나가게 되어 있다. 1704년 2월 21일 서종제 딸과 결혼한 연잉군은 궁궐에서 나가야 할 처지였다. 임금은 그의 주택 구입에 소홀함이 없도록 하란 지시를 내렸다. 숙종은 호조에서 돈을 지급해서 연잉군 주택을 구입하라고 지시했지만 호조는 돈을 마련할수 없어 계속 출궁 날짜가 잡히지 않았다. 신하들은 연잉군이 어머니 최씨와 같이 머물면 되지 그 넓은 이현궁을 놔두고 왜 또 왕자궁을 만들려고 하느냐고 비판적인 의견을 제시하지만 숙종은 신하들 의견을 듣지 않고 연잉군과 숙빈 거처를 따로 하라고 고집을 부렸다. 숙종의 뜻은 신분에 맞게 집을 가져야 한다고 생각했다. 연잉군은 왕자궁에서 거처하고 숙빈은 숙빈궁에서 살아야 한다고 생각했던 것이다.

## 천연두로 고생한 왕자 시절

1711년 영조의 열여덟 살 무렵에 걸린 천연두는 대궐을 긴장시키기에 충분했다. 영조의 어진(영조 51세 때 모습)을 보면 얼굴 전체가 마마 자국이 가득하다. 영조의 천연두는 그의 목숨까지 위협할 정도로 강력했다. 숙종은 왕자는 중궁전에서 키울 것을 지시했다. 그래서 두 왕자 이금과 이훤은 모두 왕비 인원왕후가 키우고 있었다. 당시 숙종의 계비 인원왕후는 인현왕후가 죽은 뒤 왕비로 들어온 여인이다. 그녀 역시 아이를 낳지 못하였다. 그녀는 자신이 아이를 낳지 못하는 것이 왕실에 죄를 짓는 것이라 생각하고 두 왕자의 양육을 잘 하는 일이 자신의 도리라고 생각했다.

그런데 지금은 사라진 천연두, 당시에는 엄청나게 무서운 병이었다. '호환 마마보다 더 무서운' 할 때 호환은 호랑이를 말하고 이 마마라는 것이 바로 천연두다. 조선 사람들은 이 마마 때문에 목숨들을 많이 잃었다. 영조는 살면서 네 번이나 심한 천연두를 앓은 것으로 기록되어 있다.

1711년 9월 6일 연잉군이 천연두에 걸린 뒤 두 달 만인 11월 9일 연령군도 마마를 앓기 시작했다는 기록도 등장한다. 마마는 전염성이 강한 것이 특징이었다. 신하들은 서둘러 숙종에게 중궁전을 다른 궁궐로 이전시켜야 한다고 목소리를 높였다. 여러 번의 간청 끝에 중궁전을 창덕궁에서 경희궁으로 옮겼다. 그런데 인원왕후조차 마마에 걸렸다. 다행히 연령군과 왕비는 천연두가 가볍게 지나갔다. 그렇지만 맨 처음 걸렸던 연잉군(영조)은 금방 나을 기미가 보이지 않았다.

이때 신하들은 대궐에 창궐할 천연두를 걱정하며 연잉군을 서둘러 출궁시켜야 한다고 연일 임금에게 고하고 있었다. 그러나 숙종은 이상하게도 연잉군을 내보내지 않고 고집을 피우고 있었다. 숙종이 아들을 좋아한 것은 맞지만 특별히 연잉군을 아낀 것은 다른 이유가 있었을 것이다. 우리는 그 이유를 어머니에게서 받은 폭력으로 이상한 행동을 하고 있던 당시 세자, 경종에게서 찾을 수 있을 것이다. 장성한 세자는 장희빈의 폭력 때문인지 아이를 낳지 못하고 있었고 행동도 이상했다. 그런 세자를 보면서 숙종은 걱정이 태산이었다.

연잉군은 1712년 2월 12일 대궐을 나와 창의궁으로 생모와 함께 나가 살게 되었다. 연잉군이 그렇게 대궐에서 떠밀려 나온 것도 사실 노론과 소론의 후계 구도에 대한 알력 때문이었다. 세자 윤을 위해 연잉군을 견제하려는 소론, 그들은 연잉군을 정치적 위험 인물로 보았다. 영조는 종종 집권 기간 자신의 젊은 시절 살던 창의궁을 둘러보고 눈물짓곤 했다. 영조가 창의궁에서 어머니 숙빈 최씨와 살다 10년 만인 1721년 세제로 책봉되어 대궐로 다시 복귀하기까지 그 힘들었던 시절이 생각나 눈물 흘렸을 것이다.

## 개인 재산을 갖고 있었던 영조

영조는 소박한 군주였다. 그건 어머니 교육 덕분이다. 영조는 한 벌의 낡은 옷을 십 년 넘게 기워 입고 살았다. 그러나 소박함은 본인에게만 한정되었을 뿐, 딸들이 시집을 갈 때는 너무 과다한 비용을 쓴다고 대간들의 핀잔을 자주 들었다.

영조는 왕위에 오른 뒤에도 사적인 재산을 갖고 있던 유일한 임금으로 알려져 있다. 그러나 얼마의 재산을 보유했는지 정확한 기록은 없다. 영조의 개인적인 재산은 나중에 사도세자가 종로 상인에게 빚을 진 것을 대신 갚아주는 일에도 쓰였다. 집권 초기 소론 강경파들은 임금이 가진 사적인 재산을 내수사로 편입해서 민생 안정을 위한 기금으로 쓰면 좋겠다고 여러 차례 건의를 한다. 그러나 그때마다 영조는 묵묵부답이었다.

해마다 9월이면 영조는 친경(親耕, 농사를 장려하기 위한 제례) 의식을 치렀다. 농사를 장려하기 위함인데 그 때 꼭 자기 토지에서 수확한 쌀을 받는 의식을 행하곤 했다. 영조는 자신이 입는 옷은 떨어져 해질 때까지 입고 살았지만 예식이나 의식에는 지나치게 많은 비용을 지출했다. 허례허식에 집착한 임금이기도 했다. 그런 점을 비판하면 영조는 "이 나라 전체가 임금 것인데 그런 말을 하는 저의가 뭐냐?"고 실눈을 뜨고 화를 냈다.

1728년 1월 17일 경기감사 서명균이 "양반 종친들이 도내 백성들 빚을 받기 위해 사람들을 고용해서 구타하고 횡포함이 심해 몇몇 사람들이 죽은 경우도 있습니다. 일체 추심 횡포를 근절시켜 주십시오."라는 진정서를 임금에게 제출했다.

이 상소문이 들어온 뒤 두 달 만에 '이인좌의 난'이 발발한 것이다. 1728년 이인좌의 난은 영조를 임금으로 보지 않은 양반과 평민, 그리고 하층민의 반란이며, 가난 때문에 굶어죽을 바에 나라를 바꾸어 보자는 민중 봉기 성격도 강했다.

감고당길 북촌 마을 모습

　당시 조선 사회는 양반의 도덕적 기반이 붕괴되고, 평민들에 대한 세금 부담은 더욱 확대되고 있었다. 문제는 복잡한 세금수취 제도, 그 가운데 가장 골칫거리는 군역(병역의 의무 대신 내는 세금)이 문제였다. 이것은 양반들은 세금에서 제외되었고 일반 평민들만 해당되어 있었다. 양반들은 관리로 나가는 것이 나라를 지킨다고 생각했고 평민들은 자신들에게만 주어진 납세의 의무로 힘에 겨워 살고 있었다. 그러다 보니 평민들 삶은 더욱 궁핍해졌고 토지를 독점하고 있던 일부 가문들의 부의 쏠림은 더욱 극심했다.

　영조는 집권 초기 사대부 가문에 휘둘리던 당시 조선의 정치와 경제를 개혁하고 싶었다. 영조가 대궐에서 나와 10년 동안 북악산 아래 북촌의 부자들과 다른 경복궁 왼편의 서촌에 살던 일반 서민들의 삶을 함께한 것은 백성들 입장에서는 개혁 군주를 맞이할 좋은 기회였다.

경복궁 왼편의 도성의 서촌은 오늘날도 그리 발전된 모습이 아니다.

종로구 체부동 일대는 여전히 1970년대 모습을 간직하고 있다. 좁은 골목을 사이에 두고 비탈길이 있는 동네는 시계가 1970년 어느 날에 그대로 멈춰 선 것 같은 모습을 하고 있다. 영조는 북촌의 노론 세력 지지를 받고 등극했지만 생각은 어머니처럼 천민이나 평민들 삶에 대한 동정심이 가득했던 임금이었다. 임금으로 정체성이 취약한 영조, 그의 개혁 정책을 떠받들 지지층이 단단해야 했지만 숙종의 아들이 아닐 것이라는 소문들로 집권 내내 흔들렸다. 흔들리면 흔들릴수록 영조는 자신을 지키기 위해 종종 폭군의 모습으로 변하고 있었다.

**북촌의 집들** 오늘날에도 과거의 부유함이 묻어 있다.

**북촌 길**

# 어머니를 생각하는 복잡한 마음

영조는 '어머니'라는 말만 들어도 눈물을 흘릴 만큼 어머니에 대한 그리움을 안고 살았다. 그런 그리움은 후궁은 임금의 어머니가 될 수 없다는 숙종의 고집 때문이었다. 하지만 영조의 삶을 보면 어머니를 그리워하는 마음 한 편에는 천민 생모를 두었다는 콤플렉스와 자기 연민으로 똘똘 뭉친 복잡한 정신 세계를 보인 임금의 모습을 자주 보여주었다.

강력한 왕권을 구가했던 숙종, 자신은 카리스마 강한 군주가 되었지만 그의 뒤를 이은 경종과 영조는 상대적으로 강력한 왕권을 펴지 못했다. 두 임금 모두 정비의 소생이 아닌 미천한 중인 혹은 천민 출신의 어머니에게서 태어났다는 신분적 콤플렉스 때문에 엄격한 신분사회 조선에서 임금의 권위를 인정받지 못했다. 더욱이 숙종은 희빈 장씨 죽음 이후 '후궁은 임금의 어미가 될 수 없다'고 못을 박아버렸다.

그런 이유 때문에 영조는 집권 10년 만에 최씨를 '사친(私親, 임금을 낳은 생모를 지칭함)'이라고 겨우 부를 수 있었다. 그것도 신하들의 눈치를 살피고 때로는 이런저런 정치 이벤트를 펼친 결과였다. 영조의 집권 52년을 이해하려면 숙빈 최씨에 대한 임금의 생각이 어떤가를 알아야 한다.

장희빈은 중인 신분의 여인이다. 그러니까 경종은 중인 신분의 피를 이어받아 임금이 되었다. 노론 세력들은 그런 중인 신분의 피를 수혈 받은 임금도 업신여겼다. 그런데 영조는 어떤가? 무수리는 천민을 뜻한다. 그런 천민에게 피를 이어받고 등극한 영조이니 오죽 생모에 대한 마음고생이 심했을까? 경종의 정신 발작, 영조의 가끔 일어나는 조울증이나 광기 등은 모두 자기 콤플렉스에 대한 방어 본능 때문일 수 있다. 영조는 어머니 숙빈 최씨를 추숭(追崇)하는 일에 지나치게 집착했다. 정책적으로 신분제도 완화와 평등사회 구현을 내걸면서 자연스럽게 자신의 출생에 대한 콤플렉스를 극복할 수도 있었지만 그에게는 그런 시대적 통찰이 부족했다. 그는 육상궁이나 혹은 어머니 시신이 잠들어 있는 소령원에 너무 자주 왕래했다. 두 곳을 참배한 기사는 《영조실록》에 약 350건이나 된다. 두 곳을 빈번하게 출입한 이유는 어머니에 대한 효심을 내보이며 충효 사상을 고취하려는 면도 있었을 것이고, 신하들에게 임금의 안타까운 마음을 내보이며 동정심을 얻고자 하려 했던 것으로 보여진다.

## 어머니, 쓸쓸한 죽음에 상처를 받다

그러나 그런 임금의 마음을 헤아리는 신하들은 많지 않았다. 모두들 살아 있는 인원왕후를 봐서라도 그리 자주 생모의 묘를 찾아가는 게 아니라는 충고뿐이었다. 숙빈 최씨는 1716년부터 2년 동안 시름시름 앓다가 1718년 3월 9일 세상을 떠났다. 그녀가 무슨 병을 앓았는지 그것은 기록이 없어 알 수가 없다. 영조는 어머니 숙빈 최씨가 죽자 장례를 치르면서 일어난 일을 꼼꼼하게 일기로 기록했다. 그때 기록한 일기를 『무술점차일기(戊戌苫次日記)』라고 제목을 붙였다. '무술년 지체가 낮은 사람의 상례에 관해 기록'이란 뜻이다. 스스로 어머니를 지체 낮은 사람으로 적은 것이다. 당시 영조는 세제로 책봉(3년 뒤 1721년 8월)된 상태도 아니고 그래서 외부에서 보는 시각은 출생이 모호한 왕자일 뿐이었다. 그런 시선들을 알기에 영조는 어머니 '장례일기'를 적으면서 장례식도 최대한 사대부 격식에 맞게 치르려고 했다.

영조는 집권 기간 내내 제사와 예절 의식을 어느 임금보다 강조한 군주였다. 그런 점은 역시 천민 어머니를 생모로 두었기 때문에 바깥사람에게 약점을 잡히지 않기 위한 내부의 단속 때문이었을 것이다. 그런데 그 꼼꼼하게 기록된 '장례일기'가 나중에 영조의 경종 독살설에 증거 자료가 된다.

영조는 목호룡 고변이 들어왔을 때 펄쩍 뛰었다. 목호룡을 모르고 장세상은 더욱 모른다고. 하지만 그의 장례일기 보면 '목호룡(지관)과

장세상(환관)을 대동하고 묘 자리를 돌아봄'이란 기록이 거의 매일 등장한다.

　숙빈 최씨가 죽은 뒤 꼭 한 달 넘게 영조는 장지를 둘러보기 위해 목호룡을 대동하고 돌아다녔다. 그 무렵 숙종은 중한 병에 걸려 있었다. 1718년 4월 20일, 실록의 기사를 보자. "숙빈 최씨의 장지를 볼 때 내관이 광주에서 좋은 자리를 얻었다고 하는데 그곳은 명선과 명혜 공주의 묘 자리와 겹치는데 청룡(靑龍)의 터라고 입장하려 하였으니 이보다 더 해괴한 일이 없다. 동행한 내관은 엄히 추고하라! 연잉군에게 우선 들어와서 보고하게 하고 다른 자리를 알아보도록 하라."

　명선공주, 명혜공주는 모두 현종의 딸들이다. 그런데 연잉군이 그 두 사람이 잠들어 있는 자리를 침범하며 생모 묘 자리를 정하려 한다는 소식을 숙종이 접하자 대노한 것이다. 그때 영조는 부왕에 대해 섭섭한 마음 가득했을 것이다. 자기가 당한 고통이나 아픔을 오래 기억하고 그것을 평생 곱씹는 사람들이 있는데 영조가 그런 사람이었다. 어머니 묘 자리를 정할 때 영조는 두 번이나 아버지에게 꾸지람을 받으며 다 결정해 놓은 장지가 계약 취소되는 일을 당한다. 그런 일을 겪은 것 때문에 영조는 집권 뒤에도 어머니 추숭 문제에 집착했을 것이다.

## 숙빈 최씨의 영혼이 잠들어 있는 소령원

　1718년 4월 22일, 『무술점차일기』에는 중사 장세상이 지관 목호룡

파주시 광탄면 영장리에 있는 소령원 들어가는
입구의 모습. 이 다리를 건너 조금 올라가면
소령원이 보인다.

숙빈 무덤

**소령원 전경**
소령원은 문화재 보호차원에서 아직 개방을 하지 않고 있다. 소령원을 찾아가는 길은 쉽지 않다.
그래서 그런지 사람 발길이 닿지 않는 그곳은 입구부터 아늑한 맛이 풍수의 기운이 느껴진다.

과 함께 양재동에 좋은 자리가 있어 땅 주인과 매매 계약을 체결했다는 기록이 있다. 4월 29일, 양재동 자리가 선릉(성종의 묘)과 마주본다는 이유로 숙종이 계약 취소를 지시했다는 기록도 등장한다. 실록의 그날 기록도 똑같다. 임금이 자리를 다른 곳으로 알아보라 하자, 세자(경종)는 "사성(沙城)에 올라보니 능이 전혀 보이지 않는다고 합니다."라고 보고했다. 그러자 임금은 "전에는 왕후의 능이 보였다고 하고 지금은 보이지 않는다고 하니 혼란스럽다. 마음이 불편하니 다른 자리를 알아보라!"라고 세자에게 지시를 한 것이다.

당시 숙종은 앞이 보이지 않을 정도로 시력이 저하되었고 노환이 심해 자주 병석에 누워 있었다. 그런 상황에서 생모의 묘를 알아본다고 상복을 입고 다니는 연잉군이 숙종은 마음에 들지 않았다. 그래서 1718년 5월 17일까지 상복을 벗으라고 명했다.

연잉군은 어머니 묘 자리로 양주 고령동 옹장리(지금의 파주시 광탄면 영장리)에 자리를 잡았다. 두 번의 장지 번복이 있은 뒤 마지막 선정이었다. 그리고 파주와 장단, 고양에서 차출한 인부들 약 900명으로 묘를 만들기 시작한다. 5월 13일, 오전부터 줄곧 내리던 비가 막상 묘 자리에 관이 입관할 무렵에는 그쳤다. 그날 묘 자리에 관 입관하는 일을 맡은 인부는 모두 180명. 영조는 당시 일을 꼼꼼하게 일기에 기록했다. 누가 참석하고 누가 무슨 도움을 주었는지 세밀하게 적었다. 그렇게 해서 1718년 5월 22일, 어머니 숙빈 최씨가 죽은 지 3개월 만에 졸곡제를 끝으로 모든 장례 일정을 마쳤다. 그리고 아버지의 따가운 논

숙빈 최씨 무덤에 있는 귀대석
국내에서 가장 큰 귀대석 비석이다.

귀대석 머리 위에 '왕' 자가 선명하다.
숙빈 최씨가 그토록 원한 것은 아들이 임금의
자리에 오르는 것이었다.

총 속에서도 연잉군은 소령원 옆에 움막을 짓고 3년 상을 치렀다.

서둘러 어머니 장례를 끝마친 서운함 때문일까? 영조는 집권한 뒤 곧바로 어머니 장지 보수작업을 지시했다. 1725년 3월 18일, 좌의정 민진원이 숙빈 최씨의 소령원에 안치할 신도비 운반 문제로 임금에게 이런 말을 했다. "지금 숙빈 묘 신도비 귀대석(龜臺石, 머리는 용의 형상, 몸은 거북이 모습을 한 비석)을 끌어다 운반하는데 자그마치 만 명의 인원을 동원하였다고 하니 한창 농사철인데 주변 논들은 어찌 하고 백성들은 농사를 어찌 할 것입니까? 숙빈 묘 단장을 추수 이후 땅이 언 뒤에 하는 것이 어떻겠습니까?" 땅도 얼고 날씨도 추워지는 그런 겨울에 묘 단장을 하자는 말에 울컥 화가 났지만 영조는 참았다. 민진원이 인현왕후 오빠이며, 그의 도움 없이는 이 혼란스러운 정국을 운영할 수 없다는 왕권이 취약한 임금의 권력 한계도 함께 느끼고 있었을 것이다.

영조는 "지금 알아보니 묘역 십여 리 근방까지 도착했다고 하니 다

온 것이다. 내가 여러 번 농사에 방해되지 않도록 하라고 지시했다."

며 민진원에게 변명을 했다. 집권 후반 카리스마 넘치는 영조와는 전혀 다른 민진원의 눈치를 보는 집권 초반 나약한 군주의 모습이 읽혀진다. 1725년 12월 23일 숙빈의 사당과 묘가 동시에 완공되었다. 숙빈 최씨 묘역에 있는 신도비는 다른 묘비에 비해 웅장함을 자랑한다.

특히 귀대석은 국내 최대의 크기를 자랑한다. 그러나 그 묘역과 사당에는 한동안 이름을 정하지 못하고 있었다. 숙종의 엄명 '후궁은 임금의 어머니가 될 수 없다'는 유훈 때문에 10년 동안 이름 없는 묘역과 사당으로 존재하고 있었다. 영조는 틈만 나면 그곳에 가서 눈물을 흘렸다. 임금을 낳은 생모의 묘역 묘비에 이름을 새길 수도 없는 자신의 처지가 한스러웠을 것이다.

**영조가 시묘살이 했다는 터**
소령원 관리소장 말씀으로는 영조 시묘살이 건물이 6·25 전쟁 전까지 이곳에 있었다고 한다.
지금은 그 건물터만 이끼에 가려져 있다.

# 천민 어머니를 높이는 집요한 노력

집권 37년 차, 1761년 8월 4일 영조는 어머니 최씨가 탄생한 옛날 집을 사들여 그 집안에게 귀속시킨 뒤 전매를 금하게 하라는 지시를 내린다. 그곳이 한성부 여경방 서학동, 오늘날 서울신문사 부근이며, 군기시라는 관청이 있던 곳이다. 생모 최씨가 이처럼 도심 한복판에서 태어났다는 것은 사실이 아니다. 그런데 영조는 생모의 출신 성분을 높이려고 사실을 조작한 것이다.

1731년 9월 9일, 이조판서 송인명과 병조판서 김재로가 접견을 청해 만났다. 그들이 자주 임금이 사친(숙빈 최씨)의 묘에 유숙하는 일이 잦으니 몸에 손상이 갈까 두렵다는 말을 했다. 그 무렵 인조의 능 손상이 심해 뱀이 자주 출현하고 그래서 평소 풍수지리에 관심에 많은 영조는 천장(묘 이장)을 결정한다. 그때 주변 최씨의 묘 주변을 들렸다가 유숙하는 일이 많아 이런 말이 나온 것이다.

그리고 3년 뒤 1734년 2월 18일, 이광좌가 숙빈 최씨를 추존하자고 청했지만 그 자리에서 거절했다. 그런데 그날 문득 영조는 윤신지의 문집을 읽다가 선조의 할머니(창빈 안씨)의 추숭 기록을 보고 있었다.

내용은 이렇다. "본관은 안산(安山)이다. 1499년 시흥에서 안탄대의 딸로 태어나, 1507년에 내명부 궁인으로 들어갔다. 행동이 정숙하고 참신하여 대비 윤씨의 후원으로 숙용까지 그 지위가 올랐다. 영양군을 1521년에 생산하였고, 정신옹주를 1526년에, 덕흥대원군을 1530년에 낳았다. 그녀의 손자가 되는 선조가 그녀를 정1품 빈으로 봉하여 창빈이란 칭호를 하사하고 그녀에게 제사를 지냈다."

영조는 과거 선례를 중시하는 신하들에게 근거를 제시할 딱 좋은 사례를 발견하고 곧바로 이조참의 서종옥을 불렀다.

"내가 선왕의 측실(첩) 아들로 외가가 너무 한미해 그동안 아무 말도 하지 않았는데, 외가 가운데 나라의 목장을 관리하던 태복시에 종사한 인물이 있더구나. 그런데 과거 사례를 보니 나와 비슷한 전례가 있어 그 일처럼 하고 싶다."

그리고 한참을 생각하던 영조는 갑자기 조보(신하들이 아침에 조회 참석할 때 보는 관보)에는 자신이 지금 한 말을 적지 말라고 지시했다. 치밀한 영조인데 그날 따라 임금은 감정이 앞선 행동들을 하고 있었다.


어머니! 부르기만 해도 눈물이

그리고 잠시 있다가 영조는 서종옥을 보며 한참동안 눈물을 흘리다 말을 이었다. "엊그제 능을 다녀 온 뒤 슬퍼서 말이 나오지 않는다." 영조는 어머니 산소를 다녀 온 뒤 비문에 여전히 '임금의 생모'라는 사실이 적시되어 있지 않고 있음에 안타까움을 눈물로 표현하고 있었다. 그리고 그날 결국 '사친(私親, 임금의 생모)'이란 글을 최씨 묘비에 넣을 것을 신하들과 합의했다. 그날 일이 치밀한 행동인지 아니면 감정적인 행동인지는 확실하지 않다. 그런데 집권 10년차, 그리고 어머니 제사를 불과 20일 앞둔 상황에서 묘비에 두 글자 '사친'을 적는데 신하들과 합의한 것을 보면 이것 역시 치밀한 계산에 의해 행동했을 듯하다.

집권 10년이 넘었지만 당시 영조는 후계자도 없었고 매우 불안한 군주의 모습을 하고 있었다. 하지만 영조의 인내심은 대단했다. 집권 10년 만에 숙빈 최씨를 공식적으로 생모라고 인정받은 뒤 다시 집권 20년 맞아 어머니 묘지에 이름을 얻었다.

영조는 어머니 최씨 이야기가 나올 때 꼭 송나라 인종의 사례를 언급했다. 송나라 인종의 생모는 원래 유부녀였는데 황제의 눈에 들어 대궐에 들어왔고 인종을 낳아 '장의황후' 칭호를 얻었다. 그런데 당시 황후였던 장헌황후 유씨의 미움을 받아 별궁에 유폐 조치를 받는다. 그리고 자식을 낳지 못하던 장헌황후는 인종까지 빼앗아 키운다. 인종은 장의왕후 이씨가 자신의 친모라는 사실을 몰랐다. 인종은 다른 형제들이 모두 일찍 죽는 바람에 아홉 살에 태자로 봉해지고 나이 15세에 황제가 된다. 그러나 생모 장의황후는 죽을 때까지 자기가 생모라는 사실을 숨긴 것이다. 그러다 인종이 나중에 그 사실을 알고 죽은 생모의 묘를 존호하기 위해 천궁(묘 이장)하려고 관을 꺼냈을 때 그곳에는 황후 옷을 곱게 차려 입은 여인의 시신이 발견되었다. 그것은 법적인 어머니 장헌황후가 나중에 황제의 생모를 핍박한 사실을 알고 자기 무덤이 파헤쳐질까 봐 미리 조치를 취한 것이다.

영조가 이런 송나라 인종의 이야기를 언급한 것은 자신의 생모에 대한 추숭 작업을 신하들이 미리 헤아려 주었으면 하는 마음에서다. 이야기를 마친 뒤 영조는 꼭 어머니 숙빈 최씨와 숙종의 둘째 계비 인원왕후, 그리고 숙종의 후궁 영빈 김씨 사이에는 언제나 한 치의 틈도 없었다는 점을 꼭 강조했다. 그러나 임금이나 신하 모두의 고민은 임금의 법적인 어머니 인원왕후가 1757년까지 생존해 있어 함부로 생모 숙빈 최씨를 추숭하자고 공론화할 수 있는 분위기가 아니라는데 문제가 있었다. 당시 숙빈 최씨를 신하들은 그녀가 죽은 뒤 저들끼리는 '보경당'이라 불렀다. '보경당'에서 영조 임금을 낳았다는 이유에서다. 하지만 영조 앞에서는 감히 그런 호칭을 쓰지 못했다.

## 모든 골치 아픈 문제는 여론 조사로 풀다

이런 문제를 해결하기 위해 1739년 3월 15일, 우의정 송인명은 독특하게 이 일을 해결하려고 했다. 그날 조선의 관리들 전원을 상대로 여론 조사를 실시했다. 물론 지방 관리들은 제외되었고 도성 궁궐 안 관리들을 대상으로 했을 것이다. 송인명이 단독으로 한 일인 것처럼 실록에 기록되어 있지만 영조의 복심이 작용했을 듯하다. 송나라 인종이 생모의 묘를 추존한 것이 옳은 일이냐, 아니면 그른 일이냐고 묻는 것이었다. 역사 속의 사례이지만 바보가 아닌 바에야 임금의 마음이 어디에 있는지 모르는 사람은 없었다. 송인명은 여론 조사 결과 538명 전부 찬성이 나왔다고 임금에게 보고했다. 당연히 실명으로 조사했으니 거부할 수 없는 찬성 여론 조사였다. 그러자 영조는 스스로 해결할 문제는 아니라며 손사래를 친다. 솔직히 속이 보인 행동이라는 뜻이다. 영조는 평소 국가 중요 정책을 실행할 때 여론 조사를 좋아했다. 청계천 공사를 시작할 때도 그랬고, 균역법을 실시할 때도 여론 조사를 실시했다.

1743년 11월 28일 사헌부 정언 조중회가 장문의 상소문을 올렸다. 그 내용은 "임금이 시도 때도 없이 사친의 묘를 참배한다고 하고, 계획에도 없는 묘 부근에 유숙을 하고 하니 움직임을 신중히 해야 하는 임금에게는 체모가 아닙니다."라고 영조의 잦은 숙빈 최씨 묘역 참배에 비판을 하고 나선 것이다. 영조는 울컥 화가 났지만 참았다. 그리고 그의 상소문을 놓고 한 달 내내 신하들의 버릇없음을 타박했다. 말이 많은 임금이라 잔소리도 집요했다. 똑같은 잔소리를 듣는 신하들도 머리가 아팠을 법하다. 영조의 집요한 잔소리에 정승들이 화답했다. 잔소리 그만하시라, 무슨 뜻인지 알겠다는 대답이다. 그래서 1744년 3월 7일, 영의정 김재로와 좌의정 송인명을 중심으로 숙빈 최씨 사당과 묘의 이름을 지어 올렸다. 숙빈 최씨의 경복궁 북쪽의 사당을 '육상(毓祥)'이라 했고, 고양에 있는 묘 이름을 '소령(昭寧)'이라 했다. 이것이 영조 집권 20년 만의 일이다.

## 숙빈 최씨 탄생지를 조작하다

그리고 다시 등극한 지 30년 앞둔 해인, 1753년 6월 25일 숙빈 최씨는 '화경(和敬)'이란 시호를 얻는 동시 육상의 사당은 묘(廟)에서 궁(宮)으로 소령의 무덤은 묘(墓)에서 원(園)으로 비빈의 예우를 받은 것이다. 집권 10년 1734년 2월 18일 묘비에 '사친'이란 두 글자를 겨우 적은 영조, 집권 20년 만에 이름도 없는 사당과 묘에 '육상과 소령'이란 이름을 얻었고, 드디어 30년 만에 영조 스스로 만족할 만한 생모에 대한 추숭 작업들 격식이 갖춰진 것이다.

그런데 신하들은 "옛날부터 왕비가 아니면 이런 일은 없었습니다." 라고 임금에게 이례적인 일이니 그리 아시라는 언급도 친절하게 달아서 글을 올렸다. 30년 동안의 집요함과 치밀함으로 이룩된 생모 추숭 작업은 영조의 성격과 정치 스타일을 잘 보여준 사례다. 스스로 올리지 않고 저들이 깨달아서 올릴 때까지 집요하고 고집스럽게 참고 기다린 것을 보면 영조의 집요함은 누구도 당해낼 수 없다.

그런데 영조는 여기서 한 걸음 더 나갔다. 이제 아예 무수리 출신의 생모 과거를 조작하려 했다. 1761년 8월 2일 인현왕후 탄생한 곳이 배추밭으로 변했다며 그곳에 집을 짓게 하고 후손들이 살게 하라고 지시했다. 그곳은 오늘날 최초의 한국 근대 중등교육 기관인 배재학당 부근으로, 현재는 평안교회 입구에 '인현왕후 탄생지'라는 표

서울 중구 순화동 평안교회에 인현왕후 탄생 표석이 있다.

인현왕후 탄생지
영조는 이곳을 추모동이라 명명했다.

석이 세워져 있다. 그리고 이틀 뒤인 8월 4일, 영조는 여경방(餘慶坊) 서학동(西學洞)이 숙빈 최씨의 탄생지라는 말을 듣고 선전관에게 명해 어떤 형태인지 그려오게 했다. 그곳은 오늘날 태평로에 위치한 서울신문사 부근으로 무기를 만드는 군기시(軍器寺)가 당시에 있었다고 한다.

영조의 인현왕후 탄생지와 숙빈 최씨 탄생지를 잇달아 발굴하여 추모하고 존숭하는 작업은 어딘지 정치적 의도를 갖고 조작한 흔적이 역력하다. 특히 숙빈 최씨의 탄생지가 도성의 한복판에 위치했다는 것은 너무 무리한 역사 조작이었다. 임금은 숙빈 최씨가 탄생했다고 전해지는 그 집을 사들이게 하고 최씨 자손들이 대대로 살면서 전

군기시터

서울신문사와 시청 사이 골목

매하지 못하게 했다. 그리고 직접 그 집을 둘러 본 뒤 그 주변 백성들을 격려했다.

그러나 이런 임금의 생모 신분 상승을 위한 탄생지 조작 사건에도 불구하고 여전히 영조의 탄생 의혹, 즉 김춘택의 아들일 거라는 흉서(凶書)들은 영조의 마음을 아프게 했다. 영조는 집권 52년 동안 내내 자신을 지독히도 괴롭힌 흉한 글들 때문에 곤욕을 치렀다. 실록을 보면 《영조실록》에서만 흉서 관련 기사가 총 190회 나타난다. 다른 시대보다 월등히 많은 숫자다. 그만큼 영조를 반대한 정치 세력이 집요하게 임금의 과거사 문제를 도성의 성문에 적어 대중들을 선동했다는 말이다. 특히 영조가 마음 아파한 글들은 숙종의 아들이 아닐 것이란 글이었다. 그 글을 발견하는 사람은 그저 "차마 입에 담기 힘든 글을 보았습니다."라는 보고만 할 뿐 글의 내용은 올리지 말 것을 지시했다. 영조 자신이 그 글을 보는 것만으로도 심장을 떨렸기 때문이다.

그런 유언비어에 대한 스트레스 때문에 영조가 어머니 숙빈 최씨 탄생지를 조작하고 생모 추숭 작업에 치밀하게 대응한 것이다. 임금이란 하늘이 내려준 신분이라고 생각했던 왕조 국가에서 천민 무수리 출신 아들이 임금이 되었다고 생각해 보면 그가 겪은 고통이 얼마나 참담했을지 짐작이 간다.

그런 참담한 슬픔을 평생 가슴에 담고 있던 임금이라 감정 기복이 유난히 심했다. 영조의 마음 깊은 곳에 '어머니'라는 세 단어는 만감이 교차하는 단어였을 것이다. 1773년 영조 집권 43년 6월 13일 실록에는 이런 글이 기록되어 있다. 이때 신 아무개란 자가 화경숙빈(和敬淑嬪)을 존숭하여 능(陵)으로 봉하길 청하자 임금이 "근일 능으로 봉하자고 청한 자들은 사리도 없고 다만 임금에게 아부하여 공을 취하려는 자다. 선조의 유훈이 아니라도 숙빈(淑嬪)의 겸손하고 소박한 뜻이 맞지 않는 지나친 예를 말하니 요즘 세속의 얄팍함이 그대로 드러난다."고 말했다. 사도세자를 죽인 영조, 죽기 직전에는 절대 군주의 면모를 유감없이 보여주던 시기, 임금에게 아부하려 한 자가 숙빈묘를 후궁의 반열이 아닌 왕비의 반열로 올리려고 임금에게 그 의견을 개진했다가 꾸중을 듣는 장면이 기록된 것이다. 이런 점으로 미뤄 보면 영조는 자기 아들을 희생시켜 절대군주의 위상을 얻은 것이다.

# 이상한 형과
# 비정한 아우

# 과연 형을 죽였을까?

경종 독살설은 아직도 풀리지 않는 역사의 수수께끼다. 그러나 정황상 모든 면을 놓고 본다면 영조가 경종을 독살하는데 참여했거나 아니면 수수방관했을 것은 분명하다. 누 군가 독살하려 했을 때 적어도 암묵적 동의를 했다는 이야기다. 그런 집권 과정의 부도 덕함 때문에 52년 동안 정치는 조용할 날이 없었다.

영조는 집권 52년 동안 한 해도 평화롭게 넘어간 적이 없었다. 우리 가 국사 시간에 배운 영조와 정조의 태평시대란 말은 노론 권문세가 들의 입장이다. 영조는 엄밀히 말하면 조선을 전체 다 통치했다고 보 기도 어렵다. 전라도, 경상도는 영조 집권 기간 내내 반역의 땅으로 폄하되었다. 경상도에서 올라오는 수산물은 믿을 수 없다며 받지 말 라고까지 했다. 그 안에 독극물이라도 들어 있을까 불안했던 것이다. 1728년 3월에 일어난 이인좌의 난에 영남 지역 7만 명을 포함해 전국 적으로 약 20만 명이 반란의 대열에 참가했다. 조선의 역사에서 가장 큰 규모의 민란이었다. 그들이 내건 구호는 두 가지다.

하나, 영조는 숙종의 아들이 아니다.
둘, 영조는 경종을 독살한 주범이다.

정말 영조는 경종을 죽였을까? 결론부터 말하면 영조는 아니라고 했다. 그런 일은 결코 없다고. 하지만 영조는 집권 초반 몇 차례 심야 토론을 하면서 자신의 속내를 꺼낸 적이 있다. 우선 자신은 독살 계획에 참여하지 않았지만 자신의 측근들, 그러니까 처조카 서덕수와 자신의 집사 백망 이런 자들은 워낙 거친 자들이고 욕심이 많아서 자기 몰래 그런 일을 시도한지 모르겠다는 말을 했다. 다른 하나는 대개 사람들이 노론이 자신을 든든히 지지한 걸로 아는데 그것은 사실과 다르고 노론에게 핍박을 받았다고 주장했다. 처음 말한 것은 아랫사람 저들끼리 그런 무서운 짓을 저질렀을 수 있다는 것으로 들리고, 특히 게장과 생감으로 죽였다는 것은 터무니없는 억지라고 주장했다. 그래서 모든 책임을 어의 이공윤에게 돌렸다. 다른 한 가지 주장, 노론에게 핍박당했다는 것은 노론에게 거칠게 항의 받았다. 목숨까지 바쳐가며 지켜주니 오히려 뺨을 맞은 느낌이라고 분개했다. 그래서 한동안 노론과 냉랭한 기운이 감돌았다. 집권 초반 영조는 이쪽 사람들의 마음과 저쪽 사람들의 마음을 어루만지느라 왔다갔다 좌충우돌 정신이 없었다.

### 영조를 지켜 준 '김씨 성을 가진 궁녀'들

1757년 12월 4일, 영조는 갑자기 상궁 김씨에 대한 위로의 글을 한 편 짓는다. 1723년 죽었다는 그녀를 영조가 왜 그날 갑자기 추억하며 고마움을 표시한 걸까? 영조는 그녀를 생각하면 마음 한 곳이 아리다고 표현했다. 그녀가 바로 영조를 지킨 그 어깨가 딱 벌어진 건장한 체격의 여인일까? 영조가 자신을 핍박하던 환관 박상검을 피해 대궐 담장을 그녀의 어깨를 빌려 넘었다는 그 사내 같은 여인을 말하는 걸까?

1725년 4월 7일, 영조는 박상검을 따르던 환관 6명을 고문 끝에 죽였다. 그렇게 해서 경종에게 충성하던 환관들을 전부 제거한 것이다. 그들은 죽으면서 1721년 12월 '여우사냥'의 그 전말을 이야기했다. 일명, 여우사냥은 바로 '김씨 성을 가진 궁녀'를 말하는 은어였다. 누구는 그 여우가 동궁에서 밤마다 바깥 세상과 연락을 하는 '상궁 김씨'라는 말도 돌았다. 또 이런 소문도 돌았다. "대궐 안에 여우가 살고 있는데 이것이 밤만 되면 사람 형상을 하고 흰 족두리를 쓰고 돌아다닌다." 그 소문이 돈 뒤 박상검은 동궁이 대전으로 통하는 청휘문(淸暉門) 주위를 그물로 치고 일체 사람 출입을 금하게 한 뒤 군사들을 배치했다. 동궁은 바깥 세상과 완전 차단된 상태가 된 것이다. 이때 연잉군은 필사의 탈출을 시도한다. 그때 그의 목숨을 구해 준 여인이 바로 '상궁 김씨'라는 것이다.

그런데 경종이 죽기 직전 소론에서는 여러 차례 '김씨 성을 가진 궁녀를 처벌해 달라!'는 요구를 하고 있었다. 그것도 아주 집요하게 요구했다. 1724년 4월 이후 수십 차례 상소가 들어왔다. 그런데 영조의 목숨을 구해 준 '김상궁'은 한 명이 아니었다. 담장을 넘을 때 어깨를 빌려 준 덩치 큰 김상궁, 그리고 수라간에서 임금의 독살을 시도했던 김상궁도 등장한다. 소론이 집요하게 조사를 요구한 여인은 바로 수라간에서 일을 했다는 그 김상궁이다. 영조는 왕위 16년 만에 이들 '김씨 성을 가진 상궁'들에게 크게 표창을 했다.

1740년 11월 5일, 특명(特命)으로 '김씨 성을 가진 두 궁녀의 행실을 높이 표창하라!' 하였다. 두 사람 친족들도 높이 표창하라 하였다. 두 궁인이 궁중에 있으면서 매우 근면하고 충성스런 정성을 바쳤는데도 한쪽의 사람들이 의심하여 이를 구실로 삼아 죄주자고 논한 일이 있었는데 이때 이르러 상을 내린 것이다.

지겹도록 집요한 영조

영조는 평생 과거 문제(경종 독살)로부터 자유롭지 못했다. 1766년 10월 26일, 영조는 갑자기 판부사 서명균을 접견한 자리에서 이렇게 말했다. "서덕수의 거짓 자복이 결국 억울한 다섯 사람의 죽음을 불러왔다." 임금이 억울하게 죽었다고 생각한 다섯 사람은 누구인가? 바로 1722년 3월 27에 벌어진 목호룡의 고변에서 조사받다 맞아 죽은 사람 김용택·심상길·정인중·백망·서덕수 등을 말한다. 영조

궁궐의 높은 담
이렇게 높은 담에 갇혀 있던 영조는 생명의 은인인 건장한 김상궁의 어깨를 빌려 탈출한다.

는 44년이나 지난 뒤에도 그 이야기를 하고 있었다. 아니 1776년 죽기 두 달 전에도 비슷한 이야기를 했다.

영조의 성격, 집요하고 고집스러움. 해결되지 않은 문제는 끝까지 파고드는 끈기가 돋보임. 그러나 경쾌하고 밝은 측면은 없고 매사 지저분하게 오래 끌고 지겹도록 고집을 피움. 아마 영조를 가르친 담임 선생님이 있다면 그의 생활기록표 성격 발달이란 항목에 기록할 문구에는 이런 글이 등장했을 것이다. 이렇게 영조는 관련 당사자들이 모두 죽고 아무도 그 사건을 알 수 없는 일에 또 매달렸다.

당시 영조는 일흔세 살이었다. 노환과 치매로 과거의 기억들이 희미한 상황에서도 지난 일에 집착했다. 영조는 소론 스스로 그 '임인옥사 기록'을 지우길 원했다. 처음에 소론의 영수 이광좌에게 부탁했지만 그는 끝내 거부하고 죽었다. 그런 그의 처사에 영조는 두고두고 씹었다. 1740년 7월 23일 병조판서 조현명에게 "1722년 일어난 임인옥안의 기록들을 삭제했는가?" 하고 물었다. 그러자 그는 아직 고치지 못했다고 답했다. 영조는 버럭 화를 냈다. 그리고 영조는 1년 동안 집요하게 이 불편한 기록 '임인옥안' 문제를 물고 늘어졌다. 그래서 1741년 9월 23일, 그토록 원했던 '임인옥사 사건 기록'을 모두 소각하는 선물을 받았다. 세자의 사부이며 소론의 거두 조현명이 "이 옥안 기록들을 영원히 제거한다면 분쟁을 종식시킬 수 있으니 어찌 상쾌하지 않겠습니까?" 이리 건의하자 임금은 반가운 표정을 지으며 "그리하라!" 그렇게 말한 것이다. 이틀 뒤 임금은 "임인년의 옥안은 지난 역사에 없는 것이다. 그것이 임금은 임금 도리를 하고 신하는 신하 도리를 하는 도리를 바르게 하는데 있어 비상(非常) 한 조처였다."며 역사 은폐를 정당화했다.

## 실록에 기록된 당시 영조의 범죄 사실

영조는 결국 임인옥사의 죄인들 심문 내용을 기록한 책자를 없애는데 성공했다. 목호룡의 고변으로 터진 그 사건은 우리가 상상하는 것 이상으로 영조의 당시 죄목들이 구체적으로 기술되어 있다. 목호룡은 한때는 남인으로, 그러다가 김일경과 의기투합하여 노론에게 위장으로 전향해서 경종 제거 작전들을 아주 상세하게 확인할 수 있었다.

1722년 3월 27일, 목호룡의 고변서가 임금에게 올라갔다. 그는 당시 노론이 경종을 시해하기 위해 벌이는 음모들을 '삼급수(三急手)'로 요약 정리하여 올렸다. 삼급수는 세 가지 제거 방법을 말한다. 삼급수의 첫 번째, 대급수(大急手)는 군사를 동원에서 경종을 시해하고 연잉군을 옹립하는 것을 말하고, 두 번째 소급수(小急手)는 중국에서 사온 약재를 이용해 경종을 독살시키는 방법, 그리고 세 번째 평지수(平地手)는 왕(숙종)의 유언을 몰래 고쳐 경종을 폐위시키고 연잉군을 옹립한다는 계획이었다. 이런 음모를 실천에 옮기기 위해 노론 세력들은 은 3천 냥을 모아 경종을 제거하기 위해 세 갈래로 일을 진행시켰다는 것이다. 제일 위급한 상황의 '대급수'는 최악의 상황을 설정한 것이다. 이는 실제 일어난 일이 아니니 모르는 것이고, 문제는 '소급수'와 '평지수'이다.

영조는 어머니 숙빈 최씨가 죽은 뒤 노론의 확고한 지지를 받으며 경종의 후계자 위치에 있었다. 그런데 소론이 경종의 차기 대권 후보자로 양자를 들이려는 계획들을 알게 되자 위기감이 증폭되었다. 노론은 서둘러 위기를 극복할 극약 처방을 준비했다. 그것이 바로 목호룡이 말한 삼급수 경종 제거 방법이었다. 목호룡은 연잉군과는 친분이 있었다. 숙빈 최씨 장례 기간 동안 지관으로 일했던 목호룡은 노론 세력들의 음모를 파악하기 위해 일부러 연잉군 참모들에게 접근한 것이다.

목호룡이 처음에 이희지에게 둔갑술을 가르쳐주겠다고 접근했다. 사건의 주모자들은 대개 연잉군 주변 사람들과 노론 4대신(김창집·이건명·이이명·조태채)의 자식들이었다. 이이명의 조카인 이희지를 통해 접근에 성공한 목호룡은 연동에 사는 김용택(김춘택의 사촌 동생)과 정인중, 그리고 연잉군의 집안일을 하던 백망, 이이명의 아들 이천기, 연잉군의 처조카 서덕수 등을 두루 만나 그들의 동정과 임무들을 자세히 메모해 두었다고 폭로한 것이다.

조사 결과 연잉군(영조)은 경종 살해를 위해 움직이는 이들의 수괴 (우두머리, 총괄 책임) 역할을 한 것이 확인된다. 그래서 역모의 수괴로 등재된 것이다. 임인옥안 기록들은 영조의 집요한 노력으로 전부 사라졌다. 그래도 상대적으로 객관적인 기록이라 평가되는《경종실록》을 정밀하게 살펴보면 사건 경위가 대략 그려진다.

처음 이 사건은 3월 27일 접수되었지만 경종은 수사만 지시하고 어쩐지 열심히 조사하지 않았다. 그런데 옥에 갇혀 있던 백망(연잉군의 집사)이 탈출하는 일이 벌어졌다. 경종은 이 사건이 그저 상대를 흠집 내려는 고변서인지 알고 있다가 뭔가 대단한 음모들이 있다고 판단하여 강도 높은 조사를 지시했다. 그래서 사건 접수 보름 만에 고변서에 등장하는 사람들 모두를 가두고 조사가 진행되었다. 조사 방법은 관련자들 단독 심문, 그리고 목호룡과 대질 신문, 그리고 서로 일을 꾸민 자들 대면 신문 등 다양한 방법으로 이루어졌다.

대개 목호룡의 대질 신문에서 변명하지 못하고 그들은 입을 다물었다. 목호룡은 그들을 만난 날짜, 그리고 그때 한 말 등을 정확히 기록하고 들이 밀었다. 너무도 세세한 나열이라 잡혀온 자들은 입을 벌리고 아무 말도 하지 못했다. 그렇지만 사건의 핵심 당사자 백망과 김용택, 이천기는 죽으면서도 끝내 영조의 연루설을 부인했다. 영조가 죽을 때까지 이들의 신원을 회복시키기 위해 집착한 것은 그들에 대한 의리 때문이다.

# 청나라 사신이
# 연잉군을 살리다

1722년 6월 4일 경종실록. "왕세제는 청나라 사신을 전송했다. 그때 호조 몰래 은 5천1백 낭을 주었다." 이 돈을 통해 청나라 황제의 책봉 교서를 진달받는다. 당시 급박했던 정치적 상황에 비춰 보면 돈은 사신의 뇌물임이 확실하다.

영조를 죽음에서 구한 것은 엉뚱하게도 청나라 사신이었다. 그때 청나라 사신이 조선에 조금 늦게 도착했어도 그는 죽었을지 모른다. 1722년 3월 27일 목호룡의 고변은 연잉군을 목표로 조여들고 있었다. 4월 5일 국경을 넘은 청나라 사신과 이건명, 유척기는 촌각을 다투면서 한양으로 들어오려고 했다. 그때 소론은 청나라 사신의 한양 입성을 최대한 저지하려고 했다. 우선 경종에게 목호룡의 고변서에 이건명의 이름이 올라 있으니 그를 국경에서 가두어야 한다고 소론 측에서 주장했다.

그 주장이 받아들여져 이건명은 압록강을 넘자마자 죄인 신분이 되어 국경 지역에 위리안치 상태로 있었다. 그런데 이들 사신들이 황제 앞에서 임금(경종)의 병세를 이야기한 것이 밝혀져 논란이 확산되었다. 청나라 사신으로 간 유척기 등이 황제가 "왜 임금의 동생에게 왕위를 물려주는가?"라고 묻자 "국왕은 위질(痿疾)입니다."라는 대답을 했다고 한다. '위질'은 바로 아이를 낳지 못하는 병, 불임을 말하는 것이다. 문제를 제기한 측도 경종이 묵묵부답 아무 말도 하지 않자 더 언급할 사안이 아니었다. 임금 입장에서는 그것이 국왕 체면이 걸린 문제인데 누구처럼 바지를 내릴 수 있는 것도 아니고 답답한 마음이었다.

한편 목호룡 고변서 내용들이 하나둘 사실로 드러나자 연잉군으로 향하는 수사가 속도를 내고 있었다. 그때 연잉군은 무엇을 하고 있었나? 그는 동궁이란 공간에서 마치 갇힌 듯 있었다. 그때 답답한 마음은 영조를 오랫동안 괴롭혔다. 영조는 집권 기간 내내 그 당시 노론 너희들은 무엇을 하고 있었느냐고 서운함을 감추지 못했다. 영조는 자신의 생명을 구한 것은 오직 경종의 따뜻한 보살핌뿐이었다고 회상했다.

하지만 그것은 영조의 아전인수 식의 해석이다. 실제로 노론의 막강 4인방 가운데 두 사람 이이명과 김창집이 국청이 시작된 지 5일 만에 감옥에 갇혔다. 또한 조태채는 고향에 은둔하고 있었고, 또 한 사람 이건명은 청나라에 사신으로 갔다 돌아오는 중에 나로도에 위리안치 되었다. 영조를 외면한 것이 아니라 손을 쓸 수 없는 상황이었던 것이다. 4월 14일, 대궐에서 연잉군을 보호하던 장세상이란 환관이 감옥에 갇혔다. 연잉군 사저의 종들이 줄줄이 감옥에 갇혔다. 장세상은 4번의 형신을 받고 결국 독약을 주고받은 일을 실토했다. 그는 백망처럼 몸이 갈기갈기 찢겨지며 죽었다.

4월 22일, 이이명과 김창집에게 사약을 내리라는 어명이 떨어졌다. 당시 지독한 고문으로 피가 튀는 상황에서 사약으로 벌을 내린 것은 학자로 인품을 고려한 소론의 배려였다. 송시열의 제자이니 그가 죽던 예에 따른 것이다. 그렇게 해서 그들은 수레를 타고 가다 김창집은 경상도 상주에서, 이이명은 경기도 죽산에서 경종이 보낸 사약을 먹고 죽었다. 그런데 이이명이 조금 늦게 죽었는데 사약을 들고 갔던 선전관과 귀양 가던 이이명 일행이 길이 엇갈려 다른 선전관을 조정에서 급히 다시 보낸 일이 있었기 때문이다.


노론, 자해 공격까지 동원하다

1722년 5월 7일, 수세에 몰려 있던 노론이 반격을 시작했다. 장세상의 심복으로 잡혀온 정우관이 충격적인 이야기를 국청 현장에서 밝힌 것이다. "내시 최홍 · 박재원 · 김구준 · 김몽상 · 함우춘 등은 모두 박상검을 따르는 무리입니다. 그 가운데 우두머리는 최홍이며, 석렬이란 나인은 김상궁의 수양딸입니다. 외부 사람 윤취상과 심익창 등이 모의하여 밖에서 구한 독약을 궁녀 석렬에게 주고 지난 11월 대비전에서 짐독(鴆毒)이란 새를 사서 동궁(연잉군)을 모해하려는 계책을 세웠습니다. 그런데 박상검과 석렬 등이 먼저 죽는 바람에 그 계획을 성사시킬 수 없게 되어 올해(1722년) 4월 초 목호룡의 고변으로 세제 독살 계획이 다 수포로 돌아갔습니다. 서둘러 체포해 죄를 다스려 3백 년 종사를 보존하소서." 고변 내용은 저들이 저지른 행위에 독살 대상만 경종이 아닌 연잉군으로 살짝 바꾼 자살 공격이었다.

사태가 급박해지자 노론은 연잉군을 지키기 위해 자해 수단을 쓴 것이다. '너 죽고 나 죽자' 상황으로 몰아간 것이다. 노론은 죽은 환관 박상검과 궁녀 석렬 등을 엮어 자신들 심복과 대비전도 끌어들여 사건을 혼란스럽게 만들어 최대한 시간을 끌려고 하고 있었다. 청나라 사신들이 들고 있는 경종 후계자 책봉단자 전달식까지는 어쨌든 연잉군을 살려야 했다. 경종은 곧바로 관련자들을 잡아들이게 했다. 사건에 연루된 김일경은 도성 밖에서 임금의 신임을 묻고 있었다.

고변 내용에는 영조의 어머니 숙빈 최씨 장례 기간 동안 자기 일처럼 열심이었던 환관들의 이름까지 올랐다. 그만큼 노론은 연잉군을 지키기 위해 수족을 잘라야 하는 고통을 감수한 것이다. 경종은 재빨리 소론 강경파로 훈련대장을 맡고 있던 윤취상의 지휘권을 빼앗고 그를 가두었다. 그리고 사건에 연루된 자들을 모두 잡아 조사하였다. 그러나 중요한 핵심 인물 두 사람 환관 박상검과 궁녀 석렬이 이미 1721년 12월과 그 다음해 1월 죽은 뒤라 확인도 안 되고 시간만 질질 끌고 있었다. 시간이 절실하게 필요한 노론에게는 천만다행이었다.

고변 중에 대비전이 준비했다는 이상한 새, 짐조(鴆鳥)가 흥미를 끈다. 짐조는 중국 광동성에 사는 독성이 강한 새인데, 몸은 검은 빛이고 눈알은 붉으며, 살모사와 야생 쥐을 먹고 살며, 그 새의 깃털을 담근 술을 먹으면 곧바로 죽고 죽은 원인도 알 수 없다고 기록되어 있다. 이런 기록들을 보면 당시 조선에는 독살에 대한 여러 지식들이 두루 퍼져 있었음을 알 수 있다. 문제는 그런 독살에 대한 지식을 경종을 향해 노론 세력들이 구사하고 있었다는 것이다. 자살 공격은 대비까지 물고 들어갔으니 시간을 끄는 목적은 성공했다. 죽은 자는 말이 없고 최초로 사건을 고변한 자에 대한 고문은 가혹했다. 정우관은 결국 자포자기 심정으로 거짓 고변이었다고 말하고 죽었다.

## 청나라 사신, 책봉단자 놓고 뇌물 금액을 협상하다

다시 칼날은 연잉군으로 향하고 있었다. 1722년 5월 20일 백망의 첩이자 연잉군의 노비 이영이란 여자가 붙들려 왔으며 궁궐 세탁물 일거리를 하던 백열이란 여인도 잡혀왔다. 두 여인은 조사에서 백망의 심부름을 받고 독약을 궁궐 동궁 나인 이씨에게 전달한 사실을 실토했다. 그때 또 경종은 결정적인 순간에 수사 중단을 지시한다. 이유는 이렇다. "동궁 주방 나인 이씨는 조사할 수 없다. 궁녀 가운데 이씨가 너무 많기 때문이다." 경종은 결정적인 순간, 한 단계만 지나면 곧바로 연잉군에게로 향하는 그 길목에 수사 중단을 지시한 것이다.

그리고 5월 27일, 청나라 사신이 왕세제 책봉 단자를 들고 대궐에 들어와 임금을 배알했다. 사실 청나라 사신은 이미 한양에 머물고 있었다. 그러나 그들은 이상하게 책봉 단자를 갖고 임금을 배알하지 않고 있었다. 왜 그랬을까? 소론과 경종이 그들을 만나려고 하지 않았을까? 그건 아니었다. 이들 청나라 사신들은 연잉군에게 돈을 요구하고 있었던 것이다. 약 1주일 동안 피를 말리는 협상 끝에 양측은 합의를 한 것이다. 1722년 6월 4일 실록의 기록이다. "왕세제는 청나라 사신을 전송하면서 호조 몰래 은 5천 1백 냥을 주었다." 연잉군이 청나라 사신에게 준 은을 지금 화폐 가치로 따진다면 얼마나 될까? 당시 조선의 화폐보다 국제 화폐인 은은 3배의 가치가 있었다고 한다. 조선의 화폐 1냥이 오늘날 4만 원 가량 본다고 하니, 약 6억 원이 좀 넘는 금액이다.

어머니 숙빈 최씨의 재산 욕심이 아들 연잉군의 목숨을 구한 것이다. 그에 앞서 경종의 후계자로 연잉군을 선정하는데 청나라 반대를 무마시키기 위해 청나라 외교 관리들에게 은 2만 냥을 뿌렸다는 이야기도 있었다. 또 연잉군을 후계자로 책봉하는데 청나라에 뇌물로 쓴 비용이 7만 냥이었다는 말도 있었다.

# 형은 아우를 몇 번이나 살려주었다

형과 아우 사이에 누가 배신하고 누가 배신을 당했나? 영조는 자기 손으로 형을 죽이지 않았지만 혹 나쁜 무리들이 그렇게 몹쓸 짓을 했는지도 모르겠다고 우회해서 고백했다.

목호룡의 고변으로 사형을 당한 자가 20명, 국문을 받다 맞아 죽은 자가 30명, 그리고 죄인의 가족이란 이유로 죽은 자가 13명, 유배된 자가 114명이다. 또한 혹독한 고문이 두려워 스스로 목숨을 끊은 여인네들이 9명이다. 목호룡의 진술 내용은 상당히 자세하고 구체적이었다. 그래서 대질 신문을 할 때 보면 상대방은 말문이 막혀 쩔쩔 매었다고 실록은 적고 있다. 그것은 목호룡이 이중첩자 노릇을 하면서 경종 독살에 깊이 관여했고 그것을 아주 꼼꼼하게 기록했기 때문이다.

그런 목호룡이 왜 연잉군을 배신하고 소론들 편에 섰을까? 그것은 1721년 12월에 일어난 내시 박상검이 주도한 연잉군 제거 작전과 연관이 있었다. 그때 연잉군은 소론 강경파들에게 포위된 상황이었다. 1721년 12월 6일 김일경을 비롯해 박필몽·이명의·이진유·윤성시·정해·서종하 등은 노론이 임금을 협박하고 왕세제에게 대리청정을 강요하게 한 것은 대역죄에 해당한다며 그들 죄를 물었다. 상소문이 들어오자 노론 4대신 가운데 김창집·이이명·조태채가 의금부 앞에서 죄를 청하니 임금은 만류했다.

## 그대는 누구인가?

이런 질문은 김일경이 연잉군을 놓고 한 말이다. 김일경이 연잉군을 바라보는 시선은 적의가 가득했다. 사실 김일경(1662~1724)은 김춘택(1670~1717)과 정치적 관점은 달리 하고 있었지만 한때는 상당히 가까운 사이였다고 한다. 김일경은 김춘택의 똑똑하고 영민함을 높이 샀고, 김춘택은 정적이지만 여덟 살 위인 김일경을 형님이라고 따른 적이 있었다. 그런 두 사람이 완전 결별한 것은 김일경이 영조가 숙종의 아들이 아닌 김춘택의 아들이란 점을 확신한 뒤 부터였다. 그래서 그는 연잉군을 왕실의 자식으로도 인정하지 않았다.

그런 것을 알기에 영조 역시 집권 기간 약 600여 차례 김일경의 이름을 들먹이며 저주를 퍼부었다. 영조는 집권한 그 해 바로 김일경을 죽였지만 그는 죽기 직전까지 임금을 '그대 혹은 너'로 표현했기에 영조의 모욕감은 뼈에 사무쳤다.

　김일경은 1699년(숙종 25년) 9월 9일 중양절(국화주를 마시고 국화전을 먹었던 조선시대 명절)을 맞아 국화에 관한 시를 쓴 것으로 인해 숙종의 칭찬을 받아 관리로 특채된 인물이다. 당시 성균관 유생이었던 그의 시를 보고 숙종이 한 눈에 반한 것이다. 1702년 식년문과 38인 가운데 한 명으로, 그리고 1706년 19명을 뽑는 홍문록에 등재되었을 정도로 그는 문장으로 당대 최고 인물이었다. 기개 또한 강직해 임금 앞에서 하고 싶은 말을 다 하는 사람이었다. 그래서 다소 거만하고 무례하다는 사람들 평이 있었지만 숙종은 오랫동안 동부승지라는 중책을 그에게 맡겼으나 1717년 노론이 득세하던 시절에는 빛을 보지 못하고 초야에 묻혀 있었다. 그런 그가 경종이 집권하자 바로 발탁되어 동부승지로 제수되었다.

　경종은 김일경의 노론 4대신을 역적, 혹은 원흉이라고 지적한 상소문을 보고 처음에는 묵묵부답 아무 말도 하지 않았다. 그러다 상소문이 접수된 그 다음날 그를 이조판서로 제수한다. 무슨 뜻인가? 김일경 네 뜻을 존중한다는 의미이고 앞으로 네가 알아서 조정의 관리들을 발탁하고 임금에게 인준 받으라는 말이다. 선의왕후의 아버지이자 경종의 장인 어유구는 김창집이 자기 스승인지라 사위보다는 스승을 두둔하는 글을 올렸다. 사위를 버리고 당론을 따른 어유구는 사도세자를 죽음의 길로 몰고 간 홍봉한과 비슷했다.

1721년 12월 19일, 경종은 조태구를 영의정으로, 최규서를 좌의정으로, 최석항을 우의정으로 삼았다. 소론 정권 탄생을 의미한다. 이틀 뒤 연잉군을 보필하던 내관 장세상·고봉헌·송상욱 등을 "사람이 간사하다."며 먼 곳으로 유배 보내라 명했다. 노론 4대신을 정치적으로 매장하고 삼사, 승지들을 전면 소론 세력으로 교체한 뒤 경종은 연잉군의 수족들인 내관들을 멀리 귀양 보낸 것이다. 경종의 이런 강경 조치는 김일경의 뜻을 임금이 받아들인 것이다. 김일경은 연잉군은 씨가 다른 사람이니 그를 앉힐 바에야 양자를 들여서 후계자를 세우는 것이 옳다고 경종을 설득했다.

오락가락하던 경종은 김일경의 주장에 수긍하고 연잉군을 제거하기 위한 수순을 밟고 있었다. 위기에 빠진 것은 연잉군이었다. 창덕궁과 창경궁 사이 동궁 전각은 완전 유폐된 상황이었다. 1721년 12월 22일, 그날 밤 연잉군은 덩치가 웬만한 사내보다 더 크다는 늙은 김상궁의 어깨를 타고 궁궐 담장을 넘어 박상검과 몇몇 궁녀들이 자신을 살해하려 했다고 대비에게 고한다. 연잉군은 대비에게 박상검의 여우사냥을 명목으로 대비와 임금의 문안 길을 봉쇄하였다는 것이다. 연잉군은 박상검이 감금하다시피 하며 무례하게 "세제는 앞으로 임금이 된 뒤 남인이나 소론을 쓸 것이냐?" 이리 물었다고 주장했다. 그리고 그 자리에서 박상검은 스스로 만든 가짜 교지를 보였는데, 거기에는 "세제를 폐서인으로 하고 밖으로 내치라!"라는 글이 적혀 있었다는 것이다.

박상검의 술수라는 것을 모른 연잉군은 "아! 황형이 나를 버리는구나." 그렇게 한탄한 뒤 세제빈 서씨와 함께 독약을 구해 마시고 죽으려 했다고 한다. 이 말이야 연잉군의 말이지만 갑자기 독약을 구해 마시려고 했다는 것에 의문을 제기할 수도 있다. 독약을 그렇게 쉽게 구할 수 있다는 것은 언제나 독약을 품고 다녔다는 말로 해석된다. 그때 세자빈이 "죽더라도 억울하니 대비에게 말이나 전하고 죽읍시다." 이리 말하는 바람에 퍼뜩 정신을 차려 주위를 둘러보다 당시 궁녀 중에 체격이 가장 우람한 김상궁을 불러 어깨를 발로 밟고 궁궐 높은 담을 넘어 대비 인원왕후가 있는 곳으로 갈 수 있었다고 그날의 무용담을 대비에게 소상하게 털어 놓은 것이다.

경종은 심복을 버리고 연잉군을 택했다

긴박했던 1721년 12월 22일 밤이 지났고 대비는 다음날 새벽 영의정 조태구를 부른 것이다. 12월 23일, 아침 조회 시간, 조태구는 참담한 표정으로 간밤에 있었던 일을 경종에게 소상하게 말했다. "전하께서 평소 동기간 우애가 극진함이 자랑이었는데 요즘 우애에 금이 가서 그런지 환관들이 서로 망측한 짓을 벌이고 있습니다. 세제가 편안한 뒤에야 전하가 편할 수 있습니다. 저 환관이 동궁(연잉군)에게 불충한 짓을 어찌 저리 뻔뻔하게 할 수 있습니까?" 그런데 경종은 조태구가 올면서 간언한 뒤에도 아무 말이 없었다. 정전에는 침묵이 흘렀고 한참 뒤에 경종이 무슨 말을 했는데 잘 들리지 않았다. 조태구가 다시 묻기를, "소신이 귀가 어두워 잘 듣지 못했습니다. 자세히 듣기를 원합니다." 하니, 임금이 말하기를, "적발하여 법에 따라 처리하라." 하였다.

12월 24일, 대비(인원왕후)는 언문을 내려 세제를 살해하려 한 사건 연루자들을 모두 잡아서 국문하라고 지시했다. 그런데 영의정 조태구와 우의정 최석항이 경종에게 사건 연루자들을 잡아서 국문할 것을 청하자 임금은 또 묵묵부답 침묵으로 일관하다 마지못해 잡아들이라고 명했다. 그때 궁녀 석렬은 이미 자기 집에서 자살을 한 뒤였다. 또한 12월 25일 세제를 제거하기 위한 여우사냥 사건으로 연루된 필정이란 여인도 옥에 갇혀 있다 독극물을 마시고 자살했다. 박상검과 문유도가 잡혀와 지독한 고문이 진행되었지만 그들은 배후를 밝히지 않고 입을 다물다 해가 바뀐 뒤 1월 4일 문유도가 조사를 받다가 매를 맞고 현장에서 죽었고, 박상검은 다음 날 사형에 처해졌다. 그때 그의 나이 고작 스물한 살이었다. 그들이 입을 열지 않았지만 김일경이 그들 뒤에 있다는 것은 누구나 다 짐작하는 일이었다. 김일경과 박상검이 처음 만난 이야기에 영조 어진에 얽힌 화가 심사정과 사연이 있어 잠시 소개하고자 한다.

심사정의 어진과 하마선인도

1748년 1월 25일, 영조는 자신의 어진(御眞)을 물끄러미 바라보고

하마선인도(간송미술관)

있었다. 그 옆에는 화가 심사정(1707~1769)의 「하마선인도」라는 그림
도 있었다. 다리가 셋 달린 두꺼비를 땅바닥에 내동댕이치는 신선의
표정이 인상적인 그림인데, 영조는 자신의 모습과 「하마선인도」를 번
갈아 보고 있었다. 그때 원경하가 임금의 접견을 신청했다. "심사정
은 심익창의 손자입니다." '심익창' 이란 말에 영조는 갑자기 떠올리
기도 싫은 김일경의 얼굴이 번뜩 스치고 지나갔다. 원경하는 심익창
의 손자 심사정이 임금의 어진을 그린 것도 잘못이지만 죄인의 손자
가 그린 그림을 봉안하는 것은 더욱 잘못된 일이라고 말하고 있었다.
　영조는 다시 24년 전 김일경의 그 부리부리한 눈빛이 떠올랐다. 김일경과 우애가 두터웠던 심익창이다. 당시 조사한 바에 의하면 박상검을 키운 것은 심익창이다. 시골에서 올라온 박상검의 눈빛이 마음에 들어 그를 대궐로 들여보낸 것이 심익창인 것이다. 그러니 영조에게 심익창은 악의 근원이다. 그런 자의 손자가 자신의 얼굴을 빤히 보며 그림을 그렸다니 분노가 치밀었다.

갑자기 영조는 광인처럼 소리를 질렀다. 그리고 심사정이 그린 자신의 그림을 북북 찢어버렸다. 심사정이 그런 인물인지 몰랐다. 그래서 그의 그림을 그리도 칭찬했건만. 영조는 심사정의 「하마선인도」를 보며 생각했다. 그림에는 심사정의 임금을 증오하는 마음이 들어 있었다. 「하마선인도」의 그 발이 세 개 달린 두꺼비를 내동이치는 광인(狂人), 아마 광인은 심사정 자신을 그리고, 발이 세 개 달린 두꺼비는 영조를 표현했을 것이다. 심사정은 그림에서나마 그렇게 통쾌하게 내동이치며 할아버지를 죽인 영조를 저주했을 것이다.

조선을 대표하는 화가로 흔히 삼원삼재(三園三齋)를 꼽는다. '3園'은 단원 김홍도, 오원 장승업, 혜원 신윤복을 말하며, '3齋'는 겸재 정선, 현재 심사정, 관아재 조영석을 말한다. 심사정이 그린 어진을 찢어버린 영조는 그 뒤 8일 후(1748년 2월 4일) 관아재 조영석을 불러 다정하게 어진을 그려 달라 부탁을 한다. 그러자 조영석은, 이미 세조의 어진이 낡아 채색을 요구했을 때 영조의 명을 거부해 한때 죄를 물어야 한다고 시끄러운 적이 있었는데 이번에도 역시 거절했다. "전하! 볼품없는 재주를 가진 자라 용안을 그릴 수 없으며 도화원 화가들이 멀쩡히 있는데 유학을 중시하는 자로 어찌 기예를 가지고 전하를 섬길 수 있겠습니까?" 사뭇 겸손한 말 속에는 예술가적인 지조와 선비 화가의 자존심이 들어 있었다.

## 독살 성공을 위해 두 명의 궁녀를 희생시켜

어쨌든 김일경과 박상검의 공동으로 펼친 여우사냥에서 겨우 살아난 연잉군은 이때부터 살기 위해 소론 정권 전복을 위한 경종 제거 작전을 진두 지휘했을 것이다. 그때 연잉군을 가장 적극적으로 도와준 인물들이 김춘택의 동생들이었다. 그들은 동궁의 내시들과 궁녀들과 백망을 비롯한 연잉군 잠저의 식솔들을 동원해 독극물을 옮기고 심지어는 독극물 위력을 시험하기 위해 사람을 죽이기까지 했다.

영조가 그토록 불태우려 한 임인옥안에는 당시 상황이 아주 구체적으로 모두 기술되어 있다. 1722년 4월 20일 목호룡과 조흡의 대질 신문이 실록에 다음과 같이 기록되어 있다. "지난해 겨울부터 흉한 무리들이 조정에 가득했습니다. 독약을 주관한 사람은 서덕수·김창도·이정식 세 사람이 주도했습니다. 서덕수와 심상길이 저의 집에 왔는데 서덕수가 심상길에게 '그대는 동궁(연잉군) 별실에 사람이 죽어나갔다는 소문을 듣지 못했는가?' 라고 물었습니다. 그러자 서덕수가 '그 약이 신통함이 있어 다른 곳에 다시 시험해 보려고 한다네. 나는 김민택과 김성행 집으로 가서 장세상을 만나 볼 생각이네.' 라고 하였습니다."

당시 동궁 연잉군 별실에 궁녀 한 사람을 놓고 그 독약 시험을 했는데 그 자리에서 이름 모를 궁녀가 죽은 것이다. 1722년 5월 3일 실록의 기록을 보면 연잉군의 여종이자 백망의 첩인 이영(二英)이 심문을 받은 사실이 적혀 있다. "백망이 조흡에게 은 2천 냥을 주는 것을 보았습니다. 백망은 잠을 잘 때고 항상 환약 담은 주머니를 끼고 잤는데 저는 물론 어느 누구도 만지지 못하게 했습니다." 문제는 영조의 처조카 서덕수가 실토한 내용이다.

서덕수는 스스로 독약을 쓰는 역모에 참여했다고 말했다. 그는 장세상과 1721년 5월 만나 동궁 주방 나인 이씨로 하여금 음식을 섞어 쓰게 독약을 주었는데 그 뒤 소훈(昭訓)을 독살한 뒤 그 약의 효력을 알게 되어 은 천 냥을 주고 난 뒤 얻을 것이라고 하였다는 말을 조흡에게 했다는 것이다. 서덕수의 말은 조흡의 말과 맞고 더 구체적이었다. '천 냥의 은이 있어야 얻을 것이다.'라는 말은 두 사람이 똑같이 진술하고 있다. 같은 자리 서로 입을 맞춘 진술이 아니고 다른 날 따로 진술을 받은 것이니 객관적으로 확실한 범죄 사실 고백이다. 독약의 위력을 확인하기 위해 두 명의 궁녀를 죽였다고 한다. 조흡과 서덕수의 진술이 맞고, 서덕수는 연잉군의 처조카인데 오히려 진술이 더 구체적이었다. 이 때문에 영조는 집권 기간 내내 서덕수를 원망하기도 하고 때로는 그를 두둔하기도 했다.

경종은 항상 결정적인 순간에 수사 중단을 지시했다. 소훈이면 세자궁에 딸린 종5품 내명부 여인을 말한다. 첫 번째 여인을 독극물로 급사시키고 두 번째는 소훈이란 제법 높은 직급의 궁녀를 또 독살시킨 것이다. 이런 것을 놓고 볼 때 노론 강경파는 경종 집권 이후 꾸준하게 궁녀들을 동원해서 경종 독살을 모의하고 심지어 다른 사람을 놓고 독살 시험까지 한 것이다. 그 중심에 연잉군, 영조가 있었다. 그런데 번번이 수사의 칼끝이 영조를 향해 날아가는 상황이면, 경종은 수사 중단 지시를 내렸다.

# 경종을 향한 집요한 독살 시도

1720년 12월 14일, 약방일기에는 임금이 담수를 거의 반 대야나 토했다고 나와 있다. 조태구는 이 약방일기를 근거로 임금에 대한 독살 시도가 계속되고 있다며 김성절의 초사에 나온 '김씨 궁녀'에 대한 조사를 요구했다.

그렇게 다시 잠잠하던 독살설은 1722년 8월 18일 영의정 조태구가 다시 이 문제를 거론하기 시작했다. 이 때문에 영조는 평생 그를 미워했다. 조태구가 1721년 12월 위기에서 영조를 구한 일도 있지만 반대로 그는 다시 잠잠한 조정에 독살설에 대한 광풍을 일으킨 인물로 영조는 보고 있었다.

조태구는 조사석의 아들이고 그러니 희빈 장씨로 마음이 기우는 것이 당연했을 것이다. 그는 글을 올려 "어제 신은 김성절 초사를 보고 궁궐에서 독약 시험을 했다는 말에 이르러 마음이 흔들리고 뼈가

부스러지는 참담함을 갖고 있습니다. 또 듣건대 경자년(1720년) 전하께서 갑자기 크게 담수(痰水)를 토하시었는데, 거의 반 대야에 이르렀으며, 색깔이 몹시 좋지 않았다고 합니다. 그 달에 의약청 일기를 상고하면 당일 날짜의 수라간 나인 김씨 성을 가진 여자를 확인할 수 있으니 당장 조사해서 제거해야 합니다."라고 김씨 궁녀 문제를 정식으로 거론했다.

그의 거론으로 이때부터 《경종실록》은 '김씨 궁녀 조사' 라는 말들이 빈번하게 등장했다. 조태구의 말에 옆에 있던 한배하가 임금에게 "정말 그날 수라를 드시고 그런 일이 있었습니까?"하고 물었다.

그러자 임금은 곧바로 "그렇다."라고 한배하 물음에 응답했다. 조태구는 《약방일기》를 곧바로 가져오게 했다. 그리고 1720년 12월 14일 그런 기록이 있음을 확인했다.

이제 범인은 간단하게 잡을 수 있었다. 그러나 경종은 이 사건의 수사를 가로막았다. 사람들은 경종의 판단력에 이상이 있음을 의심했다. 《경종실록》을 읽는 사람들은 임금의 생각을 알기 힘들 만큼 말이 없는 것을 발견할 수 있다. 워낙 말이 없어 노론 일각에서는 임금이 실어증에 걸린 것 아니냐는 말도 있고 일부에서는 임금이 말을 자주 더듬는다는 소문도 퍼졌다. 노론의 인현왕후 오빠 민진원 같은 인물은 자기가 저술한 『단암만록』에서 경종을 정신병자 취급했다.

하지만 영조는 이런 경종의 행동은 모략이 판을 치는 세상에 뜨거운 형제애로 미화했다. 경종이 왜 그렇게 결정적인 순간에 영조를 감싸고 돈 것인지는 여전히 의문이다. 한편 소론은 '김씨 성을 가진 궁녀' 조사를 계속 요구했지만 임금은 "궁 안에 김씨 성을 가진 궁녀가 너무 많다. 다 조사할 수 없고 확인할 수도 없다."며 조사 중단을 지시했다.

### 음식에 독을 탄 궁녀를 잡아라!

1722년 9월 21일, 목호룡을 동원해 노론의 심장부를 초토화시킨 소론의 공격은 그날 끝났다. 김일경은 반역의 무리를 토벌한 것을 경축하는 의미의 글을 작성했다. 그러나 여진은 여전했다. 임금의 음식에 독을 탄 궁녀를 잡아야 한다는 상소는 끊임없이 올라왔다. 김성절의 공초에 보면 장세상과 수라간 일을 책임지던 김상궁이 독을 시험했는데 장씨 성을 가진 역관이 보낸 독이 그렇게 강하지 않다는 말까지 확인되었다. 하지만 임금은 더 이상 그 사건을 언급하지 말라고 지시했다.

1723년 2월, 사간원에서 김씨 성을 가진 궁인을 잡아 추문 할 것을 청하였다. 3월과 4월에는 간혹 몇 차례 글이 보이다 1723년 12월 4일을 기점으로 하루에도 몇 번이나 이 문제로 논란이 심했다. 일설에는 김일경을 비롯한 소론 세력이 이날 범인을 잡아 놓고 조사 중이란 말이 나돌았다. 12월 18일에는 삼사 연명으로 조사를 청했다. 임금은 따르지 않았다. "재차 번거롭게 하지 마라!" 해가 바뀌어 1724년 4월에는 사헌부 대사헌을 중심으로 계속해서 조사를 요구하는 글들이 빗발쳤다. 그 다음 달은 삼사 연명으로 조사를 요구한 기록이 무려 8번이나 기록되어 있다. 집요한 요구였지만 경종은 동생을 지키기 위해 외롭게 버티고 있었다. 1724년 5월 들어서는 성균관과 관학의 유생들이 나서 상소문을 올리기 시작했다.

그런데 이상한 일이 일어났다. 경종이 갑자기 정궁 창덕궁에서 별궁 창경궁의 환취정 작은 전각으로 숨어 버린 것이다. 아니 숨은 것은 아니고 스스로 은폐된 공간에 머무른 것이다. 1724년 8월 6일, 임금이 창경궁 환취정(環翠亭)으로 이어(移御)하였다.

창경궁은 태종이 세종에게 왕위를 물려주고 조용히 휴식을 취하려던 의도에서 만든 별궁이다. 광해군은 임기 말 종종 이곳에서 자신의 존재를 감추기도 했던 곳이다. 그곳으로 경종의 거취가 옮겨진 뒤 《경종실록》의 기록은 좀 이상하다. 당시 경종의 상태가 어땠을까? 경종은 1724년 8월 6일 이곳에서 요양 혹은 유폐된 채 지내다가 8월 25일 숨을 거둔다.

경종, 그리 무능한 임금은 아니다
사실 오늘날 역사학자들 사이에도 경종에 대한 연구는 별로 없다.

매력이 없다는 것이 이유다. 고작 4년을 집권했지만 남긴 업적은 거의 없다. 그만큼 한 일도 없었고 연구할 거리가 없다는 것인데, 그러나 정말 그런가?

1720년 조선은 110년 만에 전 국토를 대상으로 토지 조사를 실시했다. 그것이 바로 양전(量田) 사업이다. 이것은 무엇을 의미하냐면 정확한 토지 실태를 조사해서 세금을 빼돌리려는 부자들을 적발하고 정확한 세수를 이루려는 작업이다. 당시 토지에 부과하는 세금은 정말 문제가 많았다. 과거 토지대장은 있지도 않은 토지를 올려놓고 그곳에 거주하지도 않은 사람을 올려 한 마을을 거지로 만들었다. 너무 많은 세금이 책정된 곳은 마을 사람들이 모두 다른 지방으로 도망을 가버렸다. 폐허가 된 마을은 그런 이유였다.

그런데 대토지를 소유한 공신 가족들이나 왕실 친척들은 많은 토지들이 세금에서 누락되어 고스란히 세금도 내지 않고 자기들 창고에 쌓아놓았다. 나라는 가난해도 자기들 창고에는 넘쳐나는 곡식으로 쥐들이 득실거리는 형국이었다. 이것은 숙종 집권 초기부터 내내 제기된 문제였다. 새로운 토지 조사를 실시해 세금 제도를 개혁하자. 말만 무성했고 실행하려면 당쟁이란 암초로 발목이 잡혔다.

원래 양전 사업은 시간도 오래 걸리고 상당히 힘든 일이다. 그런 일을 경종이 숙종을 대신해 대리청정 시절 행한 것이다. 그래서 노론 정치인들이 말한 것처럼 경종은 무능한 군주가 아니었다. 일을 하지 않은 군주란 말은 왜곡된 말이다. 아마 저들은 경종의 개혁, 즉 전 국토의 토지 전면 재조사에 대한 위기감 내지는 불편함이 많았을 것이다. 양전 사업은 개혁군주 정조 집권 기간에도 숱하게 실시해야 한다고 제기되었지만 결국 실천하지 못한 대표적인 개혁 정책이다. 1720년에 실시한 양전 사업은 그 뒤 180년이나 지난 1900년 고종 시절에나 이루어졌다.

숙종의 가장 큰 업적이라고 자부하는 양전 사업, 그것은 이광좌를 중심으로 개혁 세력들이 경종의 세제 시절 마무리하고 그것의 시행을 경종 시절 완수함으로써 이루어낸 쾌거였다. 1722년 11월 16일 이광좌의 상소에는 이런 말이 언급되어 있다. "저들이 새로 측량한 토지 조사를 무력화하려 하지만 이것은 전하의 세제 시절 치적입니다. 그동안 3년 간 실시한 것을 없애버리고 맞지도 않은 토지대장을 들고 다시 산간 아무렇게나 버려진 땅에서 세금을 걷고 기름진 땅은 세금을 걷지 않는 잘못된 정책을 다시 쓸 수는 없습니다."

경종이 집권하고 3년 째 양전 사업으로 새로운 토지 조사를 근거로 세금을 부과하려 하자 땅을 가진 대토지 소유자들이 반발하였다. 이에 이광좌가 저항하는 기득권 세력들을 누르고 강력히 시행해야 한다고 임금에게 진언하고 있는 것이다. 영조와 노론의 마음에는 경종은 그저 '황형'이고 숙종의 이상한 아들일 뿐이라고 하지만 사실 경종은 노론 기득권 세력에게 철저하게 홀대당한 군주다.

경종의 홀대는 조선의 개혁 군주라고 평가받는 정조도 마찬가지다. 정조 역시 재위 기간 경종의 제사를 거의 챙기지 않았다. 실록의 기록을 보면 1783년 8월 26일 딱 한 번 방문한 것이 나와 있다. 워낙 기념일을 잘 챙기는 임금이라 경종이 죽은 지 꼭 60주년이 딱 시작되는 그날 능행을 한 것이다. 그러나 그 뒤로 정조는 의릉을 다시 참배한 일은 없다. 원래 말을 타고 지나가던 관리들도 왕의 능 앞에서는 말 위에서 내려서 지나야 한다. 그러나 노론 관리들은 의릉에서만큼은 그런 예의를 갖추지 않았다. 자신들의 임금이 아니란 뜻이다.

# 범인을 잡았다는 소문과
# 경종의 죽음

경종의 죽음은 소론이 진행하던 김씨 궁녀 조사와 맞물려 있다. 1723년 12월 4일, 대궐에서는 김씨 궁녀가 잡혔다는 말이 놀았다. 그녀가 입반 열년 년잉군은 목숨이 날아갈 상황이었다.

경종이 죽은 뒤에도 삼사에서는 독살설에 연루된 궁녀 처벌을 영조에게 요구했다.(1724년 9월 11일) 대사헌 이명언은 궁녀 심문 기록이 다 있고 그것을 공개하면 죄인이 누구인지 다 밝혀질 것이라고 영조를 압박했다. 정말 이명언의 말대로 경종이 죽기 직전 그토록 소론에서 주장하던 궁녀 김씨란 여인의 조사가 상당 부분 진행 중이었을까? 경종의 죽음과 궁녀의 체포설은 무슨 연관성이 있는 것은 아닐까? 우리는 앞서 영조가 1757년 12월 4일 갑자기 뜬금없이 '상궁 김씨'를 추모하는 한 편의 글을 썼다는 실록의 기록을 기억하고 있다. 그날은 영조가

경종이 승하한 환취정
지금 그 흔적을 찾을 수 없다. 창경궁 통명전 북쪽
자경전 서쪽이란 그곳은 당시에는 이렇게 적막하게
작은 담으로 갇혀 있지 않았을까.

통명전 뒷편 언덕은 자경전 터
정조의 어머니 혜경궁 홍씨가 기거했던 곳이기도 하다.

바로 1723년 12월 4일을 기억나서 그런 것이다.

1723년 그날(12월 4일) 경종을 독살하려고 했던 그 문제의 '김씨 궁녀'가 잡힌 날이고 그녀는 연잉군(영조)를 보호하기 위해 스스로 죽음의 길을 택한 날이기도 했기 때문이다. 그녀가 스스로 목숨을 끊지 않았다면 그래서 지독한 고문 끝에 독살을 지시한 사람이 연잉군이었다고 실토한다면 영조 임금은 역사상 존재하지 않았을 것이다.

1724년 7월 20일, 경종이 약방 진찰을 받았다는 간단한 기록이 실록에 보인다. 그때까지 경종은 건강했다. 특별히 약방 진찰이란 말도 그 전에는 없다. 그날 실록은 병이 그리 심한 것처럼 보이지는 않는다고 했다. 그 뒤로 경종은 5일마다 한 번씩 약방 진찰을 받고 가벼운 약들을 조제 받았다. 그런데 《경종실록》이 이상한 것은 그 무렵부터였다. 기록들이 성실하게 기록되어 있지 않고 대충 열거되어 있다.

특이한 것은 1724년 8월 2일, 임금의 증세가 갑자기 중해졌다. 임금
은 수라를 전혀 들지 않았다. 왜 그랬을까? 음식에 대한 공포가 밀려온
것일까? 누군가 독약을 넣어 그것을 먹은 임금이 크게 토하고 음식에
대한 공포로 그런 행동을 한 것은 아닐까? 8월 3일 약방도제조를 이광
좌가 맡았다. 그리고 8월 6일, 경종은 창경궁 환취정으로 이어했다.

왜 정궁 창덕궁을 멀리하고 별궁 창경궁으로 이어했을까? 환취정
은 지금은 흔적을 찾을 수 없지만 창경궁 통명전 북쪽과 자경전 서쪽
사이 숲으로 우거진 작은 정자로 추정할 뿐이다. 자경전에서 인원왕
후가 기거하고 있었으니 사실 연잉군을 적극 지지하는 대비에게 감
시 받았다고 해도 과언이 아닐 것이다.

## 숨은 것인가? 갇힌 것인가?

우리는 경종의 정비 단의왕후(경종의 첫째 왕비, 1718년에 사망) 심씨의
동생 심유현이 1728년 이인좌의 난에 거사를 도모하다 잡혀 영조 앞
에서 한 말을 기억해야 한다. 그는 경종이 승하하기 얼마 전 부름을
받고 환취정으로 갔을 때 그 아담한 전각에 환관들 몇 명이서 감시하
는 것을 확인했다고 주장했다. 밖에서는 경종이 위독한 상황이라 했
지만 전혀 아픈 기색이 없었고 다만 환관들에 의해 감시 받는 듯이 보
였다고. 그는 경종이 노론의 환관들에 의해 유폐되어 있었다고 주장

한 것이다.

경종은 무슨 병을 앓고 있었나? 노론측 주장은 경종이 정사를 보지 못할 정도로 정신이 이상한 상황이었다고 주장한다. 1724년 10월 27일, 예조참의 이진순, 장령 이정필이 "경종은 일을 기피하는 이상한 병이 있었다."라는 말을 했다. 그러자 영조는 그들에게 다시는 이 일을 언급하면 귀양 보내겠다고 경고했다. 그 일은 자신도 잘 아는 일이지만 금등과 관계되는 일이란 것이다.

금등은 쇠줄로 단단히 봉한 비밀문서를 넣어 둔 상자를 말한다.

중국 춘추시대 주공(周公)이 무왕(武王)의 병을 낫게 하기 위하여 자신의 목숨과 바꾸게 해달라고 하늘에 기원했던 글을 넣어 두었던 상자를 의미한다. 주공은 주나라를 세운 무왕의 동생으로 어린 조카를 보필하며 훌륭한 정치를 폈다고 한다. 그리고 조카 성왕이 집권하자 측근들이 주공을 모함하여 선왕 무왕을 독살했다고 하였는데 이 금등이 발견되면서 오해가 풀렸다는 고사에 유래한 말이다.

영조가 말한 금등은 무엇일까? 경종의 정신병을 언급하자 그 단어를 쓴 것인데 사실 숙종이 두 아들의 미래를 위해 마련해 놓은 금등은 없다. 단지 죽기 전 이이명과 독대한 일이 전부다. 그 변칙의 정치 행위 때문에 당쟁을 더욱 치열하게 만들었다. 영조가 말한 금등이란 다분히 경종의 상태, 즉 임금은 정사를 제대로 돌볼 상황이 아닌 병세가 심각한 상황, 그러나 임금의 병세는 함부로 발설할 수 없다는 지엄한 분부가 금등일 따름이다. 영조는 종종 경종의 병세(신체적)는 심각하지 않았다고 말했다. 그런데 또 다른 한편으론 경종의 병세(정신적)는 정사를 보지 못할 정도였다고 말했다. 영조는 상황에 따라 말을 자주 바꾸었다.

한편 경종의 이상한 행동들은 조선 왕실의 저주일지도 모른다. 사도세자의 이상한 행동 역시 경종과 비슷했을 것이다. 경종이 이상하다는 말은 주로 노론 인물들에 의해 밖으로 누설되었다. 함경도 감사로 있던 민형수 역시 민진원의 아들인데 그가 정언으로 있을 때 영의정 이광좌에게 경종의 병(정신병)이 심각한 상황인데 왜 숨겼냐고 따지자 영조가 버럭 화를 내고 그를 갑산으로 귀양 보낸 일도 있다. 그런 영조의 행동 때문에 나중에 사도세자가 정신병을 앓고 있을 때 선뜻 세자의 병을 이야기할 수 없었을 것이다.

이인좌의 난 당시 국청 현장에서 심유현이 시약청을 개설하지 않은 것을 놓고 영조와 설전을 벌인 일을 들먹이며 이광좌가 영조에게 "당시 왜 저의 의견을 묵살 했습니까?"라고 묻자 영조는 당시 경종의 병(신체적)은 중하지 않았다고 변명했다. 임금은 인삼과 부자를 함께 쓰면 효험이 있었는데 소론의 어의들이 그것을 꺼려해서 병을 더 키운 것이라고 오히려 소론 세력들에게 혐의를 돌린 것이다. 그 일 때문에 이광좌는 다시 벼슬을 버리고 고향으로 내려가 버리기도 했다.


그날 밤 도대체 무슨 일이 일어난 것일까?

약방제조를 맡고 있던 이광좌는 영조의 '부자와 인삼' 처방을 명백히 반대했다. 그가 주장한 것은 한방에서 굉장히 위험하게 생각하는 처방을 할 수 없다는 것이다. 두 가지의 약은 극과 극이다. 절망적인 상황에 가망이 없을 때 쓰는 수단이 '인삼과 부자' 처방이다. 부자의 그 강한 독성으로 몸에 있는 독기를 제거하고 인삼은 그 다음 원기를 회복하게 하는 치료 방법. 하지만 정밀해야 하고 한 치 오차라도 있으면 그 처방은 독약이나 마찬가지다.

그런데 영조는 또 말을 바꾼다. 영조는 이광좌에게 그날 밤 일을 더 자세히 설명했다. "경종이 승하하시던 날 저녁, 내가 의약의 이치를 알지 못해 초조하고 어찌할 바를 모르고 있는데, 그날 밤에 대비께서 직접 친림하시고 증세가 어떤지 물으신 뒤 수라를 들기 위해 환궁하셨다. 그날 비와 눈이 섞이어 가는 동안 의복과 건(巾)이 젖어버려 의복을 바꾸어 입다가 미처 다시 돌아가신 것을 보지 못했다. 바쁜 나머지 층계를 내려오다 낙상을 해 가며 정신없이 입시했더니 손을 들어 부르시기에 나아가 엎드리니 두 손으로 내 손을 꼭 쥐었다. 그때 이미 증세가 위급해 다른 하교를 할 수 없었다. 그때 곁에 있던 궁인에게 물으니 세제를 급히 부르라고 하였고 종이와 붓을 가져오라는 명도 있었다고 했다. 그러나 나는 마침내 친히 하교하시는 것을 받들지 못하였으니, 마음속에 있는 지극한 애통을 차마 말로 할 수 없었다." 영조는 종종 자기에게 유리한 말들을 신하들에게 하면서 자기 합리화에 애를 썼다.

탑골 공원                                    탑골 공원 앞 광장

탑골 공원 옆으로 북촌에서 내려오는 물길이 있었고 철물교라는 다리가 있었다.
지금은 넓은 도로지만 영조 시절, 이곳은 죄인들을 효수하고 군중들이 자주 모인 넓은 광장이었다.

영조는 즉위년 소론을 우대하는 정치를 폈다. 그러나 궁녀 김씨를
적발하여 처벌해 달라는 소론의 강력한 요구를 듣고 위기감을 느꼈
다. 그래서 민진원을 다시 발탁한다. 민진원 발탁에 소론이 강력하게
반발하지만 결국 그는 영조의 비호 아래 반대 세력인 소론 제거 작전
에 착수했다. 먼저 김일경과 목호룡이 역적으로 죽었다. 1724년 12월
8일, 목호룡과 김일경이 당고개에서 참수당한 뒤 형태를 알 수 없을
만큼 시신이 훼손된 상태에서 영조는 수족을 각각 따로 떼낸 뒤 그 머
리를 철물교(鐵物橋, 종로 탑골공원) 거리에 내걸고 8도 지방에 수족을
각각 보내라고 지시했다.

선왕의 장례일을 불과 8일 남겨두고 선왕의 충신을 그렇게 죽인 군

주는 영조가 처음이었다. 그리고 선왕이 죽은 지 3년 이전에는 과거사 문제를 다시 뒤집는 일은 하지 않는 유훈 정치의 전통을 무시하고 1726년 2월 22일 경종이 목호룡에게 내린 공신 칭호는 회수하고 반면 연잉군을 위해 충성스럽게 죽은 5명(김용택·심상길·정인중·백망·서덕수) 인물들의 죄를 모두 없앴다.

그리고 영조는 곧바로 자신에게 쏟아지는 의심의 눈초리를 어의 이공윤으로 돌렸다. 1724년 8월 30일, 영조 즉위식 날 사간원이 연명으로 약을 잘못 처방한 어의 이공윤을 처벌해 달라는 요구가 있자 9월 30일, 영조는 그를 국문하지 말고 절도로 유배시키라고 명했다. 1725년 1월 27일, 지평 이의천, 정언, 김상석 등이 다시 어의 이공윤이 지금 절도에 정배되어 있지만 그의 죄를 보면 죽여야 마땅하다고 상소문을 임금에게 올렸다.

그들이 주장하는 것은 이공윤이 올린 약제들이 모두 독해서 위를 파괴시켜 설사를 멈추지 않게 했다는 주장이다. 그러나 노론의 영수 민진원은 "이공윤이 독한 약을 쓴 것은 아니다."라고 사실을 바로 잡아 준다. 그리고 이공윤이 어찌 되었는지 전혀 기록이 없다. 시간이 한참 지난 1768년(집권 44년 차) 10월 26일, 영조는 갑자기 신하들을 모아놓고 이런 말을 했다. "어제 꿈에 황형을 보았다. 황형이 이제 나라가 제 기틀을 잡았다. 1755년(나주 벽서사건) 을해년의 변란은 잘 처리했다고 했다." 영조는 그러면서 덧붙여 "이공윤의 불측함은 고금에 없다."라고 말함으로써 경종의 죽음이 이공윤의 죄라고 덧씌워 버린 것이다. 집권 44년이 지난 뒤에도 영조는 여전히 과거사에 집착하고 왜곡하곤 했다.

영조는 집권 52년 동안 경종의 죽음에 대해 처음에는 완강하게 부인하고 그리고 이인좌의 난으로 혼란한 상황에서 이광좌와 민진원이 서로 대립할 때는 두 번의 심야 대담을 통해 몇 가지 새로운 사실들을 실토했다. 그 내용이 너무 충격적이라 노론과 소론을 화합시키려는 영조의 계획은 엉망이 되어 버렸다. 2년 간격으로 벌어진 심야 시간 영조의 고백을 다시 한 번 들어보자.

# 영조의 고백

1733년 1월 19일, 영조는 이광좌와 민진원을 불러 앉힌 뒤 밤새 자신의 그동안 겪은 일을 아주 솔직하고 소상하게 설명한다. 그 밤, 새벽 두 시에 있은 영조의 고백은 목호룡의 말을 일부 시인하고 있다.

경종의 죽음에 대해 영조가 '생감과 게장'이란 상극의 음식물을 써서 결국 죽였다는 말은 너무 흔하고 너무도 식상해서 새로울 것이 없다. 다만 필자는《영조실록》에서 영조는 여러 곳에서 당시 상황, 1722년(임인년)에 벌어진 경종을 독살하고 시해하려던 노론들의 움직임을 비교적 솔직하게 고백하고 있다.《영조실록》은 다른 실록보다 유난히 두껍고 상세하다. 그만큼 임금은 다른 임금보다 일도 많이 했지만 자기 변명의 말도 많이 했다.

아침 5시면 기상해서 격론이 벌어지면 밤을 꼬박 새워 신하들과 논쟁을 했다. 1733년 1월 19일, 이 날을 역사에서는 영조의 <1월 19일 하교>라고 부른다. 그러나 필자가 보기에 그날 영조는 고백 형식으로 두 사람, 그러니까 소론의 영수 이광좌와 노론의 영수 민진원을 마주 앉히고 자기 속내를 드러냈다. 시간은 새벽 두 시를 넘어서고 있었다.

그날 대담에서 영조는 처조카 서덕수가 은화를 받은 일을 알고 있었다고 고백했다. "나는 신축년(1721년)부터 문을 닫고 들어앉아 방문객을 사절하고 있었다. 그러니까 한때 나와 친하게 지냈던 중신이란 인물들도 나를 멀리하더라. 어쩌다 한 번 만나 보려 하면 병을 핑계로 오지 않았다." 영조의 고백은 자기 중심적이라 당시 역사 기록이나 여타의 문건과는 많이 다르다. 그 해 10월 연잉군은 세제로 책봉되었고 노론은 그를 다음 후계자로 확고하게 자리매김하기 위해 동분서주하고 있었다. 이건명은 청나라로 가서 세제책봉 확인을 받고 있었다. 영조는 그런데도 노론 중신들이 자기 만나기 꺼려했다며 서운함을 피력하고 있다.

말을 잘 들으면 앞뒤 모순됨을 드러낸다. 앞에서는 만나기 꺼려 방문을 닫고 들어앉았다고 하고 뒤에는 만나려는 사람들이 없었고 일부러 자신을 피하려고 했다며 한탄한다. "서덕수와 그의 아비는 행실이 바르지 못했다. 장인(서종제)처럼 근신하지 못했다. 그래서 늘 피하려고 했지만 처가 사람들을 너무 멀리하면 아내와 소원해져서 열 번을 오면 두 번 정도 만났다. 당시 은화를 뇌물로 주었다는 말이 많았다. 나는 '노론의 무리들이 만족할 줄 몰라 장차 큰일이라며, 서덕수가 은화를 갖고 있다고 말을 할 때 흉한 것이니 때가 되면 돌려주라.'고 하였다."

이날 고백한 것 가운데 중요한 것은 이 부분이다. 목호룡의 고변 내용을 사실로 수긍한 점이다. 은화를 받았다는 처조카의 말을 받아 때를 기다려 돌려주라고 말했다는 것이다. 노론의 범죄 사실을 전혀 몰랐다고 발뺌한 기록과는 상반된 고백이다. 이 부분에서 노론의 민진원은 당황스러워 얼굴을 붉혔을 것이다. 그런데 더욱 불쾌한 말을 영조는 민진원 앞에서 하고 있다.

"노론은 대비(인원왕후)와 나를 여러 차례 협박했다. 처음에는 노론들이 나를 후하게 해 준다고 사람들이 말을 하지만 그건 사정을 잘 모르는 소리다. 노론이 서덕수를 통해 나를 협박하기를, '이렇게 한다면 다른 사람을 얻어 큰 뜻을 이룰 것이오.' 라는 말을 했다. 그 말을 듣고, 나는 기가 찼다. 장차 이 무리들이 선왕(숙종)의 피붙이 모두를 해하려 한다고 미루어 짐작하기도 했다. 그 생각을 하면 마음과 뼛속까지 소름이 끼쳐 다만 스스로 소리를 내지 않고 울 뿐이었다. 노론의 무리 가운데는 대비를 의심하는 무리들이 있었다. 나는 대비에게 노론에게 받은 은이 있다고 고백하자 대비는 그것을 돌려보내라 지시했다. 그래서 그것을 단단히 봉한 다음 스스로 쓰기를, '어느 해 어느 달 어느 날'에 받은 것이라 기록했고 곧 돌려보냈다. 이것이 바로 당시 소문과 다른 것이다.”

새로운 사실이지만 영조가 노론을 비난하면서 자신과 대비를 해할
마음이 노론에게는 있었다고 말하고 있다. 노론 강경파가 충성도가
약한 대비 인원왕후를 못마땅하게 생각하고 있었다고 말하고 있는
것이다.

이런 사실은 어느 기록에도 찾아보기 힘든 영조 혼자의 주장인 것
이다. 사실을 왜곡하는 것은 다음의 고백에서도 마찬가지다. “소문처
럼 장세상과 나는 친하지 않았다. 장세상이란 자는 곧 내가 세제로 있
을 때 잡된 무리들과 서로 결탁했으니 본래 착한 사람이 아니다. 그런
까닭으로 내가 항상 멀리했더니, 다른 환관들이 모두 나를 이상하게
여겼지만 나의 소견은 헛되지 아니하였다. 이 세상에 어느 사대부가
내시들과 결탁을 하고서 실패하지 않은 자가 있었던가? 갑자기 황형
의 죽음을 당하니 너무도 갑작스러운 일이어서 하늘을 우러러보고
땅을 치며 통곡을 하면서 진실로 죽고 싶은 심정일 뿐이었다. 민판부
사(민진원)가 나의 이런 말을 듣고서도 또다시 자기 당을 변명하려고
할 것인가?”

영조는 민진원에게 노론이 얼마나 자신을 핍박했는지 말하면서 노
론을 향한 일편단심의 마음을 거두라고 말하고 있는 것이다.

"경(민진원)은 만약에 저사(儲嗣, 임금의 후계자)를 세울 때 주고 받은 것이 아주 올바르다고 생각할 것이다. 그 점에 대해 뭐라 말할 수 없지만 신하로서 예의나 격식이 잘못된 것은 어떻게 설명할 것인가. 이런 것을 알지 못하고서 스스로의 의리라고 생각한다면 그것은 잘못 아닌가? 소론들도 역시 잘못이다. 내가 해야 할 임무는 주상(경종)의 잠자리의 안부를 묻고 아침저녁으로 주상의 수라상을 몸소 살펴보는 데에 지나지 않았다. 우리 성모(聖母, 선의왕후 어씨를 가리킨다)가 궁녀와 결탁해서 양자를 들이려고 한 것은 분명한 사실이다. 그래서 나는 먼저 국구(國舅, 선의왕후의 아버지 어유구)에게 편지로 이런 이야기를 전하였다. 그러니 국구께서는 진실하고 충성된 마음으로 답을 하여 나로 하여금 대비(인원왕후)에게 말씀드리게 하였다. 그래서 아뢰고 그 다음에 요망스러운 환관들이 나라를 어지럽히는 이유를 말씀드렸더니, 경종께서도 흔쾌히 따르셨다. 황형과 나는 이렇게 틈이 없었다. 잠깐 사이에 궁중에서 임금의 교지를 위조한 글이 내려와 그날의 승전내관을 먼저 파면시켰다. 이는 당시 비망기에 다 전하지 못한 말이다. 나는 일이 순조롭지 못함을 알고 동궁으로 물러와 기거하고 있었는데 문안드리는 일도 막혀 버린 것이다. 그 후 이틀 뒤 어명으로 나를 불렀는데 박상검이 국구(國舅)에게 보낸 서신 내용을 알고 경종에게 보고한 것이다. 나는 서둘러 대비에게 요망한 환관들의 죄상을 말씀드리고 그들 처벌을 부탁했다. 영상 조태구를 인견하였을 때 박상검의 심복 환관이 '세제를 폐위시켜 서인으로 만들라'는 가짜 전지

(傳旨)를 만들어 내 책상 위에 놓았다. 나는 죽음을 앞에 두고 있었다. 아! 소론들은 이런 줄도 모르고 도리어 남인의 길잡이가 되었으니, 어찌 웃을 일이 아닌가?"

영조는 긴 시간 동안 대담을 마치고 약방 제조였던 이광좌가 "약을 올리겠습니다."라고 하자 그리하라 명했다. 그리고 영조는 오른손으로는 이광좌를, 왼손으로는 민진원의 손을 잡고 억지로 두 사람의 손을 포개 맞잡게 했다. 그날 대담에서 흐뭇한 것은 이광좌이고 불쾌한 것은 민진원이었다. 이틀 뒤 민진원은 어머니가 병이 중하다며 고향으로 내려가 버렸다. 그런데 〈1월 19일〉 하교로 소론에게 손을 내밀던 영조는 다시 뺨을 맞은 꼴이 되어 버렸다. 다시 남도에서 이인좌의 난과 비슷한 역모의 기운들이 움트고 있었다.

전라도 남원에서 괘서 한 장이 발견되었다. 그런데 놀랍게도 사람들이 많이 다니는 사찰 외부 불상에 임금을 모욕하는 흉한 글이 걸린 것이다. 『남사고비기』란 책을 믿는 자들이 반란을 일으키려고 한다는 내용도 적혀 있었다. 지리산 남원 일대 역모사건으로 인해 다시 정국은 살얼음판을 걷고 있었고, 임금의 탕평 정치는 다시 원점으로 돌아갔다.

노론은 공공연하게 임금의 〈1월 19일〉 하교가 지나친 말이라고 따지고 들었다. 1733년 7월 16일, 민진원의 아들 민형수는 자기 아버지를 대신해서 임금에게 불만을 토로하였다. 영조는 격하게 화를 내면서 그를 한양에서 가장 멀고 험한 함경도 갑산으로 유배를 보내고 그를 두둔하는 자는 '임금의 적'이라 소리 높여 외쳤다. 이렇게 해서 집권한 뒤 9년 만에 모처럼 가슴에 있는 말을 하며 노론과 소론의 화합을 꾀하려던 영조의 탕평 정치는 실패로 돌아갔다. 그 해 괘서는 계속해서 영조의 마음을 바늘로 찌르고 있었다.

# 사관의 글을 불태우다

영조는 많은 말을 하는 임금이라 자기가 내뱉은 말로 당쟁을 부추기는 결과를 초래하기도 했다. 1735년 2월 10일 새벽 3시, 밤새 몇몇 중신들과 과거 일을 고백하던 영조는 사관이 적은 글을 보여 달라고 하곤 그 가운데 몇 장을 불태워 버린다.

조선의 역사에서 사관이 적은 글을 그 자리에서 불태우게 한 일이 있는가? 사초를 불태운 일은 극히 이례적인 일이다. 정치적으로 아주 큰 사건이었다. 영조는 〈1월 19일 하교〉가 있은 뒤 2년 만인 1735년 2월 10일에도 늦은 밤 심야 고백을 했다. 한 달 전에 영빈 김씨가 죽자 마음이 참담한 영조는 자주 영빈 김씨에 대한 고마움을 신하들에게 피력했다.

'궁녀 김씨라는 여인이 경종의 음식에 독을 탔다'라는 소문은 이제 대궐의 여인 가운데 영조를 무던히도 아끼고 사랑한 영빈 김씨로 화살이 돌려졌다. 바로 그 문제의 '김씨 성을 가진 궁녀'가 영빈 김씨일 것이라는 말이 나돌고 있었다. 1735년 1월 12일 영빈 김씨가 죽었다. 그녀는 김수항의 손녀이며 아버지 몽와 김창집은 1722년 목호룡의 고변으로 사사된 인물이다.

그녀의 집안이 소론을 원수처럼 여기는 것은 그래서 당연했다. 그래서 사람들이 말하는 '김씨 성을 가진 궁녀'란 그녀일 것이라고 수군거렸다. 그런 세상의 소문을 의식한 영조는 망자에 대한 억울함을 풀어주고 싶어 그날 밤 심야 토론을 가진 것이다. 영빈 김씨가 죽고 얼마 뒤 태어난 사도세자(1월 22일 출생)가 그녀의 선물이라고 믿고 있던 영조였다. 그 무렵 노론 세력들은 세자 탄생을 기념해서 김창집 등 4명의 대신들의 억울한 죽음을 신원(관직 회복, 명예 회복)시켜 달라고 조르고 있었다. 영빈 김씨를 임금이 어머니라고 따르며 살았고 그 임금의 어머니가 곧 노론의 여인이며, 노론 4대신 가운데 가장 억울하게 죽은 김창집의 집안사람 아니냐는 주장이다.

1735년 2월 10일 심야 토론은 새벽 3시까지 이어졌다. 그런데 그날 토론이 끝난 뒤 이상한 일이 벌어진 것이다. 내용의 심각함 때문인지 고백 형식의 대담이 끝난 뒤 영조는 사관이 적은 글 가운데 몇 장을 불살라 버리게 했다. 사관이 적은 글, 영조가 내뱉은 말에 우리가 알지 못한 진실이 담겨 있을 것이지만 영조는 그 밤에 했던 말들을 다시 거둬들이기 위해 사관의 기록을 불살라 버렸다.

새벽 3시, 승지 이중협이 합문 밖에서 사관 허후 · 김상적 · 임술 · 김태화가 쓴 사초(史草)를 가져오게 하고 추려냈다. 임금이 일일이 읽어보고 불사르게 하였다.

1735년 2월 10일 새벽 3시에 대궐 안마당에서 임금이 보는 앞에서 사관들이 쓴 사초(史草)를 불사르는 모습을 상상해 보라! 임금은 몇 시간 동안 서로 심야대담을 하다 격한 감정에 자신도 모르게 과거의 일을 툭 내뱉었을 것이다. 사관은 임금의 글이 아닌 말을 주워 담는 자들이다. 임금이 놀라 그들 사초를 보고 몇 장을 불사르게 한 것이다. 승지 이중협의 지시로 임금이 보는 앞에서 사초를 불살랐다는 것이다. 심야 대담이 있은 며칠 뒤 검열 이덕중, 대교 정이검이 상소를 올렸다. "일전 심야 토론 할 때 경연에서 신하가 사초를 불태우자고 청하여 전하가 이것을 허락하셨다는데 그것이 사실입니까? 그렇다면 그것은 매우 중대한 일입니다." 그러자 영조는 "사초를 불태우라 한 것은 내가 명령한 것이 아니다."라고 예의 또 그 문제를 이중협에게 돌리고 자신은 피해갔다. 그날 영조가 불태우게 한 것은 무슨 내용일까?

## 노론은 여전히 임금에게 건방지다
그날(1735년 2월 10일) 실록의 기록은 오전부터 판부사 이의현이 억울하게 죽은 김창집과 이이명을 신원시켜 달라고 청한 글부터 기록되어 있다. 임금은 알겠다고 답을 한 후 오늘밤 이 문제를 갖고 허심탄회하게 대화를 하자고 심야 토론을 예고했다. 비국당상들이 저녁 7시가 되자 모두들 입시했다. 그들은 밤을 꼴딱 새울 것이라고 단단히 집에 이야기를 해 놓은 상황이다. 우의정 김흥경이 운을 먼저 띄웠다. "노론의 영웅 4대신 가운데 두 사람만이 아직도 죄인 명단에 있으니 억울합니다." 그러자 영조는 '택군(擇君, 임금을 고른다)'이란 나에게도 불쾌한 말이라고 응수했다. 그들 죄가 임금을 고른다는 말 때문이란다.

그리고 영조는 이조판서 송인명·풍원군 조현명·이조참판 신방과 이조참의 이종성을 보며 원로들이니 당시 상황을 잘 알 것이라며 말을 하기 시작했다. "서덕수는 나의 처조카인데 내가 왜 그 사람을 곤란하게 했을 것인가? 지금 서덕수를 다시 꺼낸다면……."

이렇게 말을 꺼내자 놀란 신하들이 자리에 일어나 "어찌하여 이처럼 차마 귀로 들을 수 없는 말씀을 하십니까? 원컨대 속히 이 말을 정지하소서."라고 임금의 말을 가로 막았단다. 그러나 임금은 물러서지 않고 말을 이었다. "당시 유언비어로 대비를 위협하는 자들은 '연잉군이 경종을 박대하고 주색에 빠져 있는데, 지금 만약 그를 옹립한다면 다시 1689년(기사년) 일이 또 벌어질 것이다.'라고 하였다……."

1월 19일의 하교와 같은 상황으로 전개된 것이다. 노론 원로들은 김창집의 신원 회복을 기대했는데 웬걸, 다시 노론의 거만했던 당시 모습을 임금은 떠올리며 말을 하고 있는 것이다. 토론 마당은 모인 자들이 대개 노론들이라 웅성거림이 심했다. 그러자 영조는 책상을 치며, "조용하라! 아직 마음이 시원하지 못하다."고 말하자, 몇몇 사람들이 "속에 담아두지 말고 다 털어 놓으시길 청합니다."라는 말들이 들렸다. 그러자 영조는 "그럼 오늘 한 말은 사책(史冊)에 쓰지 말자." 그렇게 말을 하고 대전에 모인 신하들을 모두 둘러보았다.

### 오늘 한 말은 기록도 없고 입으로 전파도 안 된다

"사관의 기록에도 없고 또 여기 모인 사람들 입에서도 다시는 언급하지 않는다는 것을 굳게 맹세해야 할 것이다." 영조는 이렇게 기록 금지, 전파 금지를 다짐하고 비밀 이야기를 꺼내기 시작했다. 그날 영조가 언급한 말은 극비리에 붙여졌다. 그 뒤로도 영조의 그날 밤 이야기는 거론된 적이 없었다. 기록하지 않기로 합의한 것을 따르기 위해 승지 이중협이 사관들이 적은 사초를 검사하고 그것 가운데 문제된 것들을 임금이 보는 앞에서 대궐 마당에서 불태웠다. 다시 사관이 적은 그날 밤 광경을 들여다보자.

이중협이 합문(閤門) 밖에 서서 사관 허후·김상적·임술·김태화로 하여금 사초를 가져와서 추려 내니 임금이 불사르게 하였다. 그들이 승정원에 돌아가자, 임금이 다시 승지와 사관을 불러서 사초(史草)에 관한 일을 물었는데, 이중협이 사실대로 대답하고 이어서 아뢰기를, "경종과 전하가 왕위를 주고받은 것이 광명정대하니 백세토록 칭찬이 있을 것입니다. 지금 또 성상의 하교를 받고 여러 사람들의 심정이 석연(釋然)하였으니, 누가 감히 다시 사사로이 당파를 위하는 마음을 가질 수가 있겠습니까?" 하니, 임금이 기뻐하였다.

　이중협의 언급을 보면 '경종과 영조의 왕위를 주고받음은 정당했다'는 말로 그날의 주제가 무엇인지를 언뜻 보여주고 있다. 임금이 지운 '차마 하지 못할 말'이란 무엇인가에 대한 그 진위 여부가 소문으로 점차 확대되었고 나흘 뒤 지평 이재후가 임금에게 거리에서 떠도는 소문을 전하면서 그날 사초 불태웠던 이야기의 진위를 묻다가 임금에게 호되게 꾸중을 듣고 지평의 자리에서 물러났다. 그 뒤 약 한 달 동안 임금의 그날(2월 10일) 심야 밀담을 비밀리 하기로 약속한 합의를 깬 것에 대해 지평 이재후를 멀리 귀양 보낼 것을 요구하는 노론과 그를 두둔하는 소론 사이 공방이 계속되었다.

　실체의 진실, 손가락으로 달을 가리키는데 달은 말하지 않고 손가락만 갖고 떠드는 격과 같은 상황이 연출된 것이다. 그날 실록의 기록 부분만을 놓고 본다면 영조는 노론의 압박이나 협박이 있었고 자신은 마지못해 그들의 요구를 들어주었을 뿐이라고 변명했다는 것이다.

　중요한 것은 그 요구가 무엇이고 그것을 어떻게 실천했는가 하는 점이지만 확인할 수 없다. 임금은 "그럼, 다음 사람의 신원 문제에 대해 언급하고자 한다."고 말을 하자 판부사 이의현이 가로막으며, "이제 밤도 깊었으니 그것을 비망기로 남기심이 좋을 듯합니다."라고 말했다. 사관은 그날 이이명에 관련된 이야기를 하면서 밤을 꼴딱 샜다고 주석을 달고 있다. 이틀 뒤 영조는 이의현을 영의정에 서명균을 좌의정에 임명했다. 두 사람 모두 온건 노론과 소론 사람들로 당색을 드러내지 않는 인물들이었다.

세 번째 무대

# 역사 지우기

# 수괴라는 이름을 지우다

《승정원일기》는 역사적으로 아주 중요한 가치 있는 서적이다. 그런데 이 중요한 자료 들이 영조의 과거사 지우기 희생양이 된다. 1744년 10월 13일, 창덕궁에서 화재가 나 서 44칸 전각이 불탔다. 그런데 전각에는 《승정원일기》가 소장되어 있었다. 실록은 화 재가 어딘지 고의성 짙다는 의심을 한다. 경종 독살설의 진위에 대해 상당 부분을 간직 했을 역사적 자료들은 그래서 완벽하게 세상에서 사라졌다.

영조는 1721년(신축년)과 1722년(임인년) 두 해 일어났던 일을 집요 하게 고치려고 애를 썼다. 신축년은 경종을 협박해서 세제 책봉한 일 이 과연 옳은 일이냐로, 그리고 임인년 목호룡 고변서처럼 경종을 독 살하려고 했는가에 대한 변명과 때로는 고백, 때로는 눈물로 싸움을 그만하자고 호소했다. 등극한 그 해 소론 강경파들이 독살설의 진실 을 밝히자고 청하자 위기에 몰린 영조는 김일경, 목호룡을 죽이고 민 진원을 불러 노론 정권을 수립했다. 그리고 왕권의 안정이 이루어졌 다고 해서 3년 만인 1727년 7월 5일 101명의 노론 세력들을 모두 내쫓았다. 그런 것에 불만을 품은 세력들은 한 달 뒤 임금의 능행 포장에 불을 지르기도 했다.

그러나 노론을 교체하고 소론 정권을 세워 민심을 끌어안으려 해도 당시 사람들은 영조를 임금으로 생각하지 않았다. 끊임없이 궁궐 안에 경종을 독살하는데 앞장 선 '궁녀 김씨를 조사하라!'는 여론이 비등했다. 경종의 죽음은 궁녀 김씨를 소론 세력들이 잡아 조사 중이란 소문이 있고 얼마 뒤 벌어졌다. 소론 측에서 상당 부분 정보를 입수하고 사건의 내막을 파악했음은 실록의 기록 곳곳에서 감지된다. 그때 경종의 갑작스런 죽음이 벌어진 것이다. 단의왕후 심 씨의 동생 심유현이 이인좌의 난 당시 "경종이 노론 환관들에 의해 유폐당한 뒤 독살되었다."는 소문을 퍼트려 사람들을 공분케 했다. 영조는 집권 기간 내내 심유현의 이 말을 가장 흉악한 말이라고 종종 불쾌감과 분노를 드러냈다. 1729년 7월 19일, 한 해 전에 일어난 이인좌 난의 추안일기를 읽던 영조는 심유현의 공초 사실에서 '경종의 유폐'를 언급한 일기를 보고 그 글을 쓴 주서를 벌하라고 명한다.

### 집요한 조사 요구에 '이미 죽었다'로 대답하다

1722년 8월 영의정 조태구가 "1720년(경자년) 12월 임금이 음식을 드시다 반 대야나 담수를 토한 일이 사실입니까?"라고 묻자 "그런 일이 있다."로 응답한 뒤 《경종실록》에는 숱하게 '김씨 성을 가진 궁녀 조사 요구'라는 문장들이 등장한다. 1724년 4월 들어서는 그 요구가

격해졌다.

1724년 윤 4월 13일 "삼사(三司)에서 복합(伏閤)하여 김성(金姓) 궁인(宮人)의 일을 논쟁하였는데, 하루에 두 번을 아뢰었으나 듣지 않았다."라는 기록이 등장한다. 그리고 경종은 윤 4월, 격렬해지는 궁녀 조사 요구에 "이미 죽었다."는 말로 사건을 덮으려고 했다.

경종의 죽음은 여전히 미궁이다. 약 300년이나 된 오늘날까지 여전히 밝혀지지 않는 수수께끼다. 밝혀지지 않은 것은 영조의 꼼꼼하고 집요한 노력과 집착 때문이다. 영조는 집권 52년 동안 자신에게 불리한 기록들을 불태우거나 물에 씻거나 붓으로 보이지 않게 먹물을 묻혔다. 그러나 영조의 경종 독살설은 《경종실록》에서도 70% 이상은 연잉군과 그를 따르는 자들이 임금을 모해했구나! 그런 느낌이 들게 기술되어 있다. 영조가 주장하는 것은 대부분 신뢰하기 힘들고 앞뒤가 모순된 변명들이 많다. 대개 이런 것이다.

행간을 읽다 보면 영조는 '나는 의학에 문외한이다' 라는 말을 자주 한다. 그런데 얼마 있다가 당시 황형이 위독할 때, 대비와 상의해서 약을 지었다는 말이 나온다. 그러니까 의학에 지식도 별로 없으면서 경종에게 약을 지어 올린 것이니 얼마나 황당한 주장인가? 그러면서 경종이 죽기 직전까지 '인삼과 부자' 에 대해 효능을 갖고 어의 이공윤과 논쟁을 벌이고 서로 상반된 약을 처방한다.

## 상반된 약제로 위험에 빠트려

문제는 '인삼과 부자'에 대한 효능을 영조가 극찬한 것이다. 그런데 부자(附子)라는 약은 매우 위험한 약제다. 이 약은 워낙 독성이 강해 다른 약제와 소량을 써야 하는데 그것도 전문가의 조언을 얻고 아주 정밀하게 써야 한다. 정밀하지 않다면 부자는 환자를 치명적 위험으로 빠트리고 만다. 그 무렵 경종은 설사로 고생하고 있었다. 아니 먹는 약이 오히려 설사를 더 키우고 있는지 모른다.

1724년 8월 20일, 경종은 갑자기 가슴과 배가 조여 온다고 통증을 호소하고 있었다. 경종의 죽음 직전 실록의 기록을 살펴보자. 1724년 8월 21일, 약방 여러 의원들이 진찰을 했다. 전날 게장과 생감을 드셨다는 말을 듣고 의가에서 매우 꺼린 음식을 드신 것에 걱정들을 했다. 8월 22일, 임금은 복통과 설사가 더욱 심해 약방에서 진찰하고 '황금탕'을 지어 올렸다. 8월 23일, 임금의 설사의 징후가 그치지 않아 혼미하고 피곤함이 특별히 심하니, 약방에서 입진하여 탕약을 정지하고 인삼과 미음을 올렸다.

8월 24일, 경종이 죽던 날이다. 비가 내렸다. 임금의 환후 위급한 상황이었다. 맥이 풀리고 아무 힘이 없었음. 4경(更), 새벽 3시를 가리킴. 약방에서 삼다를 올리고 물러나왔다. 임금은 병환이 있은 뒤 신하들 문안에 번번이 응수하였지만 이때 음성이 더욱 미약해졌다. 이광좌가 미음을 진어하니 응답하지 않았다.

세제가 큰 소리로 청하니 임금이 고개를 들었다. 어의 이공윤(李公

胤)이 "인삼을 써서는 안 됩니다. 설사가 그치지 않습니다."라고 하였다. 임금이 내시의 등을 의지하고 앉아서 두 눈을 몹시 부릅뜨고 있었다. 이광좌가 문안을 여쭈었지만 대답하지 않았다. 세제가 울면서 "인삼(人蔘)과 부자(附子)를 급히 쓰도록 하라."라고 지시하였다.

문제는 세제의 이 지시다. 추측컨대 이때 문제의 부자라는 독초가 그나마 연명하던 경종의 목숨을 완전 끊어 버린 것이다. 확인 사살이나 마찬가지였다. 생감과 게장으로 시작된 갑작스런 복통, 그리고 이어지는 서로 상반된 약제 복용.

이공윤(李公胤)이 다시 이광좌에게 큰 소리로 이르기를, "삼다를 많이 쓰지 말아야 합니다. 내가 처방한 약과 인삼을 함께 복용하면 더 이상 기(氣)를 움직이지 못할 것입니다." 하니, 세제가 말하기를, "사람이란 자기의 의견을 세울 곳이 있긴 하나, 지금이 어떤 때인데 꼭 자기의 의견을 세우려고 인삼 약제를 쓰지 못하도록 하는가?" 하였다.

조금 지나자 임금의 눈 밑에 다소 안정 기운이 있고 콧등이 다시 따뜻했다. 세제가 말하기를, "내가 의약의 이치를 알지 못하나, 그래도 인삼과 부자가 양기(陽氣)를 능히 회복시키는 것은 알고 있다. 어제 쓰던 삼을 바로 멈춘 것은 이공윤의 말 때문이다."라고 말하고 세제는 모든 대신들이 임금의 쾌유를 비는 제사를 올리라고 지시했다. 제관이 향을 올리기 전에 이미 속광(임금의 코에 솜을 갖다 대고 숨이 끊어진 것을 공식 확인하는 절차다)이 있었다. 실록은 임금의 완쾌를 비는 기도회를 열기 전 이미 죽음을 확인하는 속광이 있었다고 기술하고 있다. 영조는 경종의 죽음 막판에도 의혹의 중심에 서 있었다. 왜 '인삼과 부자'를 그렇게 신뢰했을까? 옛날부터 의원들은 그런 말을 했다. "인삼은 사람을 죽여도 죄가 없고, 부자는 사람을 살려도 공이 없다." 이 말은 인삼은 너무 좋은 약이니 아무 때나 사용해도 좋지만 부자는 함부로 써서는 위험한 약제이니 살려도 욕을 먹을 수 있다는 말이다.

영조는 경종의 죽음 직전에 왜 부자(附子)를 쓰게 했는가를 놓고 오랫동안 경종 죽음의 책임에서 벗어나지 못했다. 또한 죽기 나흘 전에 올린 '생감과 게장' 역시 상극인 음식이고 그것이 독살의 시작이었다고 많은 사람들이 의심하고 있는 것이다.

# 나를 시원하게 죽여라

김일경과 목호룡은 영조에게는 원수 같은 존재다. 두 사람은 영조를 임금으로 인정하지 않은 사람이다. 죽을 때까지도 임금 앞에서 고개를 숙여야 하는 것인데 그들은 끝까지 고개를 숙이지 않고 영조에게 '그대, 혹은 너'라고 지칭했다.

1724년 7월 11일 경종은 김일경에게 한성판윤(지금의 서울시장)이란 벼슬을 내린다. '궁녀 김씨 조사'를 너무 집요하게 요구한다고 외직을 준 것이다. 대궐에서 나가 달라는 의미다. 집요하게 싸움을 일삼는다는 뜻이다. 그런데 7월 18일 다시 일주일 뒤 우참찬이란 벼슬이 제수된다. 그러나 임금에게 서운한 김일경은 끝내 내직에 복귀하지 않고 있었다.

이때 임금의 병세가 좋지 않은 상황으로 발전하자 우의정 이광좌가 급히 임금에게 김일경을 서둘러 대궐에 들어오게 해달라고 청한다. 그가 못내 서운해 하고 있으니 위로하는 글을 패지(牌旨)와 함께 전해달라는 요구를 한다.

그런데 김일경은 7월 27일까지 대궐에 나타나지 않았다. 사간원의 한사득이 임금에게 "김일경이 어명을 받든 승지를 구타하는 무례한 짓을 범했습니다."며 죄를 청한 일이 실록에 기록되어 있다. 경종이 들어오지 않는다면 억지로 끌고라도 오라는 말에 김일경을 끌다가 구타를 당한 것이다. 8월 7일 임금의 설사가 심해지고 있는 상황, 경종은 이광좌에게 빨리 직접 가서 김일경을 데려오라고 또 부탁한다. 경종의 병이 급박한 상황에서 계속 김일경을 찾았지만 그는 임금에게 마음 상했다는 이유로 대궐에 들어오지 않은 것이다. 김일경은 죽기 직전까지 그 일을 천 년을 두고도 삭이지 않을 한(恨)으로 생각했다.

영조는 1724년 8월 30일 즉위식을 가졌다. 선왕이 죽은 지 약 5일이나 6일 뜸을 들인 뒤 즉위식을 거행하는 것이 관례였다. 즉위한 영조는 처음에는 소론 온건파 정치인들을 중심으로 국정을 운영하려고 했다. 그런데 소론 강경파들이 독살설 주인공 궁녀 문제를 다시 꺼내들었다. 영조에게는 가장 취약한 그 문제를 소론 강경파가 들고 나오자 위기 의식을 느낀 영조는 민진원을 다시 관직에 복귀시켰다. 그리고 곧바로 김일경과 목호룡을 옥에 가두었다. 두 사람을 회유도 하고 협박도 했지만 결코 자신들의 주장을 굽히지 않자 그렇게 조치한 것이다. 승리자가 지나치게 관용을 베풀면 오히려 상대의 칼날에 쓰러질 수 있다. 특히 권력 교체기에는 그런 사례들이 많다. 그것이 권력이란 놈의 못된 습성이나 속성이다.

1724년 12월 8일, 영조는 죄인 김일경과 목호룡을 친국했다. 두 사람은 영조 앞에서 고개를 빳빳이 쳐들었다. 영조는 두 사람의 얼굴을 보고 싶지 않다며 머리를 흰 천으로 덮으라고 명했다. 그날 밤이 늦은 시각까지 지독한 고문이 계속되었다.

먼저 목호룡을 때려가며 만든 심문 조서를 가져오게 하니 그 안에 '오직 뜻은 시원하게 죽는 것이다!' 라고 단 한 줄의 글이 보였다. 부들부들 떨던 영조는 이렇게 말했다. "저 자를 죽인들 내 마음이 얼마나 시원할 것인가?"

조금 있다가 김일경을 문초한 조서 내용을 보았다. 그 역시 비슷한 말이 기록되어 있었다. "나는 밝은 태양 아래 한 점 부끄러움이 없다." 두 사람 모두 선왕의 시신이 아직 궐 안에 있으니 함께 묻어 달라는 마지막 유언을 남기고 모두 죽었다.

### 팔도에 사지를 잘라 보내라!
먼저 죽은 인물은 목호룡이다. 아무리 불러도 대답을 하지 않자 형문을 멈추고 보자기를 벗기고 확인하니 벌써 죽은 뒤라는 것이다.

김일경은 아직 목숨이 붙어 있었다. 1724년 12월 10일, 한 사람은 목숨이 붙어 있는 걸레 같은 몸뚱이로 다른 한 사람은 이미 숨이 끊긴 시체로 당고개라는 곳까지 갔다. 왜 당고개까지 가서 그들을 참형에 처했을까? 그것은 아직 대궐 안에 경종의 재궁(임금의 관)이 있고 국장이 거행되지 않았기 때문이다. 이미 숨이 끊긴 목호룡은 사람들이 보기에 죽지 않은 것처럼 보이기 위해 별도의 조치를 취했다.

다음날 분이 가시지 않은 영조는 죽은 두 사람의 시신을 한양 한복판 군기시 광장에서 몸 전체를 도륙(屠戮)하라고 지시한다. 의금부에서 죄인의 목을 내거는 법은 군기시 앞길에서 능지처참하고 수족을 각각 떠낸 뒤 그 머리를 철물교(鐵物橋, 종로 탑골공원) 거리에 내걸고 팔도에 수족을 돌려 보이게 되어 있다고 하면서 그런데 이번 죄인들은 이미 당고개에서 몸뚱이들이 조각나 그 냄새가 역겹고 상해 있어 성 안으로 들고 와 거리에 내걸 수 없을 정도라고 임금에게 보고했다.

그러자 영조는 "목호룡의 음흉한 정상은 팔방에 널리 알리지 않을 수 없다. 비록 끌고 들어올 수는 없다 하더라도 돌려 보이는 등의 일은 그 또한 역적 중의 사람이니, 거행하지 않을 수 없다. 동문(東門)에 내거는 율(律)을 적용하여 사흘 동안 문 밖에 내걸어 경외(京外)의 사람들로 하여금 환히 다 알게 하라." 하였다. 다음날 이들의 머리는 서소문에 내걸렸고 사지는 각각 잘려 팔도로 돌려보내졌다.

1724년 12월 16일, 경종의 장례식이 거행되었다. 능 이름은 의릉, 양주 천장산에 위치하고 흥인문에서 약 10리(里) 떨어진 거리다. 당일 흥인문을 나선 행렬이 비가 물동이로 쏟아붓듯이 억수같이 내리는데 국장 행렬이 도심을 지나고 있었다. 연도에 나와 있던 사람들은 죽은 임금의 원통함 때문에 날이 험하다고 수군거렸다. 이광좌는 영조에게 몇 번이나 국장에 참석하지 말아 달라고 청했다. 표면적인 이유는 날이 너무 춥다는 것이지만 혹 무슨 일이 일어날지 몰라 그리 청한 것이다. 그날 아침부터 겨울비치고는 많은 양의 비가 내렸다. 의릉에 도착해서 영조는 재궁을 입관하기 전에 유난히 크게 곡을 했다. 몇몇 신하들이 말하기를, "빗발이 이와 같은데, 옥체 상할까 염려됩니다. 서둘러 곡을 그치고 입관을 청합니다." 하니, 임금이 우는 것을 그쳤다. 4번 절을 하고 난 뒤 재궁을 담은 가마를 우러러보고 흐느끼며 말하기를, "만약 나로 하여금 여(轝)를 따라가게 했더라면 차라리 마음 편하겠다."고 말하고 보련을 타고 다시 환궁했다. 경종의 장례식이 끝났지만 민심은 흉흉했다.

## 집권 초기 숙종의 정치스타일을 따라 하다

돌아선 민심을 잡기 위해 즉위 초 영조는 무던히도 애를 썼지만 1년을 넘기지 못하고 1725년 1월 22일 인현왕후의 오빠이며 노론의 당수 민진원을 이조판서에 기용했다. 그의 등장은 소론 강경파가 집요하게 영조를 괴롭힌 과거사 정리 문제를 노론 입장에서 정리하겠다는 신호였다. 곧바로 목호룡의 고변 내용을 다시 조사하게 했다.

민진원은 말을 잘 꾸민다. 이미 장희빈을 죽일 때 김춘택과 함께 이러저러한 이야기들을 꾸미고 보태 새로운 역사를 만들었다. 1725년 3월 2일, 민진원은 죽은 목호룡을 대신해서 그의 형 목시룡을 잡아 추국했다. 관련자들이 다 죽은 일이라 조사에 한계가 있었다. 그러나 며칠 동안 민진원은 1722년 임인옥사 죄안을 새로 만들었다. 1725년 3월 27일 소론 강경파 40명을 도성 출입을 하지 못하게 했다. 그리고 민진원은 3년 전 임인옥안 진실을 완전히 다른 사건으로 조작했다. 그것을 지원한 사람은 임금 영조였다.

민진원은 당시 일의 근거가 없음을 역설했다. 3년 전 경종은 관련자를 여러 차례 대질 신문 방식을 거쳐 아주 상세한 죄안을 기록으로 남겨두었다. 그러나 영조가 그 사건에서 역모의 수괴로 등재된 이상 수정이 불가피했다. 민진원은 부족한 부분은 박상검과 친하다는 환관들을 추가로 조사하고 경종을 끝까지 받들었던 궁녀들을 가혹하게 고문시켜 대궐의 '궁녀 김씨의 독살설'도 뒤집었다.

1725년 4월 23일 정호를 영의정, 민진원을 좌의정, 이관명을 우의정에 제수했다. 이렇게 해서 노론 강경파가 정권을 잡은 것이다. 5월 13일, 세 명의 정승들이 모두 국문 자리에 참석하지 않아 대간들의 탄핵을 받았다. 그 이유가 우의정 이관명의 상소에 나온다. "당시 경종께서 분명 중한 병(위예違豫, 정신병을 지칭함)을 앓고 계셨는데 전하께서 국문 내용에 그 글을 지우라 하심은 잘못된 것입니다." 이관명은 경종의 정신질환을 공론화하려 한 것이다. 그러자 언관 정석삼이 경종의 정신질환을 대내외 공표하자는 신료들을 비난하는 글을 올렸다. 영조는 그의 글을 받아들였다. 그리고 다시는 경종의 정신질환을 언급하지 못하게 했다.

1725년 한 해 내내 영조는 민진원에게 모든 것을 의지한다. 제대로 국왕의 수업을 받지 못한 영조, 1722년 경종을 대신해서 대리청정을 수행하라는 명을 받았지만 여전히 독살설의 주범으로 몰려 신하들과 접견하기도 어려운 상황에 갑자기 죽음의 길에서 용상으로 올라갔으니 모든 일에 자신이 없었다. 민진원은 그런 영조를 대신해서 과거의 사례 등을 자세히 알려주며 정치를 거의 독단으로 행했다. 정호가 영의정이고, 민진원이 좌의정, 이관명이 우의정인 노론 독점 정치의 시대가 1727년 7월 5일까지 지속되었다. 영조 역시 초창기 통치 스타일은 숙종의 정치를 따라 했다. 그래서 말로는 탕평이란 말을 강조했지만 실천이 이루어지지 않았다.

1727년 7월 5일, 영조는 숙종처럼 환국을 단행했다. 노론이 집요하게 주장하는 소론 5적의 처벌을 묵살하고 이광좌를 영의정으로 한 뒤 노론 101명의 관직을 빼앗고 도성 밖으로 내쫓아 버렸다. 역사학자들은 이때 영조가 노론을 몰아내고 소론을 다시 불러들이지 않았다면 1728년 일어난 이인좌의 난은 실패한 반란이 아닌 성공한 반정이 되었을 것이라고 한다.

1727년 7월 5일 취한 정미환국 덕분에 영조는 권좌에서 쫓겨나는 불행을 겪지 않은 것이다. 그러나 환국 뒤에도 정국은 여전히 이상한 징후들이 감지되고 있었다. 1727년 8월 16일에는 영조가 서오릉에서 작헌례를 행했는데 갑자기 포장에 불이 났다. 사관은 전혀 불이 날 곳이 아닌데 불이 났다며 임금의 정치에 불만을 품은 자의 소행일 것이라고 추측하는 글을 적어 놓았다.

# 비와 신기전의 도움으로 살다

이인좌의 난에 참가한 반란군은 약 20만 명 이상이라 한다. 영남 지역과 호남 지역, 그리고 **충청도·경기도**가 영조를 몰아내는 반란에 호응했다. 조신 진제가 반란군에 호응했다고 해도 과언이 아니다.

영조가 경종을 독살했다. 영조는 숙종의 아들이 아니다. 그래서 영조는 임금이 되면 안 되는 인물이라 주장하며 반란군들이 반란을 일으킨 것이다. 반란에 참여한 사람들은 장희빈이 죽은 뒤 몰락한 남인 세력과 경종의 억울한 죽음을 확신하던 소론 세력들이 참가했다. 신분상으로 보면 왕실 세력 일부와 조선의 유력한 문벌가문들이 참가했고, 평민과 노비들까지 대거 합류했다. 반란이 일어나기 전부터 도성에서는 전라도 변산 일대에서 역모의 기운이 있다는 말들이 종종 들렸다.

1727년 12월 16일 전라감사 정사효가 전라도 일대에 걸린 괘서를 임금에게 올렸다. 정사효는 처음에는 반란군에 가담했다가 반란군에게 승산이 없다고 판단되자 곧바로 관군에게 붙은 인물이었다. 전라도 전주 등지에 붙은 괘서들은 한양 서소문 등지에 붙은 괘서와 내용이 똑같았다. 1728년 1월 17일, 담양 부사 심유현이 자신의 관아 무기를 빼돌리고 조정에는 화재가 났다고 거짓 보고를 했다. 이때 다량의 화약과 무기 등을 빼돌렸다.

1728년 3월 14일, 한양에서는 난리가 났다는 소문에 사람들이 짐을 꾸리고 있었다. 피난민들이 한강 나루로 몰려들고 있었다. 그때 영의정을 물리치고 용인에 은거하고 있던 최규서가 조정에 장계를 올렸다. "반란이 터졌다." 영조는 곧바로 반란의 규모와 주동자를 확인하라는 지시를 내렸다. 3월 15일, 반란의 수괴는 당시 34세의 이인좌라는 것이 밝혀졌다. 그는 세종대왕의 아들인 임영대군의 8대손이다.

이인좌가 반란의 주모자가 된 것은 '영조는 숙종의 아들이 아니고 조선 왕실의 혈통을 바로 세워야 한다'는 명분으로 일어난 것이라는 보고를 듣고 영조가 깊은 탄식을 내쉬었다. 이인좌를 먼저 끌어 들인 것은 소론의 강경파 박필현이다. 박필현이 전라도 반란 대장이고, 경상도는 정희량이 반란 대장이었다. 나숭대는 나주 출신으로 이인좌의 사돈이고 변산 등 전라도 각지 동원 책임을 맡았다. 부안, 변산 등지에는 김단과 정팔룡 등이 노비들로 구성된 9천 명을 이끌고 한양으로 올라오고 있었다.

또한 지리산 연곡사(지리산 피아골에 자리한 절)에서는 승려 대유가 승병을 조직했고, 영조의 어머니 숙빈 최씨의 고향이라는 전라도 전주부 태인현에서는 송하(둔갑술로 이름을 날리던 인물) 등이 2만 명, 대구 영남 지역에서는 7만 명이 역모 대열에 합류하고 있었다. 서울에서는 금위대장으로 있던 남태징, 이유익과 이사로, 한세홍, 그리고 민관효 등이 한양의 민심을 어수선하게 한 뒤 반란군 동조자를 모으고 있었다.


1728년 3월 15일, 청주성이 먼저 함락되었다. 먼저 반란군들은 행상하는 사람처럼, 혹은 상여를 매는 사람처럼 하여 성 안으로 들어와 옷을 벗어버리고 무기고를 탈취하였다. 그리고 청주성 절도사 이봉상과 토포사 남연년을 먼저 살해했다. 성이 반란군 수중에 떨어지자 성안 사람들이 모두 술을 빚으며 축하했다고 한다. 당시 민심이 어느 편인지를 보여주는 대목이다. 또한 인근 상당산성을 지키던 병사들이 곧바로 투항하여 이인좌는 반란 초기 승승장구 하고 있었다. 그는 대원수라고 스스로 칭했다. 이인좌가 청주성을 접수하는 동안 경기도 성환, 소사에서도 다른 반란군이 고을을 점령했다.

영조는 한양 성문을 굳게 닫게 한 다음, 급히 파발을 강원도로 보내 한양을 사수하라고 지시했다. 또한 다른 관찰사들에게 군사를 징발하라는 격문을 띄웠다. 그리고 그날 김일경과 목호룡 가족들을 찾아내 죽였다. 3월 17일, 황해도 개성, 경기도 장단 등지에 임금을 지킬 병사들 소집이 발령되었다. 하지만 한양 각 성문은 피난민들이 가득했다. 3월 18일 영조는 병조판서 오명항을 도순무사(총사령관)로 임명하고, 박문수 등을 종사관으로 임명하여 급히 병사들을 이끌고 반란군의 한양 진입을 막게 했다. 그러나 초기 반란군의 사기 역시 드셌다. 오명항의 토벌 부대가 전열을 정비하기까지 수원의 수어청 군사들을 풀어 한양 진입로를 먼저 차단하게 했다. 이미 반란군은 3월 20일 안성 부근까지 쳐들어 왔다.

### 운명의 3월 23일, 갑자기 내린 폭우로 영조 살다

영조의 운명, 아니 이인좌의 난의 성공과 실패 판가름은 1728년 3월 23일에 결판났다. 이날이 바로 그 유명한 안성의 청룡산 전투가 일어난 날이다. 이 전투에서 오명항이 이끄는 관군이 승리함으로써 일단 반란군 사기는 급속하게 꺾였다. 총사령관 오명항은 첩보 부대를 운영해 반란군의 본부인 청주성 깊이 들어가, 거짓 정보를 흘리면서 적을 유인했다. 반란군은 안성과 죽산 양 방향으로 나뉘어 한양 진격을 하고 있었다.

안성 전투에서 초반 관군이 기선제압을 하는데 가장 혁혁한 공을 세운 것은 하늘에서 내리는 비[雨]와 영화로 상영되었던 조선의 신무기 '신기전'이란 화포였다.

**신기전**
임진왜란 당시 평양성 탈환에 ㄱ 위력
을 발휘한 신기전. 이 무기는 조선의
앞선 화포 기술을 상징한다.
이 신기전이 영조를 구한 것이다.

그날 갑자기 날씨가 어두워지다 비가 쏟아졌다. 평소 기우제를 열심히 지낸 영조. 영조는 하늘이 자신을 버리지 않을 것이란 자기 암시, 혹은 자기 최면을 걸기 좋아한 임금이었다. 영조는 매일 밤하늘을 바라보며 살려달라고 빌고 있었다.

아니 울고 있었다.

자신이 이 나라를 위해 꼭 할 일이 있다며 버리지 말아달라고 기도를 한 것이다. 그런 기도의 효험 때문일까? 안성전투에서 비가 쏟아지자 반란군들은 미처 장작불을 피우지 못하고 가지고 있던 무기들이 물에 젖는 바람에 각종 화포가 무용지물이 되었다. 반면 토벌군에게는 위력적인 무기 신기전(神機箭)이 있었다. 신기전은 세계에서 가장 오래된 로켓포라는 별칭을 갖고 있다. 세종 시절 발명되고 임진왜란 당시에서 평양성 탈환 작전, 한양 수복작전에 동원되었던 그 조선의 위력적인 화포가 1724년 3월 23일 또 작렬했다.

그날 실록의 기록을 토대로 살펴보면 오명항이 군사를 이끌고 안성에 이르니 날이 어두워졌다. 적들 진지에서 횃불들이 우람했고 포성이 계속 들렸다. 이때 갑자기 비바람이 몰아치고 천둥 번개가 쳤다. 갑작스런 날씨 변화였다. 칠흑같이 어두운 밤, 지척도 분간할 수가 없었다. 갑작스런 날씨 변화는 심리적으로 반란군이 위축되는 결과를 가져왔다. 영조는 비가 올 것을 대비하고 공격하라는 지시를 오명항에게 내렸다. 반란군은 폭우가 올 것을 전혀 대비하지 않았고, 반대로 토벌군은 철저히 폭우 속 전쟁을 예상하고 대비했다. 그리고 곧이어 반란군들이 포진하고 있는 곳으로 수십 대의 신기전에서 불화살이 날아갔다. 순식간에 반란군의 진지는 아수라장이 되었다. 그들 포대는 물에 흠뻑 젖어 무력화된 부대가 되어 버렸다.

그날 밤 안성 전투에서 반란군의 주력 부대가 완패한 뒤 반란군 총사령관 이인좌는 패잔병 몇 명을 이끌고 죽산으로 도망갔고 많은 반란군들은 관군에 투항했다. 오명항은 투항하는 반란군들을 모두 따뜻하게 맞이했다. 이런 소문들은 앞에서 진군하는 반란군들을 불안하게 했고, 청주성 뒤에 버티고 있던 반란군의 사기도 떨어뜨렸다. 3월 24일, 오명항 부대는 이인좌가 안성에서 쫓겨 죽산으로 향하는 반군과 합류했다는 말을 듣고 죽산 장항령 협곡에서 매복했다가 반란군을 기습 공격했다. 급습을 당한 반란군은 밥을 먹다가 허겁지겁 도망가다 죽기도 하고 깊은 계곡에 숨어 있다가 토벌군에 투항했다.

그날 실록은 반란군의 피해는 '시체가 산을 이룰 정도였다'는 말로 토벌군의 대승을 기록했다. 이인좌는 관군을 피해 민가에 숨어 있다가 동네사람들에게 잡혀 오명항에게 넘겨졌다. 그는 그날 곧바로 한양으로 압송되었다. 3월 25일, 전라도 태인 현감 박필현이 반란을 일으켰다. 또한 같은 날 담양 부사 심유현도 반란에 합류했다. 박필현은 한때 영조의 맏아들 효장세자의 사부였으며, 심유현은 경종의 첫째 왕비 단의왕후 심씨의 동생이다. 3월 27일 이인좌는 군기시(軍器寺, 병기제조창, 오늘날 시청 앞) 앞에서 참수되었다. 이인좌가 죽으면서 영조에게 "선왕은 그대처럼 수염이 많지 않았소."라는 말을 하고 죽었다고 소문이 파다하게 도성 안에 번졌다.

한편 청주성에서는 반란 세력 내부에서 서로 반목하다 자중지란이 일어났고, 이 틈에 오명항 부대가 성을 함락시켰다. 영남 지방은 정희량 등이 거창 함양을 장악하고, 이에 박사수가 지휘하는 영남 토벌 군대가 안동으로 진입하고 있었다. 정희량은 과거 1623년 인조반정 이후 처형당한 정인홍의 억울한 죽음 때문에 등을 돌리고 있던 영남 사람들을 하나로 모아 반란을 일으켰다. 조선 역사에서 영남이 인조반정 이후 반역의 땅으로 감시 받았던 것에 대한 울분이 터진 것이다.

이인좌의 난에서 영조가 충격을 받은 일은 참가한 인물들이 하나같이 조선 왕실을 대표하는 학자나 정치가 집안이란 점이다. 당시 청주에서 반란군 부원수로 활동하던 정세윤은 세종의 문화 정치를 대표하던 정인지의 후손이며, 역시 청주에서 반란군에 가담했던 신천영도 세조의 계유정란 1등 공신 신숙주 후손이다. 또한 황익재가 황희 정승의 후손이며, 조문보는 성리학자로 개혁의 상징 인물이었던 조광조의 후손이었다. 영남 지방 반란군 대장 정희량은 남명 조식의 대표 제자인 정온의 후손이었다. 이하는 인조반정의 주역 이귀의 직계 후손이다. 박필몽은 영조 집권 초반 약 1년 동안 함께 밤을 지새우며 정국 현안을 논했던 도승지였다. 이유익은 익안대군의 후손이었다.

## 차마 기록할 수 없는 말들

영조는 치밀하고 집요한 성격에 죄인을 심문하는 조사관이 딱 어울렸다. 그런 성격 탓일까. 임금은 역모 사건 대부분을 직접 심문하고 조사하길 원했다. 1728년 3월 29일, 경종의 처남인 심유현을 심문하다 그만 조사를 중단했다. 실록은 '차마 들을 수 없고 차마 글로 옮길 수도 없는 참담한 말이 그의 입에서 나왔다'고만 적고 있다. 심유현이 죽기 전에 영조에게 '차마 들을 수도 없고 차마 할 수도 없는 말'을 했다는 것은 내용이 어떤 것이기에 사관으로도 끝내 적을 수 없었다고 토로한 것일까?

사관이 적은 심유현의 진술 내용은 대략 이 정도였다. "경종의 장례식장에서 왕실의 친척 이유익을 만났는데, 그때 그가 말하길, '그때 성문 닫는 일이 제대로 이루어지지 않아 전하가 급히 부르기에 환취정에 들어가 우러러 보았는데 옥색(玉色)이 평상시와 같았습니다.

그런데 그 뒤 얼마 있다가 고복(皐復, 임금이 죽으면 환관이 대전 지붕으로 올라가 흰 천을 흔들며 떠나가는 혼을 부르는 의식) 하는 소리를 들어 승하하심을 알았습니다.' 고 하였습니다."

이 주장으로 보면 경종은 죽기 얼마 전까지 상태가 심각하지 않아 시약청을 개설하지 않았다는 영조의 말은 거짓이 아님을 알 수 있다. 이광좌는 종종 왜 그때 서둘러 시약청을 개설하지 않았느냐고 영조를 원망했고, 그때마다 영조는 그리 위중한 상태가 아니었다고 변명했다. 이유익이 말한 환취정에 유독 환관과 함께 거처했다는 말은 환관에게 감시를 받으며 유폐 당했다는 말로도 들린다.


한편 이인좌의 난에는 민간인의 참혹한 학살이 많았다. 4월 1일, 함양에서 거창으로 가는 길에 정희량이 이끄는 반란군이 머물고 있다고 하자 관군은 그 길목을 포위하고 합천군 묘산면 도옥리 일대에서 불을 질러 선량한 주민들 수백 명을 태워 죽였다. 실록의 기록에는 "시체 썩는 냄새가 몇 달이 지나도 사라지지 않았다."고 당시 참혹했던 상황을 말하고 있다.

영조의 마음을 가장 아프게 한 무신난의 역적 10괴는 다음과 같다. 이인좌·이웅보·박필현·이사성·정희량·박필몽·남태징·민관효·이유익·심유현 등이다. 이들은 죽으면서 끝까지 영조의 마음을 뒤흔들었던 자들이다. 반란군 수괴들 입에서 계속 밀풍군 이탄의 이름이 등장하자 그를 5월 8일 감옥에 가둔다. 그리고 집요하게 그를 죽여야 한다는 소리에 한 해 뒤인 1729년 3월 28일, 영조는 "밀풍군 이탄(李坦)이 스스로 목숨을 끊을 때 독촉하지 마라!"며 그의 자진(自盡, 자살)을 명했다.

# 곁눈을 가진 장수가
# 세상을 지배할 것

이인좌의 난 이후 영조는 극도로 예민한 상태로 나라를 다스리고 있었다. 그래서 민가에서 전파하는 소리에도 지나치게 귀를 기울였다. 그 무렵 조선에서는 여러 유언비어들이 난무했다.

1728년 이인좌의 난은 그 반란의 규모에 비해 영조의 조사 과정은 매우 빠르게 끝이 났다. 1728년 3월 15일 시작된 반란은 관군 총사령관 오명항이 4월 19일 남대문으로 들어오면서 사실상 진압이 완료된 것이다. 영조는 오명항이 들어오자 남대문 앞까지 마중을 나와 기쁨을 감추지 못했다. 이 날 영조는 오명항으로부터 헌괵례(獻馘禮)를 받았다. 장소는 창덕궁 정문 돈화문, 그곳에 많은 사람들이 운집한 가운데 헌괵례를 받은 것이다.

헌괵례는 전장에서 적들의 머리나 귀를 베어 임금에게 바치는 예

**돈화문 앞 넓은 광장**
오늘날의 돈화문 앞은 넓다. 돈화문 2층 누각에서 이인좌의 난을 평정한
오명항의 헌괵례를 받은 영조, 군사들을 사열하는 맨 앞에는 난의 수괴자
10명의 머리가 깃발처럼 나뒹굴렸다.

일제시대 돈화문 앞 넓은 길

다. 장대에 반란의 수괴 머리들이 매달려 돈화문 성곽 주위에 깃발처럼 머리카락이 날렸다. 오명항이 눈물을 흘리며 감격해 무릎을 꿇고 있었고, 영조는 그의 두 손을 마주 잡으며 함께 눈물 흘렸다. "내 경의 공은 죽는 날까지 잊지 않겠소!"

1728년 4월 17일 이전에 이미 반란의 수괴 핵심 10명은 모두 처형 당했다. 조사도 끝났다. 이 반란에 공을 세운 오명항 등 15명을 공신으로 책봉하고 반군의 집안에서 빼앗은 토지와 노비들은 공신들에게

골고루 나눠주었다. 역사가 언제나 그렇듯 이인좌의 난이 평정되고 '경종의 죽음'에 의기 충천했던 의로운 사람에게는 시련과 고통을 주고, 시세(時勢)에 따라 권력에 편승하는 자들에게는 무한 이익을 가져다주었다.

　20만 명 이상 영조를 임금으로 인정하지 않고 반란을 일으킨 조선 최대 반란 사건은 의외로 신속하게 처리되었고, 서둘러 끝을 맺었다. 그러나 사건은 이후로도 오랫동안 여진으로 남아 영조를 괴롭혔다. 그날 이후로 영조는 '고변'이라는 소리에 너무 민감하게 반응하는 습관을 가졌다. 그래서 단순한 괘서 사건을 확대해서 작은 일을 크게 부풀리는 일을 자주 했다. 영조는 반란의 진원지를 뿌리까지 뽑아 발본색원하라는 말을 많이 했지만 사람들은 알고 있었다. 뿌리는 영조 임금 자신이라는 것을. 1728년 9월 11일, 반란군 토벌에 혁혁한 공을 세운 오명항이 갑자기 죽었다.

　1729년 3월, 남도 지방을 순회한 박사수가 "지금 그곳은 비어 있는 고을이 허다하고 시체 썩는 냄새가 아직도 진동합니다."며 서둘러 민심 안정을 기해야 한다고 주장했다. 1729년 4월 9일, 영조는 각 지방에서 일어나는 여러 일들을 언급했다. 그날 여전히 청주에서는 변란의 기운들이 꿈틀거리고 있었고, 호남 지방에서는 "정팔룡이란 자가 스스로 '정도령'이라 자신을 칭하며 사람들을 현혹하고 있다."는 보고가 임금에게 올라왔다.

## 맏아들 효장세자도 독살되었다

1730년 4월 15일, 영조가 자던 침실 근처까지 자객이 침범하는 일이 벌어졌다. 영조는 이 암살 기도 사건 역시 치밀하게 수사를 한다. 그리고 사건에 연루된 대궐의 궁녀와 환관들을 모두 잡아들였다. 그런데 사건이 1년 6개월 전 효장세자 죽음과 연관되어 있음을 밝혀낸다.

효장세자는 1728년 11월 7일 사망했다. 그때 영조는 그저 몸이 약해 아들이 죽었는지 알았다. 그런데 자객 사건을 집요하게 추궁하다 보니 경종을 흠모하고 영조를 미워하던 궁녀 환관들이 작당해서 임금은 물론 왕자와 옹주 모두를 독살하려던 계획이 있다는 사실을 밝혀낸 것이다. 사건 내막은 궁녀 십여 명이 바깥의 무당들과 결탁해서 사람의 뼛가루와 동물 뼛가루를 이용해 세자와 옹주들을 독살하려고 했다는 것이다.

남도의 민심은 여전히 흉흉했다. 1733년 4월 15일, 좌의정 서명균이 전라도 남원에서 괘서가 발견되었다는 보고를 임금에게 했다. "남원 부사가 서면으로 보고하길, '남원의 한 산사(山寺)에 흉서가 석불상에 걸려 있었는데 임금에게 욕하는 글이 차마 읽을 수 없었습니다. 그 글은 무신년 흉한 글을 그대로 답습했다고 합니다. 그리고 그 글의 끝에 호서와 영남 몇 만 명이 난리를 일으킬 것이다.'고 했습니다. 그 근원을 조사해야 할 것입니다."

영조는 1728년 이인좌의 난이 또 발생하는지 알았다. 그래서 놀란 마음에 서둘러 남원에 조사관들을 급파했다. 그런데 괘서 한 장에 죄인들이 고구마 줄기처럼 줄줄이 엮어 올라왔다. 그것은 의심이 가는 자들은 모조리 조사하라는 영조의 엄명도 한몫 했다. 무리 가운데 핵심 인물로 파악되는 김영건의 아들 삼형제는 한양으로 압송되었다. 전라감사 조현명은 그들을 올려 보낼 때 김원팔이 지었다는 책을 함께 봉해 올렸다. 거기에는 숙종의 왕비 세 명의 이름도 있고 이상한 글도 있어 모두 불태우라고 지시했다.

우리는 이 이상한 글이란 것이 바로 영조의 출생의 의혹을 기록한 것으로 추측할 수 있다. 경종의 독살설 같은 말들은 너무 흔해 영조 역시 과민반응하지 않았다. 이미 정치권에서 흔히 제기하던 문제였다. 그러나 자신의 출생의 비밀, 혹은 의혹을 제기하는 것은 보는 즉시 불태울 것을 지시한 것이다. 조사할 수 없는 사안이고 증명할 수 없는 일이다. 공론화 자체가 기분 나쁜 그냥 묻어두고 싶은 일인 것이다.


## 비기들이 난무하고, 하늘의 별들도 이상해

한편 남원괘서 사건을 영조는 무신년 이인좌 난의 잔당이라고 했지만 조선왕조에 대한 민심이반 사건이었다. 『남사고비기』란 책을 소지한 김원팔의 무리는 '벌처럼 겹눈을 가진 특이한 장수가 등장해서 세상을 구할 것'이란 예언을 믿었다. 실제로 영남 지방에서는 "정인홍의 증손 가운데 겹눈을 가진 아이가 있었다. 그래서 많은 영남 사람들이 그에게 몰려들었다고 하여 잡아보니 사실과 달랐습니다."라는 보고가 접수되었다. 그러자 영조는 불안한 나머지 겨우 여섯 살 먹은 정인홍의 증손을 장살(杖殺)하라고 지시하였다. 그 무렵 영조는 밤하늘의 별들을 유난히 주시하고 있었다. 『남사고비기』를 탐독했던 영조는 새로운 세상이 시작되기 얼마 전부터 하늘에는 별들이 조화를 부릴 것이라는 책의 내용처럼 그 무렵 정말 하늘에서는 혜성들이 자주 출현하고 있었다.

실제로 실록은 그 무렵 집요하게 혜성의 움직임을 꼼꼼하게 기록하고 있었다. 영조는 이인좌의 난보다 남원괘서 사건을 더욱 심각하게 바라보고 있었다. 괘서 사건 관련자들을 조사하면서 영조는 그들이 추천한 예언서들을 정독하고 있었다. 당시 조선의 백성들은 『정감록』이나 『남사고비기』란 책들에 열광하고 있었다. 기댈 곳 없는 민심들이 그런 책에 의지하고 있었던 것이다.

남사고(1509~1571)는 명종 시절 살던 실존 인물이다. 『남사고비기』는 그가 지은 예언서다. 재미있는 것은 그 무렵 유럽에서도 하늘의 조화, 별들의 이상한 움직임, 혹은 혜성의 등장에 관심을 많이 갖고 있었는데 그들은 그것을 주술적으로 바로보지 않고 과학적인 생각을 갖고 바라보아 결국 뉴턴의 만유인력을 발견하는 계기가 된다. 하지만 조선은 과학보다는 비과학적 시선으로 하늘을 바라보고 있었다.

한편 1738년 3월 22일 이인좌의 난이 발발한 지 꼭 10년을 맞은 날, 종로 철물교(鐵物橋) 광장에 나무인형을 만들어 인형의 목에 밧줄로 감아 매달아 놓은 것이 발견되었다. 포도청에서 즉시 수사하여 그날 바로 이내휴란 자가 붙들렸다. 그는 그 인형이 임금을 상징하며 억울하게 죽은 10년 전 사람들의 영혼을 달래기 위해 이런 일을 저질 렀다고 실토했다. 철물교는 오늘날 탑골공원 앞 부근에 있던 다리(낙원동에서 탑골을 거쳐 청계천으로 흐르는 천이 있었다고 한다)이며 그곳은 도 성 한복판 광장으로 많은 사람들이 모여 드는 곳이었다. 그래서 종종 중죄인들을 사형하는 장소로 이용되기도 했다. 그런 곳에 영조 모습 을 한 인형을 걸어놓은 대담한 일이 벌어진 것에 임금은 참을 수 없는 모욕감을 받았다. 이내휴는 그 즉시 잡혀 철물교 그 자리에서 처참하 게 죽임을 당했다.

# 이광좌를 끝까지 놓지 않았다

영조에게 이광좌는 탕평의 근간이고 뿌리이며, 또한 제방이었다. 그가 물러난다고 하면 그를 잡기 위해 눈물도 흘렸다. 두 번에 걸친 심야 고백 역시 이광좌를 잡기 위한 비상한 수단이었다.

1730년 1월 1일 새해 음식을 차려놓고 영조는 노론의 거두 민진원, 소론의 거두 이광좌와 함께 식사를 했다. 이때 나온 음식이 바로 탕평채라는 것이다. "어떤가? 맛이 좋지 않은가?" 그러자 이광좌가 말했다. "무슨 음식입니까?" 그때 임금은 웃으며 "이게 바로 탕평채라는 것이네. 어때 빛깔 좋고 맛도 좋지 않은가? 이처럼 나도 이 음식처럼 빛깔 좋고 맛도 좋은 정치를 하고 싶네."라고 말했다. 그러자 그 자리에 있던 두 사람이 숙연해졌다고 한다. 야사의 이야기이니 각색 혹은 미화되었을 법하다.

노론의 도움으로 임금이 된 영조. 그러나 영조는 소론의 이광좌를 끝까지, 그가 1740년 죽을 때까지 버리지 않았다. 〈1733년 1월 19일 하교〉, 그리고 〈1735년 2월 10일 하교〉 두 번에 걸친 영조의 고백은 모두 관직을 버리고 고향으로 떠나려는 이광좌를 잡기 위한 고육책이었다.

이광좌는 영조가 태어난 1694년 과거에 급제해서 관직에 나왔다. 1695년 6월 사헌부 지평으로 활동하면서 노론이 전면 등장한 시기에도 숙종은 이광좌를 배려하였다. 그는 소론이었지만 싸움꾼은 아니고 사리가 분별한 인물이었다. 그런 점이 숙종에게는 높이 평가되었을 법하다. 경종이 집권하면서 이광좌는 예조참판으로, 다시 1년 만에 예조판서, 1722년 3월 15일에는 세제 우빈객으로 활동했다. 이것이 이광좌의 운명이었다. 임금 경종에게 충성하면서 세제 연잉군의 스승이 된 것이다.

사관은 그날 실록에 이렇게 적어 놓았다. "이광좌가 세제 빈객이 되자 사람들이 적당한 사람을 임명했다고 즐거워했다." 그러나 얼마 뒤, 목호룡의 고변이 터지자 세제는 자신의 스승 이광좌와 함께 임금에게 '세제 자리를 내놓겠습니다' 라는 의사를 표명했다.

이광좌는 세제를 대신해서 대궐 앞마당에서 대명을 청하고 있었다. 이광좌의 운명은 그런 것이었다. 소론 소속이지만 세제를 버릴 수 없고 경종을 배신할 수 없는, 그래서 이광좌는 끝내 두 임금과 함께할 수밖에 없었다. 한때 소론에게는 '속을 알 수 없는 늙은 여우' 라는 욕을 먹었지만 그는 조선의 가장 치열한 당쟁의 역사에서 저울처럼 한 점 기우는 법이 없는 엄밀한 균형 감각으로 그 시대를 살았던 인물이다. 그가 균형점을 잡고 있는 동안 경종은 김일경에게 기울면 그를 파직했고, 영조 역시 그의 눈에서 벗어나면 모략이 판을 치는 자들과 경종을 제거하려는 무슨 일들을 모의했다.

영조가 의심받는 것은 1724년 5월, 6월 사이 한참 김씨라는 궁녀를 조사해야 한다고 소론 세력들이 완강하게 주장하고 있을 때 이광좌와 다소 떨어진 적이 있었다. 그 틈에 노론 강경파와 경종 제거를 위한 무슨 음모를 꾸몄을 것이다. 당시 대궐에는 경종이 가장 신임하는 김일경도 없었고, 이광좌 역시 도성 밖에서 경종의 처분을 기다리고 있었다. 뒤늦게 경종의 신변에 무슨 문제가 있다고 파악한 이광좌가 대궐을 들어왔을 때 이미 임금은 병세가 급격하게 좋지 않고 있었다.

이광좌는 알고 있을 것이다. 경종의 죽음에 대한 수수께끼를, 하지만 그는 두 임금 사이 어느 쪽에도 기울 수 없고 어느 쪽을 완벽하게 망하게 할 수도 없는 묘한 위치에 있었다. 《영조실록》에는 영조가 이광좌를 부르거나 언급한 기사가 900번이나 나온다. 이광좌가 죽은 것은 영조가 그를 위한 퍼포먼스를 한 1740년 5월 25일 퇴위 선언이 있은 그 다음날이다.

1740년 5월 25일, 영조는 퇴위를 선언했다. 그는 왕의 자리를 고작 여섯 살짜리 세자에게 물려준다며 정사를 거부하고 있었다. 그런 결정을 한 표면의 이유는 5월 19일, 삼사(三司)에서 합동으로 영의정 이광좌의 관직을 박탈하라는 요구가 있었기 때문이다. 영조를 사지로 내몰려고 했던 이미 죽은 조태구 역시도 살아 있는 동안 받았던 영의정 지위가 노론의 집요한 공격으로 박탈되었다. 조태구에게 불어 닥친 불은 삽시간에 이광좌에게 옮겨 붙고 있었다. 영조는 탕평이란 제방을 지키기 위해 이광좌만큼은 끝까지 붙들고 있었다. 노론 공세가 거칠어지자 영조는 퇴위 선언으로 노론과 맞선 것이다.

## 어찌 여섯 살 원량에게 이런 짐을 내리시오

그날도 비가 내렸다. 영조는 승지에게 비망기로 퇴위 사실을 전달한 뒤 아버지 숙종의 진전(眞殿)이 있고, 나중에 손자 정조가 태어난 창경궁 경춘전 문 앞에 가서 돗자리를 깔고 울고 있었다. 눈물 많은 임금이다. 빗물이 눈물과 함께 땅에 떨어지고 있었다. 시원했다. 그날 실록의 기록은 이렇게 적고 있다.

"큰 비가 바야흐로 쏟아져 임금이 진흙탕 가운데 있어 어의(御衣)가 죄다 젖었다. 도승지 신만이 임금 앞으로 엎드려 소리 내어 울고 있었다. '전하께서는 어찌하여 차마 이런 일을 하십니까?' 그 뒤를 병조판서 조현명도 엎드려 함께 울었다." 신만은 사도세자를 죽이는 데 공을 세운 인물이다. 사도세자가 뒤주에 갇히던 날도 영조의 아들을 죽이는 비극의 현장에서 빛을 발한 인물이 신만이었다. 사도세자는

**↑ 경춘전**
경춘전은 사도세자가 살던 곳이며, 정조가
탄생한 곳이다. 사도세자는 이곳에서 정조
의 태몽을 꾸고 직접 그림을 그려 벽에 걸
었다고 한다.

**← 창경궁 전각**
눈으로 덮인 궁궐 모습이다. 오른쪽 전각인
경춘전에서 영조는 세자 고작 여섯 살에 양
위를 하겠다고 정치적 이벤트를 벌였다.

죽기 직전까지 신만의 아들 영성위 신광수를 잡아 죽여야 한다고 공
공연하게 소리치고 다닌 것은 다 이유가 있었다. 영조의 사위 가운데
권력욕이 유난히 강했던 신광수는 아내 화협옹주가 스무 살에 요절
하자 화완옹주에게 붙어 세자를 비방하는 일에 팔을 걷고 나선 인물
이었다. 그런 상황이라 신만을 보면 사도세자는 '음험한 기운이 자식
에게까지 뻗었다'며 낯빛을 붉혔다. 사도세자가 죽은 뒤 그는 영의정
까지 올라가고 고향으로 돌아가 몇 가지 의학서적을 냈다.

얼마가 지났을까? 어둠인지 먹구름인지 하늘과 땅 사이 분간이 어
려울 만큼 빗줄기는 더욱 세차게 퍼붓고 있었다. 임금의 옷은 살에 붙

어 버렸다. 임금은 앓는 소리를 냈다. 울음소리가 길어지자 그런 소리가 난 것이다. 그리고 다시 임금은 허리가 아픈지 일어났다. 그리고 하늘을 우러러 깊은 한숨을 토하고 다시 주저앉았다.

그때 대비가 손수 보낸 언문 한 통이 임금에게 전달되었다. "주상! 어이 이런 일을 한단 말이오. 삼종(三宗)의 혈통을 이어받은 고작 여섯 살인 원량이 있는 것을 믿고 이런 일을 하시오?" 대비의 편지는 그만 두라는 의미의 글이지만 시원스런 글은 아니었다. 하지만 이미 날은 어두웠고 보는 관객이나 연극을 하는 배우나 지쳐 있었다. "되었다." 영조의 이 말은 도승지 신만에게 짐을 풀라는 지시였다.

그러자 비를 흠뻑 맞고 있던 병조판서 조현명을 비롯한 대신들이 "천세! 천세! 천천세!"를 두 손 들며 외쳤다. 고맙습니다. 그렇게 소리 치는 것 같았다. 그들도 힘든 일이었을 것이다. 이날의 연극은 여기까지였다. 비를 워낙 좋아하던 영조는 16년 동안 맺힌 응어리가 좀 풀리는 듯했다. 그래서 그랬을까? 영조는 이후로도 자주 이런 양위 파동 퍼포먼스를 즐겼다. 그 빗속에서 신하들에게 '천세!' 삼창을 듣는 일은 기분 좋은 일이다. 그런데 연극이 끝난 그 다음날 아침 영조는 충격적인 소식을 들었다. 아침 조회를 마치고 막 일어나려는데 허겁지겁 승지가 쪽지를 전달했다.

'이광좌 사망!' 영조가 밤새 그를 위해 퍼포먼스를 하고 있을 때 그는 세상을 떠난 것이다. 흐르는 눈물을 수건으로 닦으며 임금은 속으로 '내 그대를 위해 밤새 통곡을 하였으니 서운하지는 않을 것이네'라는 말을 중얼거렸다. 실록은 그 다음날 기록이 없었다. 5월 27일 하루 정사를 정지시킨 것이다. 노론 강경파들은 영조에게 "우리는 그를 영상으로 부르지 않고 '광좌' 라고 부릅니다. 우리 아이들조차 거리에서 그렇게 부릅니다."라고 조롱했다. 그런 자들은 그날 몇 십 년 묵은 체증이 확 뚫리는 것을 느꼈을 것이다.

영조의 말처럼 이광좌가 죽고 난 뒤 제방이 무너졌다. 권력은 급속하게 노론으로 쏠려버렸다. 영조는 거침없이 자신을 옭아매고 있던 많은 불편한 역사들을 수정하고 불태우고 지워버렸다.

### 역사를 지우고 권력을 강화하고

이광좌가 죽은 뒤 영조의 탕평책은 중심을 잃고 있었다. 송인명과 김재로가 영조의 왕권 강화를 위해 노력하고 있었다. 그들은 틈만 나면 존호를 올리겠다고 하였다. 임금은 대여섯 번 사양하는 모습을 보이다가 받았다. (1740년 윤 6월 9일) 그리고 왕권 위상이 이루어진 뒤에는 '낭청권'을 회수했다. 임금은 낭청권이 당쟁의 불씨라고 생각했다. 그래서 이조가 갖고 있던 관리 임명권을 회수한 것이다.

이광좌가 죽은 1년 동안 영조가 행한 정치는 왕권 강화를 위한 조치들이었다. 이광좌가 죽은 뒤 1741년 9월 23일, '임인옥안'이 불태워진 사건은 영조의 역사 지우기가 본격 가동되었음을 의미하는 일이다. 이 옥안을 임인옥사가 일어난 지 20년 만에 불태우며 임금은 '수괴'라는 오명을 지워버릴 수 있었다. 모두 이광좌가 죽고 1년 만에 한 조치들이었다. 이광좌는 살아 있는 동안에는 영조의 역사 지우기에 번번이 제동을 걸었다. 그러나 그가 사라진 뒤 사실을 왜곡해도 제동을 걸 인물은 없었다. 1747년 1월 23일 임금에 대한 존호가 또 바쳐졌다. 그 사이 어두운 과거를 알고 있던 대신들도 하나 둘 세상을 등졌다. 신임사화로 스승 김창협이 사약을 마시고 죽자 억울하다고 상소를 올렸다가 파직되었던 어유봉이 1744년 11월 3일 죽었다. 김일경에게 탄핵 당해 지방으로 좌천당했던 서명균도 1745년 6월 13일 죽었다. 박사수와 함께 신임사화의 전말을 기록한 『감란록』을 편찬하였던 송인명도 1746년 6월 11일 죽었다. 그해 10월 28일은 노론의 재야 우두머리로 지칭되던 이재가 죽었다.

## 《승정원일기》 실화인가 방화인가?

사람도 가고 과거의 어두운 역사도 하나 둘 사라지고 지워졌다. 1744년 10월 13일, 창덕궁에서 불이 나 47칸의 전각을 태웠다. 그때 유독 《승정원일기(承政院日記)》를 보관하고 있던 전각만 불탔다. 역사 기록물을 없애려는 누군가의 의도가 있는 것 같은 화재였다.

영조에게 《승정원일기》는 아주 불편한 기록이었다. 그 무렵 논쟁 가운데 하나는 '경종의 죽음이 시시각각 다가오는데 왜 시약청을 서둘러 설치하지 않았는가?'에 있었다. 그때 《승정원일기》에는 임금의

**↑ 승정원일기**
선조 임진년부터 경종 신축년까지 1796권 가운데 3권만 운좋게 살아 남고 나머지 모두 불에 탔다. 이후 전체 분량의 약 30%인 548권을 복구하였지만 불 탄 자료에는 역사적 진실들이 영원히 은폐되었다.

**↑ 창덕궁 인정전**
1744년 10월 13일, 인정문 좌우 전각에 보관하던 《승정원 일기》가 화재로 모두 소실되었다. 이 사건은 영조가 불리한 과거사를 고의로 은폐하려 했다는 의심을 받고 있다. 또한 인정문 이곳에서 김춘택의 동생 김복택이 숙종이 남긴 시를 읊고 다니다 잡혀와 맞아 죽은 곳이기도 하다.

상태가 아주 소상하게 기록되어 있었다. 그렇게 자세한 기록이 영조를 불편하게 했을 것이다. 그날 실록의 기록은 이렇다.

승정원에서 실화(失火)하여 인정문과 좌우 행각(行閣)이 잇따라 불탔으며, 연영문(延英門)에까지 이르렀으나 유독 대청(臺廳)만은 무사하였다. 열성조의 《승정원일기》가 다 불타 없어져서 깡그리 사라지고 남은 것이 없었다.

영조는 임인옥안을 없앤 뒤《승정원일기》도 불태워 버렸는지 모른다. 그 해 송인명이 "일기가 모두 불타 버렸으니 옛날 일을 징험하기 어렵습니다. 사가(私家)에 혹은 일기초(日記草)가 있고, 혹은 조보정사(朝報政事)도 있으며, 삼사(三司)에도 또한 내려오는 난보(爛報)들이 있습니다. 관청을 설치하는 것은 비록 서서히 의논한다 하더라도, 시임 승지와 주서(注書)들이 우선 주관하여 이를 수합하도록 해야 할 것입니다."라고 말하자 임금은 짧게 "알았다."고 답했다. 그러나 어찌된 일인지 일기청당상이 제수되고 편찬 작업이 착수를 시작한 것은 화재가 나고 1년 하고 또 반년이 지난 뒤였다.

하지만 일기청당상으로 뽑힌 홍계희는 1746년 5월 20일 "선조 임진년부터 경종 신축년까지 일기가 모두 1796권인데, 경연 자료로 경인년 일기 1권, 기해년 일기 2권이 당시 화재 현장에 없어 다행히 남아 있습니다. 그래서 당시 불탄 것은 1793권입니다. 인조 이전 일은 오래된 일이라 다시 기록하기 어려우니 계해년(1623년)부터 찬집하겠습니다. 사가(私家)에서 관리들 조보가 있으면 모두 가져오게 하고 시골에 묵혀 있는 것도 모두 참고할 방침입니다."라고 보고했다. 그러나 그 뒤 화재로 소실된《승정원일기》복구 작업은 소실된 1793권 가운데 548권을 만드는 것으로 끝나고 만다. 원래 자료의 30%뿐이 안 되는 분량이었다. 그리고 홍계희는 일본통신사절단 대표로 일본에 가 버리고 만다. 그렇게 해서 영조에게 예민한 사안들은 역사 속으로 사라졌다.

그런《승정원일기》의 아픈 역사의 전철은 영조가 죽기 한 달 전, 이번에는 후계자 세손 정조에 의해 사라지는 불운을 겪는다. 사도세자 죽음의 상당 부분 진실을 간직한 임오년의《승정원일기》기록들이 세손 정조의 요구로 또 사라진다. 그 이야기는 나중에 하기로 하자.

# 광인이 된 임금

1755년 나주벽서 사건에서 영조는 소론의 씨를 말려 버리려고 했다. 영조는 흥분한 나머지 갑옷을 입고 등장해서 윤혜의 목을 칼 끝에 꽂아 빙빙 돌리며 군중들을 향해 소리치고 있었다.

1755년 2월 11일 나주벽서 사건이 터졌다. 영조는 전라감사 조운규가 보낸 벽서를 보며 "또 무신년의 잔당들이 활개를 치는군!"이라며 시니컬한 미소를 지었다. '이번에는 그 뿌리를 완전히 제거하리라!' 속으로 그리 다짐했다. 영조는 전라도 민심이 두려웠다. 1733년 남원의 괘서도 그렇고 영조는 유난히 전라도를 두려워했다.

### 전라도가 무섭다

경상도는 산이 막혀 괜찮았다. 문경새재 통로 하나만 막으면 저들끼리 무슨 생각을 하는지 관심도 없다. 그러나 전라도는 아니다. 모두가 평지이고 마음만 먹으면 한양까지 말[馬]로 순식간에 쳐들어올 수 있다. 그리고 그 말[馬]보다 더 빠른 말[言]은 더 무서운 것이다.

나주벽서는 "지금 백성들은 도탄에 빠져 있고 권좌를 강탈한 임금의 밑에는 간신배들만 판을 치고 있다."는 내용이었다. 영조는 반역을 모의하는 정치인이 개입되었다고 보고 있었지만 그건 잘못된 판단이다. 당시 시대 상황을 잠시 들여다보면 1749년 전염병으로 60만 명이, 그 다음 해는 30만 명의 백성들이 죽었다. 당시 조선 전체 인구가 680만 명이니 인구의 13%가 죽은 것이다. 유럽도 그 무렵 기근과 전염병으로 인구가 감소했다는 기록이 있다. 위기를 느낀 영조는 1750년 한 해 동안 여론 조사를 실시해 세금제도를 고치기로 마음먹었다. 군역에서 일반 백성들의 부담을 완화할 것을 지시했다.

그러나 노론 핵심 부유층들의 반대와 왕실의 반대로 영조는 '균역법'이란 제도를 만들어 그나마 평민들의 세금 부담을 절반으로 줄여주긴 했지만 대신 국방력이 줄고, 다른 세금(염전과 어장에 붙이는)을 더 걷어 부족한 것을 충당하고 있었다. 이 새로 생긴 세금에 충청도와 전라도 사람들이 가장 불만이 많았다. 세금 문제는 뒤에 좀 더 해보자. 앞서 말한 것처럼 전염병 창궐로 수많은 죽음들이 길거리에 널리는 참혹한 상황에서 영조는 한양 도심을 흐르는 천변 준설 공사를 지시한 것이다. 개천이 맑아야 병이 생기지 않는다는 생각에서다. 그렇게 해서 영조의 또 다른 업적 청계천 준설 공사가 1752년 1월 27일 본격 시작되었다.

그러나 이미 영조 주위로는 과거 어려운 시절을 함께했던 동료와 적들이 사라진 상황이었다. 누군가 따끔한 충고를 할 만한 인물이 없었다. 임금에게는 좋은 소식만 전달되었다. 1754년 연암 박지원의 할아버지 박필균이 임금에게 장문의 글로 당시 시대 상황, 가장 시급한 개혁 정책, 인사 정책을 올렸지만 그는 두 달 만에 대사간이란 언간 최고의 직책에서 물러나야 했다. 임금 스스로 이제 논쟁이나 토론에 지쳐 있었다. 올바른 소리를 다른 의도로 바라보는 버릇이 있었다.

1755년 2월 22일, 금부도사를 나주로 보내 벽서의 범인을 체포하란 명을 받은 지 열하루 만에 범인이 밝혀졌다. 범인은 윤취상의 아들 윤지였다. 윤취상은 한성판윤과 훈련대장을 역임했던 소론 핵심 인물이며, 영조가 집권한 뒤 김일경과 함께 역적으로 몰려 죽은 인물이다. 그의 아들 윤지 역시 당시 귀양을 가 있다가 오랜 세월 울분을 달래다 이번에 격한 감정을 벽서로 남긴 것이 발각이 된 것이다. 윤취상의 아들 윤지와 그의 아들 윤희철, 그리고 관련자 십여 명이 붙들려 왔다.

금부도사는 조사 과정에서 나주목사 이하징이 수상하다며 그도 함께 한양으로 압송시켰다. 1755년 2월 23일, 이하징은 죽기 직전 "김일경은 신하로 절개를 지킨 인물입니다. 그간 마음을 숨기느라 밥을 먹어도 돌을 씹는 느낌이었소."라고 영조 앞에 소리쳤다. 친국 현장에 있던 다른 신하들은 그의 쩌렁쩌렁한 목소리에 기가 질렸다. 영조는 안절부절 어찌할 바를 몰라 했다. 영조는 그의 입을 막는 것은 그의 목을 치는 일뿐이 없다며 당장 효시하라고 명했다.

영조는 연일 뿌리를 발본색원하라고 독려하고 있었고, 노론 강경파들은 이 틈을 이용해 소론의 잔당들을 모두 국청 자리에 끌고 들어갔다. 3월 3일 실록은 당시 상황을 이렇게 기술하고 있다. "이광좌 무리를 징토(懲討)한다는 핑계로 아침부터 저녁까지 상소문이 무더기로 쌓였으며, 지금부터 이런 상소를 올리지 말고 잡되게 떠는 것을 그치도록 하라." 사건이 일어나고 약 한 달 동안 수십 명의 관련자들이 엄히 취조당하면서 혹독한 고문들이 이어졌고 맞아 죽는 사람들도 숱하게 발생했다. 몇몇 죽기를 각오한 인물들은 죽기 전에 영조에게 원망과 증오를 퍼부었다.

## 부자 사이 틈이 벌어지다

영조는 광인의 모습을 하고 있었다. "이광좌가 아니었으면 김일경의 무리가 있었겠는가?" 영조는 15년 전에 죽은 스승 이광좌를 욕하기 시작했다. 이미 15년 전 영조가 아니었다. 영조는 언제나 책임을 누군가에게 돌리기 좋아했다. 나주벽서 사건의 뿌리가 이광좌라고 단정한 이상, 정치 파트너가 아니었다. 영조는 세자(사도세자)를 국청 자리에 배석시키게 한 다음 세자에게 역적을 토벌한 교지를 낭독하도록 했다.

**이광사 초상화**
1774년 이광사는 신한평에게 자신의 초상화를 부
탁했다. 그리고 3년 뒤 1777년 8월 26일 73세의
고단한 삶을 마쳤다. 그의 얼굴 곳곳에 묻은 쓸쓸함
은 그의 억울한 유배 생활을 엿볼수 있다.

그러나 세자는 읽지 않았다. 세자는 아버지의 광기를 구경만 할 뿐
이었다. 영조는 세자가 입을 다물고 있는 것에 신하들 앞에서 자신이
모욕을 당하고 있다고 생각했다. 두 사람의 관계에 신뢰의 벽이 금이
가는 순간이었다.

영조는 당시 신뢰하던 이종성조차 소론의 우두머리라는 이유로 도
성 출입을 못하게 했다. 이종성은 아버지가 이태좌이며 좌의정을 지
낸 인물이고, 작은 아버지가 이광좌였으니 이광좌에 대한 미움이 뻗
치자 그것이 고스란히 이종성에게 미친 것이다. 소론의 잔당 가운데
대부분이 유배를 가 있다는 점 때문에 노론 강경파들은 그들을 현지
에서 죽일 것을 임금에게 요구하고 있었다. 3월 12일, 소론 인물 가운

.데 학문적으로 고매하다는 평을 듣던 이광사(1705~1777)가 귀양지에서 체포되자 놀란 그의 아내는 이긍익과 이영익 두 아들과 일곱 살인 딸을 남겨 두고 자결을 했다. 비통한 역사를 보여주는 참혹한 광경이었다.

3월 16일, 경기도 김포의 인조의 아버지 원종의 묘인 장릉(章陵)에 누군가 불을 지르는 일이 벌어졌다. 그것은 인조반정 이후 조선의 역사가 잘못되었다는 민심의 분노였고 노론에 대한 분노였다. 이런 일은 이인좌의 난이 한창일 때도 있었다. 이런 불미스런 일이 발생하자 영조는 3일 모든 정사를 중단한다고 발표했다. 하지만 죄인들에 대한 조사와 고문은 계속되었다. 지독한 영조였다. 그는 너무 치밀한 사람이었다. 한 사람을 잡아오면 어떻게든 몇 사람을 엮었다. 그렇게 해서 사건 발생 한 달 만에 고문을 받다가 죽은 자가 이하징·윤지·이시희 등 22명, 참형과 효시, 교형 당해 죽은 인물들이 7명이었다. 정상적인 법집행이 아닌 지독한 고문이 이어진 억지 수사였다는 것을 보여준 기록이다. 윤상백 같은 자는 옥에서 죽었는데, 죽음이 이상해 조사하니 박태엽이란 자가 자기 아비를 살리기 위해 윤상백의 입을 막기 위해 감옥을 지키는 자에게 뇌물을 먹이고 그에게 억지로 수은을 먹여 죽인 것이다.


노론은 잔인했다. 벽서 한 장을 갖고 소론의 뿌리를 완전 제거하기 위해 혈안이 되었다. 접수되는 상소는 산처럼 쌓였다. 그 상소를 읽는 것도 일이었다. 4월 들어서 영조는 피곤한 나머지 국문 현장에 나타나지 않았다. 접수되는 상소는 모두 소론을 겨냥한 마녀사냥이었다. 그것을 임금이 다 읽어볼 수 없을 만큼 쌓여갔다. 수사 지휘는 세자가 맡았다. 당연히 광기로 이어진 혹독한 고문을 중지시키고 사건을 서둘러 마무리하려고 하였다. 영조는 1755년 5월 2일 역적을 토벌한 기념으로 시험을 열었다. 그리고 열 명의 인재를 선발했다. 하지만 나주 벽서 사건의 광기의 무대는 고작 절반이 끝난 것이었다.

## 7개월 동안의 광기 무대

무심히 제출된 시험 답안지를 보던 영조는 소스라치게 놀랐다. 답안지에는 그날 제목에 맞는 문장을 짓는 것처럼 하다가 하단 부분에 파리 머리만한 작은 글씨로 온갖 흉한 글들이 적힌 것을 임금이 본 것이다. 임금은 그 시험지를 제출한 자를 잡아오게 했다. 죽음을 각오한 행동이며 범인은 버젓이 자신의 이름을 기록해 놓고 있었다. 그래서 현장에서 범인이 잡혔는데 그가 바로 심정연으로, 이인좌의 난 때 심성연과 심익현이 죽은 것에 원한을 품고 이 일을 저지른 것이다.

1755년 5월 4일, 영조는 남대문 밖 이인좌의 난 때 죄인들을 참형시켰던 곳에서 심정연을 죽이라고 명했다. 임금은 그날 오후 늦게까지 식사를 하지 않고 친국을 거행했다. 심정연이 참형당하는 것을 확인하고 환궁했다. 심정연의 아내는 흑산도 노비로 삼았다. 세자는 심정연과 관계된 자들의 처벌을 승인하지 않고 있었다. 영조는 다시 세

광통교

오늘날의 광통교 거리

영조는 광통교 위에서 백성들에게
자신의 부덕함을 토로하며 눈물을 뿌렸다.

광통교의 100년 전 모습

자를 제외시키고 심문하기 시작했다. 심정연은 혹독한 고문에 못 이
겨 또 한 사람의 이름을 내뱉았다. 그가 윤취상의 동생 윤혜였다.

거칠게 몰아치는 영조는 대어를 낚았다는 표정으로 울분을 터트리
고 환호성을 질렀다. 이종성이 너무 광분한 임금에게 국청을 살살 진
행하라고 하자 임금이 울분을 터트리며 "이렇게 몰아치는데 저놈들
은 입을 닫고 있지 않은가. 그런데 나보고 살살 하라고." 그렇게 격한
감정에 씩씩거리고 있을 때 영조는 세자 얼굴에서 엷은 미소를 보았

다. '저놈이 이 아비를 비웃고 있네!' 영조는 그렇게 생각했다.

영조는 침묵하면서 아버지의 광기어린 무대 공연을 그저 멍한 모습으로 바라보는 세자의 행동이 서운했다. 아니 울화가 치밀었다. 영조는 다시 또 눈물을 뿌렸다. 임금의 가마가 군기시를 지나 광통교로 향하고 있었다. 갑자기 구경하는 군중들을 보고 영조는 가마를 멈추게 했다. 놀란 군중들이 별감들의 창에 저만치 밀려버렸다. 몇몇은 호되게 밀어붙이는 바람에 다리 아래로 떨어졌다.

임금은 가마에서 내려 "내가 임어한 지 30년 덕이 너희들에게 미치지 못하니 더 이상 통치할 마음이 없다. 너희들 보기 부끄럽다. 미안하구나!" 그렇게 말하고 임금은 또 눈물을 뿌리고 있었다. 고개를 숙이고 있는 많은 사람들은 임금의 흐느낌을 듣고 있었다. 하지만 누구도 따라 통곡하는 자는 없었다. 그렇게 일장 연설을 하고 영조는 다시 가마에 올라탔다.

영조는 대궐에 들어가서 곧바로 갑옷을 갈아입고 다시 남대문으로 향했다. 허기진 배에 무언가 채워 속도 든든했다. 대궐로 들어설 때 기운 없는 모습이 아니었다. 남대문 누각에 들어선 영조의 눈에는 광기가 서려 있었다. 죄인 윤혜를 직접 심문했다. 윤혜는 오히려 죽기를 각오한 듯 머리를 꼿꼿하게 쳐들고 임금에게 '차마 입에 담지 못할 말'을 했다. '아!-아!' 영조는 연달아 탄식을 내뱉았다. "저자의 입부터 찢고 육신은 흔적 없이 만들어라!" 윤혜는 황소들의 힘에 의해 사지가 찢겨졌다. 이제 남은 것은 달랑 머리와 몸통 일부였다. 갑자기 영조는 칼을 뽑아 그의 머리를 쳤다. 그리고 칼 끝으로 머리를 찍어 빙빙 돌리기 시작했다. 그리고 구경을 나온 군중들을 향해 "이 자와 같은 생각을 한 자들은 앞으로 나와라!"라며 소리를 지르고 있었다.

광기였다. 그 자리에 모인 군중들이 본 영조의 얼굴은 사람의 모습이 아니었다. 윤혜의 형 윤근, 윤신, 그리고 윤취상의 서얼 형제 모두 국문을 받다가 그 자리에서 맞아 죽었다. 그들은 죽으면서 김일경은 조선의 충신이라고 소리치며 죽던 윤취상의 기개를 따라 하고 있었다.

영조는 1755년 나주벽서 사건을 수사하고 총괄 지휘하면서 세 번에 걸쳐 역적을 토벌한 기념으로 교시를 발표했다. 1755년 9월 22일 장장 7개월 동안의 살육과 광기의 무대는 대단원의 막을 내렸다.

그때 임금은 종묘에 가서 그동안 있었던 일들을 조상들에게 낱낱이 고해바쳤다. 그의 집권 31년 동안 일어난 반역들도 쭉 열거하고, 이어 돌아서서 그 자리에 모인 신하들에게 "이제는 누구의 형이고 누구의 아들이라 하여 엮어 넣지 마라! 남을 무함하다 걸리면 그 집안이 문을 닫을 것이다."라고 또 다시 살육과 광기의 시간들을 신하들 탓으로 돌렸다. 그리고 입술을 굳게 물면서 "내 나이는 늙었지만 태아검(太阿劍, 중국 고대의 명검)은 녹슬지 않았다."라는 협박성 경고를 날리고 대궐로 복귀했다.

나주벽서 사건으로 정확히 얼마의 사람들이 죽었는지, 얼마의 사람들이 귀양을 갔는지 파악되지 않는다. 그저 수백 명이 죽었고 천여 명 이상의 가족들이 귀양을 갔다고만 알려져 있다. 나주에서 벌어진 벽서 한 장이 노론 세력들의 소론에 대한 무차별 폭력으로 이어졌다. 임금의 콤플렉스는 광기로 발전했고 결국 어처구니없는 살육의 무대로 끝이 났다. 아들과 아버지, 사도세자와 영조의 어긋난 출발은 1755년 한 장의 괘서로 출발한 나주벽서 사건이 시작이었다. 1756년 1월 1일, 영조는 극진히 높다는 '융화(隆化)'라는 존호를 받았다. 소론 소탕 작전, 즉 나주벽서 사건 진압에 공이 제일 많은 것은 임금이었다. 이에 노론 전체는 몇 달 전부터 존호 문제를 거듭 제기했고 영조는 거듭 사양을 하다 마지못해 받는 모양새를 갖추었다. 그날 창덕궁 인정전에서 그것도 날도 추운데 묘시(새벽 5시~7시)에 열렸다. 문무백관 모두가 참가한 가운데 임금에게는 존호를, 그 임금을 낳아 준 노론의 여인 숙빈 최씨 사당 육상궁에는 아름다운 덕이라는 뜻의 '휘덕(徽德)'이란 시호가 올려졌다. 그런데 이 중요한 자리에 혜경궁 홍씨의 『한중록』에는 세자가 아프다는 이유로 참석하지 않아 임금의 마음을 아프게 했다고 적고 있다.

# 금주령은 민심 억압 수단

1755년 나주벽서 사건 이후 영조는 사람들의 집회, 아니 소소하게 모이는 술자리도 없애려고 하였다. 그래서 등장한 것이 금주령이다. 집권 30년이 지나도 정치적 안정을 이루지 못한 영조는 초조한 나머지 강력한 금주령 카드를 꺼내든다. 그런데 그 금주령이 정신적으로 불안했던 세자를 완전 미쳐버리게 한 강한 폭력이었다는 것을 영조는 몰랐다.

영조가 금주령을 아주 강력하게 펼친 것은 민생 경제는 회복되지 않고 사회에 불만을 가진 세력들이 많은 상황에서 자칫 주막 등에서 벌어지는 술자리들이 유언비어를 양산하고 왕실을 비하하는 말들이 생산하는 그 근원이라 본 것이다. 어머니 숙빈 최씨에게 혹독하게 술 때문에 혼이 난 영조, 하지만 집권 초에는 노론과 소론의 화합 무대를 위해 술자리를 자주 가졌다. 그런데 술자리라는 것이 그 상황에서는 영원한 우정을 다짐하다가도 다음 날이 되면 지켜지지 않은 우정의 약속으로 변할 뿐이었다.

영조는 탕평을 목적으로 술자리를 가진 결과 오히려 싸움이 더 자주 일어난 것을 경험하고 드디어 다른 방안을 찾기 시작했다. 그것은 극단적인 조치이지만 조선 전체 백성들에게 술을 마시지 못하게 하는 대책, 바로 금주령을 시행하게 한 것이다. 역대 임금들 역시 '금주령'을 종종 내렸는데 대개 가뭄이 오래 지속되거나 흉년이 발생하면 쌀이 부족하다는 이유로 일시적으로 술 빚는 일을 금한 정도였다.

숙종 때 병조판서 오도일은 가뭄으로 금주령이 내려졌는데도 술에 취해 비틀거리다 기우제를 지내고 있는 숙종 앞에서 넘어졌다. 이 일로 장성으로 유배를 간 일이 있는데 가는 길에도 "장성에도 소주가 있느냐"고 물을 정도로 술을 좋아했다고 한다. 그러나 대개의 임금들은 금주령을 쌀 수요와 공급의 차원에서 바라본 것이다. 다분히 경제적 차원이지만 영조는 달랐다. 그것을 사회통치 수단으로 삼은 것이다.

1729년 8월 25일, 금주령을 발령했을 때는 그저 다른 임금들과 같은 쌀을 아끼기 위한 차원이었다. 1735년 1월 1일, 새해 차례를 지내는 경건하고 좋은 자리에 한성판관 이세담이 술에 취하여 고함을 지르는 등 술 주정을 부린 일도 있었다. 그는 즉시 파직되었다.

1755년 나주벽서 사건으로 수많은 사람이 죽어 나간 일이 벌어진 뒤 영조는 더욱 엄하게 금주령을 발표했다. 1728년 이인좌의 난이 일어나고 금주령을 발령했을 때는 제사 때는 제외했다. 귀신들에게 예의가 아니라는 판단에서다. 그런데 '제사 때는 제외하고'라는 단서로 인해 금주령이 흐지부지 잘 지켜지지 않은 것이다. 오히려 금주령을 단속한다며 뇌물을 받고 슬그머니 눈감아 주는 액례나 별감들의 호주머니만 부풀리고 있다고 비난이 많았다.

1752년 12월 20일 실록의 기록이다. "금주를 내린 뒤로 술집이라는 이름만 붙어 있으면 형조와 한성부의 이속들이 별도로 금란방(禁亂房)을 설치하여 날마다 돈을 징수하며 기존의 법처럼 여기고 있습니다." 금란방이란 금주 단속 부대를 말한다. 특히 오늘날 소주는 서민들이 즐겨 마시는 술이지만 당시로는 고급술이었다. 곡물이 많이 소비되는 소주는 특별히 금지된 술이다.

1755년 9월 14일 나주벽서 사건으로 많은 사람을 살육한 영조는 다시 강력한 금주령을 꺼내들었다. 이제는 일체의 술이 허용되지 않았다. 1755년 9월 14일 금주령은 "술을 마시다 걸리면 목이 달아날 것"이라고 강력 경고했다. 그리고 그 첫 시범 케이스가 바로 7년 뒤 나타났다. 1762년 9월 5일, 영조는 대사헌 남태회가 하는 말을 듣고 있었다. "남도병마절도사(무관 종2품) 윤구연이 나라에서 금한 금주령을 어기고 매일 술에 취하면 말이 거칠다고 합니다. 청하건대 파직시키소서." 대사헌의 청은 벼슬이나 떨어뜨려 달라는 것이다. 그런데 임금은 황당하게 "과연 들리는 바와 같다면 응당 일률(一律, 사형)이 마땅하다."고 말한 뒤 의금부 관리를 시켜 잡아오게 했다. 이틀 뒤 임금은 신료들을 모아놓고 다시 한 번 금주를 엄히 명했다. 9월 17일, 윤구병을 남대문 앞에서 참(斬) 했다. 선전관 조성이 술 냄새 잔뜩 풍기는 빈 항아리를 임금 앞에 증거물로 제시하자 그 자리에서 윤구병의 머리를 쳐 버린 것이다. 1762년 그 해는 사도세자를 뒤주에서 죽인 영조다. 그 해 11월 14일 대사성이 술을 마신 혐의로 관직이 박탈되었다. 11월 20일, 술을 제조해서 판 혐의로 이원상이란 자를 노량진 모래사장에서 효시(梟示) 했다.

경기감사 홍명한을 파직시키고 광주 부윤 김응순을 잡아다 신문하게 하였다. 금주령을 범했기 때문이다.(1763년 7월 21일) 금주령에 대한 단속 강화로 당사자 뿐아니라 관리들도 엄한 조치가 내려졌다. 1762년(임오년) 이후 이렇게 금주령이 강화된 것은 사도세자 죽음으로 민심이 흉흉한 때문이었다. 영조는 더 많은 '금란방'을 조직해서 일체 술자리를 갖지 못하게 했다. 단속은 더욱 심해져 술을 마시다가 혹은 술을 제조하다 걸리면 그 주변 이웃들까지 죄를 물었다. "임금이 엄중한 법으로 술을 금하였으므로 금주령을 범한 사람이 이따금 처형되었다. 이때 임금은 이웃사람들을 서로 연좌시키게 하는 법을 만들어 한 집에서 금주령을 범하면 세 집이 같이 죄를 받게 했다." (1763년 11월 22일 실록)

한편 영조가 금주령을 엄히 적용하란 명을 내린 얼마 뒤인 1756년 5월 1일 사도세자가 거처하던 낙선당 양정합에 불이 나서 전각을 모두 태운 일이 일어났다. 그날 실록의 기록을 보면 이렇다. "임금이 창경궁 함인정(涵仁亭) 서쪽 뜰에 나아가 승지와 사관을 불러들이고 이어서 무슨 일인지 하문했다. 그리고 병조판서 홍상한이 입시하자 임금은 "불이 어디서 일어났는지 알지 못하나? 어떻게 이렇게 급히 번졌는가?"라고 물었다. 홍상한은 모르겠다고 답을 한 뒤 급수군(汲水軍)을 부르자고 청하니, 임금이 말하기를, "그만두라." 하였다. 대신 임금은 홍상한에게 금군장과 도감 천총(都監千摠)이 거느리는 군사를 동원해 불을 끄라는 명을 내렸다. 그런데 이 불이 일어난 이유가 바로 낮에 있었던 세자와 임금의 마찰 때문임이 혜경궁 홍씨가 지은 『한중록』에 기술되어 있다.

"그날 대조(영조)는 소조(사도세자)를 보자마자 문득 술이 취한 것 같다 하시며 버럭 소리를 지르셨다. 내가 보기에도 경모궁(사도세자)은 그날 술을 드시지 않았다. 그러나 워낙 잠이 없고 눈이 항상 충혈이 되어 있었으며 옷매무새를 아무렇게나 하고 있어 모르는 사람이 보면 영락없이 취객의 모습이었다. 임금은 세자에게 '왜 술을 마셨느냐?'고 큰 소리로 야단을 쳤고 경모궁은 처음에는 아니 마셨다고 하였다가 나무람이 심해지자 '잘못했습니다. 아버님'이라고 하였다. 경모궁은 언제나 자신이 결백한데도 이렇게 대조에게 자신의 참 뜻을 제대로 전하지 못하곤 했다."

『한중록』의 기록을 더 살펴보면, 그 뒤 영조는 춘방 관리들을 불러 세자가 낮부터 술에 취해 돌아다니니 훈육할 것을 지시하였다. 영조의 명을 받들어 원인손 등이 세자를 배알했는데, 이때 화가 난 세자는 "너희들은 부자 사이 화합을 꾀하지 않고 오히려 틈을 벌린다고 불같이 화를 내며 촛대를 던졌는데, 그것이 이상하게 세자가 머물던 관희합에서 화재가 발생하지 않고 양정합에서 불길이 치솟은 것이다."라고『한중록』은 기술해 놓고 있다.

실록의 기록과『한중록』의 기록이 모두 일치한 것을 보면 그날의 화재 사건은 사실인데 그 화재를 혜경궁 홍씨나 임금 영조 모두 세자의 실화로 보고 있는 것이다. 아무튼 영조와 사도세자 사이 틈이 벌어진 것 가운데 하나도 '금주령'이 불씨였다.

영조는 언제나 취한 듯 몽롱하고 눈빛이 붉게 핏발이 서 있던 세자의 눈을 보면서 아들의 그런 모습이 잠을 자지 못하는 불면증이라기보다는 술에 취해서 그렇다고 본 것이다. 그래서 금주령은 영조가 사회 기강을 바로잡기 위한 수단, 자신에 대한 정치적 반발을 억압하기 위한 수단으로 쓰다가 세자와는 더욱 넘을 수 없는 오해의 벽을 만든 것이다. 영조는 이날 화재가 자신의 꾸지람을 못마땅하게 생각하고 저지른 세자 반항적 행동이었다고 생각했다.

# 아버지와 아들

# 아들을 죽인 아버지의 변명

세자는 영리하게 태어났다. 영조는 국왕 수업을 받은 적도 없고 그래서 학문도 깊지 못했다. 반면 세자는 천재라고 할 만큼 모든 게 빨랐다. 그런데 영조는 자신과 전혀 다른 세자의 얼굴이 아쉬웠다. 누가 닮지 않은 것이냐?

아버지와 아들 사이는 경쟁 관계일까? 영조는 마흔두 살 나이에 사도세자를 얻었다. 영조의 사랑을 듬뿍 받아 잠자리를 자주 했던 상궁 출신 영빈 이씨는 딸만 거듭해서 생산하다 다섯 번째 아들을 낳은 것이다.(1735년 1월 22일) 그때 영조는 이 아이는 불과 열흘 전에 죽은 영빈 김씨의 선물이라고 생각했다. 어머니 숙빈 최씨가 이현궁으로 출궁한 뒤 영조는 영빈 김씨를 '어머니'라고 불렀다.

영조는 태어나자마자 강보에 싸인 채 영빈 김씨의 손에 의해 키워졌다. 1712년 무수리의 뱃속에서 태어나서, 그렇게 더러운 몸에서 태어나 천연두라는 못된 병에 자주 걸린다는 저주에 가까운 말을 자주 들었던 연잉군은 세자를 위험에 빠트린다는 신하들의 비판 속에 생모 숙빈 최씨가 살고 있는 창의궁으로 옮겨 살았다.

### 자식을 보면서 과거의 좋지 않은 기억들이 떠올랐다

할아버지에게 손자는 마냥 귀엽다. 할아버지에게 손자는 유년 시절 아련한 추억이자 삶의 마지막 연민이다. 하지만 아버지와 자식은 좀 복잡하고 미묘하다. 대개의 아버지들은 아들에게서 너무 많은 것을 기대한다. 자신이 누리지 못한 것, 얻지 못한 것을 실현시키기 위해 그 아들에게 욕심을 부린다. 부자 사이의 갈등은 거기서 시작된다.

영조는 항상 세자를 볼 때마다 자신의 젊은 시절을 떠올렸다. 세자 어머니 영빈 이씨도 아이를 낳자마자 시어머니 숙빈 최씨가 그랬던 것처럼 영조의 원비 정성왕후에게 아들을 바쳤다. 영빈은 상궁 출신 후궁이라 그런지 대궐에서 벌어졌던 왕위 다툼, 그리고 노론과 소론의 대결을 잘 알고 있었다. 자기 아들이 어떤 임금이 되어야 한다는 것도 알고 있었다. 그래서 시어머니 숙빈 최씨가 그랬던 것처럼 철저하게 자기 자식을 외면한다. 그건 영조의 뜻이기도 했다.

사도세자를 처음 안았을 때 영조는 만감이 교차했다. 아버지 숙종이 행하려고 했던 왕권 강화와 조선이란 나라의 부국강병을 이룰 것이라고. 태종이 그랬던 것처럼 서둘러 왕위를 아들에게 물려주고 국방과 민생에 영조는 자신의 모든 역량을 다 모을 것이라고 다짐하고 또 다짐했다. 그러기 위해 영조는 세자 주변을 엄히 단속했다. 노론과 소론 어느 편의 임금이 아닌 공정한 군주로 성장하길 기대했다. 그래서 세자가 원손일 때부터 대규모 시강원 관리들을 임명했다. 당파적 갈등보다 학문적으로 다양한 사람들을 자리에 배치한 것이다.

하지만 사람 의지는 종종 운명이나 하늘의 뜻과 충돌해서 좌절하곤 한다. 1735년 사도세자가 태어나고 꼭 20년 뒤 일어난 나주벽서 사건을 접했을 때 영조는 31년 집권 기간 탕평이란 국정 목표가 물거품으로 사라진 것에 극도의 좌절감을 느꼈다. 억울함과 분노가 광기로 표출되었다. 과거 일들이 주마등처럼 스쳐갔다. 1724년 12월 목호룡과 김일경이 죽으면서 눈을 부릅뜨고 대들던 그 모습도 떠올랐다. 1725년 민진원이 마치 아들이나 조카를 대하듯이 이런 저런 충고를 하는 모습도 또 떠올랐다. 그 해 1월, 민진원이 이조판서 자리를 빙자해서 저 멋대로 인사를 휘두르던 모습도, 생모 숙빈 최씨 묘를 왜 그리 집착하느냐고 아랫사람 꾸짖듯이 말할 때도 생각났다.

1728년 나라 전체가 임금을 몰아내겠다고, 난리를 칠 때도 생각났다. 숙종의 아들이 아니라고, 형을 죽였다고 모두들 그렇게 믿고 한양으로 수십 만 군대가 집결하고 있다는 소문을 들으면서 영조는 반드시 살아남겠다고 하늘에 맹세했다. 공부를 많이 하지 못한 탓에 경연이 열리면 임금은 긴장했다.

책 좀 읽었다는 자들은 미사여구, 온갖 역사적 용어 등을 섞어가며 현란한 말솜씨를 자랑했다. 김일경은 세제였던 영조에게 아주 공개적으로 무안을 주었다. '도통 말이 통하지 않는 세제'라고.

1728년 난리로 인해 맏아들인 효장세자를 잃었다고 영조는 늘 생각했다. 1719년 2월 15일 창의궁 잠저에서 태어났던 아들은 만 열 살을 채우지 못하고 1728년 11월 7일 죽었다.

그 다음해 영조는 아들 관을 스스로 묶으면서 눈물을 흘렸다. 아들의 행록에는 당시 영조의 비통한 심정이 그대로 드러난다. "임종에 이르러 내 얼굴을 너의 얼굴에 대고 나를 알겠느냐고 부르자 희미하게 응답하는 소리를 내며 너의 눈물이 내 뺨을 적셨다. 아! 마음 아프다. 아! 내가 덕이 없어서 믿는 것이 오직 너뿐이었고, 성품도 좋아 동방 만년의 복이기를 바랐는데, 어찌 나이 겨우 열 살에 이 지경이 될 줄 알았겠는가?" 그런 아들이 궁녀와 환관들의 독살에 의해 죽었다는 사실이 알려지자 영조는 격한 감정을 참지 못했다. 영조 큰아들 효장세자의 죽음은 선의왕후 자살과 연결된 사건이다.

누구를 믿을 수 있나? 자식뿐이다

영조와 임금의 형수 선의왕후는 전생에 원수, 그것도 환생을 해도 그 자취가 사라지지 않는 독한 업보가 있다고 서로 믿고 있었다. 1730년 4월 15일에는 대궐에 괴한이 침입해 영조를 죽이려 한 사건이 벌어졌다. 범인을 잡고 취조한 결과 효장세자의 죽음이 자연사가 아니라 독살이었을 것이란 의심을 영조는 갖게 된다. 사람의 뼈를 음식에 넣어 세자를 독살하려던 궁녀, 그 궁녀의 살이 찢겨지는 것을 두 눈으로 확인하며 영조는 독기를 품었다.

그리고 자객의 입에서 선의왕후가 사건 배후에 있다는 소리도 들었다. 그러나 영조는 그 형수를 외면했다. 언젠가 미안하다는 소리를 할 것이라고 기대한 적도 있었다. 지독한 여인은 1730년 6월 29일, 남편을 죽인 임금은 시동생이 아닌 원수라는 말을 남기고 눈을 부릅뜨고 죽었다. 거의 보름 동안 물도 마시지 않고 곡기를 끊은 채 원망과 저주를 퍼부으며 죽었다. 영조는 이인좌의 난을 진압하면서 선의왕후 언문 교서가 반군들에게 건네진 것을 알았다.

"왕실의 씨가 바뀌었으니 바로 잡아라!"

그 교서 때문에 반군을 따르는 무리들이 더 많아졌다. 그리고 죽기 3개월 전, 자기 주위 궁녀들이 하나둘 잡혀 고문 받으며 죽어가는 것을 보고, '아! 이 지독한 자들이 나를 드디어 죽이려 하는구나!' 그렇게 생각하고 독하게 마음먹었다.

그녀는 결국 굶어 죽었다. 저들에게 죽기보다 내가 스스로 죽겠다고 그리 다짐하고 세상에서 가장 힘든 자살 방법을 택한 것이다. 영조는 그런 형수가 보기 싫어 재궁(棺)이 나가던 날 자기 집권에 목숨을 바쳤던 상궁들을 대표해서 후궁 자리를 차지하고 있던, 그래서 나중에 사도세자를 낳은 사랑스런 노론의 여인 영빈 이씨의 품계를 올려 주었다. 저주를 품으며 죽은 형수의 인산(因山) 일에 영조는 추모하는 마음이 없다는 뜻으로 당시 귀인이었던 이씨(사도세자 어머니)를 영빈으로 올려준 것이다. 이 일 때문에 민심은 더욱 차갑게 영조에게 돌아섰다. 그렇게 서로가 서로를 증오하고 있던 시대에 영조의 새로운 후계자인 사도세자가 태어난 것이다. 7년 만에 공석인 후계자가 생긴 것이다. 영조가 살면서 가장 행복했던 순간은 아들 사도세자가 태어난 그 시각이었다.

하지만 자식들이란 대개 부모가 얼마나 그를 사랑했는지 모른다. 그래서 사랑이란 외롭다고 하는 것 같다. 남녀 간의 사랑도 그렇고 부모와 자식 사이의 사랑도 마찬가지다. 1736년 1월 4일 영조는 새로 태어난 아들에게 도량의 넓다는 '선(愃)'이라는 이름을 지어 주었다. 그 간단한 이름 하나 짓는데 몇 달을 고민했다. 아버지는 아들이 태어났을 때 돌아가신 어머니를 생각했다. 자기가 그 어머니 뱃속에 있을 때 적들에게 모진 고문과 학대를 당한 일을 그는 알고 있었다.

희빈 장씨가 숙빈 최씨의 임신 사실을 알고 항아리 속에 가둔 일이 그것이다. 저주와 의심을 받으며 태어난 영조, 그러나 아들은 그런 것을 모른다.

아버지와 전혀 다른 아들

기록을 보면 세자는 태어난 지 3개월 만에 수두를 앓는다. 약 일주일 동안 아버지는 노심초사했다. 밤에 잠도 못자고 아이 건강이 걱정되어 새벽까지 그 아이 곁을 지키기도 했다. 어렵게 얻은 아들이니 제발 지켜달라고 하늘에 기도도 올렸다.

하늘은 이번에도 그 기도를 들어주었다. 고비를 넘긴 아들에게 세자 책봉 의식을 거행하려고 하자, 좌의정 서명균이 아직 정성왕후가 그 소생을 받아주는 의식을 하지 않았으니 더 기다려야 한다고 말했다. 영조는 갑자기 울컥 화가 났다. 후궁의 자식이 임금이 되지 말란 법이 어디 있는가? 그렇게 따지고 싶었다. 그러나 우회해서 말을 했다.

"난초와 들풀이 어디에서 나고 자라든 그 향기는 변하지 않는다."

그때 난초의 그 은은함은 자신과 세자를 가리키는 말이다. 왕손인데, 그것이 거친 땅(후궁)에서 자란다고 그 향기가 어디 가겠느냐는 말이다. 다분히 자신의 어린 시절 우울한 마음을 표현한 말이다. 그러자 자리에 있던 책 좀 읽은 자들이 또 중국의 역사를 사례로 들며 지껄였다. 사대부라는 것들은 틈만 나면 중국의 역사책을 들먹인다.

그래서 영조는 결심했다. 세자에겐 일찍부터 세상에 나와 있는 모든 책을 완벽하게 섭렵해서 저 고금의 이야기를 들먹이는 자들의 입을 닫게 하리라고. 그때부터 세자의 교육에 대한 지나친 욕심이 생겼다. 그러다보니 따뜻한 아비의 마음보다 엄격함이 우선했다.

그때 세자 사부로 노론의 대표학자 이재와 남인의 대표학자 정제

두, 두 사람을 간곡하게 불렀지만 그들은 오지 않았다. 돌이켜 보면 그들은 저들 목숨을 보존하기 위함이었다. 양 극단의 학문, 이재는 정통 성리학자이고, 정제두는 양명학의 대가이니 두 개의 극단에서 조화를 찾기 위함이었지만 뜻대로 되지 않았다. 피비린내 나는 당쟁의 역사에서 학문적으로 고매한 자들은 고향에서 나오지 않고 조정에서는 싸움에 몰두하는 정치꾼들만 널려 있었다. 그것 역시 영조와 사도세자 불행이었다. 그건 고스란히 숙종이 뿌린 씨앗이었다.

1736년 8월 11일, 영조는 세자를 직접 안고 대전에 나왔다. 그때 신하들이 감히 얼굴을 들지 못하자 영조는 웃으면서 고개를 들고 강보에 싸인 자신의 아들을 바라보게 했다. 그때 신하들은 세자의 얼굴을 보며 유난히 죽은 경종의 얼굴과 비슷하다는 생각을 하며 불길한 기운을 떨칠 수 없었다. 영조 자신도 그런 생각을 하고 있었다. 영조는 '돌아가신 아버지 숙종도 자신을 보며 그리 생각을 했을까?' 아무리 봐도 닮은 구석이 없는 아버지와 아들, 그때 영조는 이인좌가 죽으면서 한 말이 귀에 쟁쟁하였다.

"대감의 수염은 숙종과 다릅니다." 영조는 죽은 이인좌에게 말하고 싶었다. "내 아들도 나와 다르다. 그러나 이것은 엄연히 내 자식이다."

1737년 1월 22일, 세자의 나이 세 살로 접어들었다. 아부하길 좋아하는 자들이 "세자의 행동거지가 정말 의젓합니다. 나라의 복이고 경사입니다." 총명한 세자는 그 나이에 벌써 『효경』이라는 책을 펴고 글자를 읽고 글자를 쓰기 시작했다. 책을 읽는 목소리도 너무 낭랑했다.

환관이 종이를 가져오니까 저 스스로 큰 붓대를 잡고 '천지왕춘(天地 王春)'이란 글자를 썼다. 겨우 세 살의 어린 아이가 쓴 글씨로는 필치가 힘찬 것이 영조 역시 대견해 했다.

그 자리에 있던 신하들은 집안의 가보로 두고 싶다고 세자의 글을 선물로 달라고 손을 들었다. 영조는 웃으면서 세자에게 이르기를, "네가 주고 싶은 사람을 가리키라." 하니, 세자는 도제조 김흥경을 가리켰다. 영조는 웃으면서, "역시 세자도 사람을 가릴 줄 아는구나." 하였다. 그 해 3월 영조는 팔이 몹시 저려 고생했다. 육중한 세자를 자주 안고 다녀서 그런 병이 생긴 것이다. 영조는 세 살 때부터 글을 쓰고 읽고 하는 세자를 보면서 더 욕심을 부렸다. 아이들은 대개 부모가 볼 때 다섯 살 그 무렵이 가장 예쁘다. 그렇게 눈에 넣어도 아프지 않을 사랑스런 아이, 재롱 한창 부릴 아들을 놓고 정치인 영조는 무리한 정치 이벤트를 시작한다.

# 세자를 볼모로 한 양위 파동

영조는 집권 기간 여러 차례 양위 파동을 일으켰다. 이유 가운데 하나는 자신이 권력의 화신으로 비춰지는 깃을 극도로 꺼려해서 그렇다는 것이다. 또 하나는 왕권이 쉬약할 때 종종 쓰는 정치 기술로 이용했다. 양위 파동은 임금의 입장에서는 권력을 통째로 후계자에게 서둘러 물려줌을 의미한다. 굉장히 위험한 정치 기술이다.

1739년 1월 6일, 세자는 『소학』을 읽기 시작했다. 영조는 세자를 가르치기 위해 『어제소학서』라는 책을 만들기도 했다. 어머니 숙빈 최씨도 영조와 창의궁 잠저에 머물 때 그 책을 수십 번, 아니 수백 번 읽게 했다. 영조는 『소학』이 사람됨의 시작이라고 강조했다. 아버지 뜻에 따라 세자는 책의 내용을 읽고 예의바름을 실천하고 있었다.

1739년 1월 11일, 영조는 갑자기 승정원에 비망기를 한 통 던져 놓는다. 내용은 "나는 원래 임금을 하고 싶은 마음이 없다. 이제 즉위한 지 15년이다. 지금 나를 따르는 신하도 없고 바깥에서는 임금에 대한

어제상훈 영조가 세손을 위해 지음

소학 영조는 소학이란 책을 가장 좋아했다. 아들 사도세자를 가르칠 때도 이 책으로, 그리고 세손을 훈육할 때도 이 책을 근본으로 삼았다.

비방이 끊임없이 쏟아지니 나의 원래 마음을 보여주마. 초개와 같이 이 임금의 자리를 버린다. 황형에게 후사가 있어 우리 집을 삼가 지키게 하는 것이 내 본심이었다. 나는 '남면(임금 노릇)' 하고 싶은 마음이 추호도 없다. 이제 1705년(을유년) 선왕의 고사가 있으니 세자에게 왕위를 물려주고자 한다."

1705년(숙종 31년) 숙종의 나이 45세 때 양위하려 하던 기억이 떠올랐다. 여러모로 그때와 겹치고 연상되는 것이 있어 그런 행동을 한 것이다. 그날 양위 파동은 그저 하루 일과성 해프닝이었다. 영조는 집권 15년 자기 마음이 원래 권력에 집착하는 사람이 아니라는 것을 보여주기 위한 이벤트를 그렇게 세자 겨우 다섯 살에 시작했다.

1705년 숙종이 양위 표명을 할 때는 경종의 나이가 열여덟 살이니 그때와 비교하는 것은 너무도 모순된 것이다. 그러나 영조를 너무 비난할 것도 아닌 것이 그때 영의정 이광좌는 과거사 문제(신축년과 임인년, 노론과 소론의 싸움)로 조정에서 왕따를 당하고 사표를 제출하고 노량진 근처에서 머물러 있었다. 임금이 사표를 수리하면 고향으로 갈 작정인 것이다. 그 역시도 고향에 내려가지 않고 강가에 머문다는 것은 임금에게 자신의 결백을 확인받고 싶어 하는 정치적 몸짓이었다. 영조는 그가 그렇게 틈만 나면 강가에서 시위하는 것이 지겨웠다. 그래서 고심 끝에 양위 파동 카드를 꺼낸 것이다.

임금이 말하기를, "이미 나를 임금으로 대우하지 않는데 무슨 소란스러울 일이 있겠는가?" 하였다. 영의정 이광좌가 노량진에 머물러 있다가 놀라 들어와 말하기를, "나라가 장차 망할 것입니다." 하고 모자를 벗고 머리를 땅에 박았다. 다른 신하들 역시, "저희들이 죽을 것입니다."라고 소리 높여 외쳤다.

영조는 임진왜란 당시 취약한 왕권의 위상을 세우기 위해 전쟁터에서 종종 양위 파동을 일으킨 선조의 마음을 알 것 같았다. 임금에게 대들던 자들이 무릎을 꿇고 충성을 다짐하는 광경은 자주 해도 나쁘지 않다고 생각했다. 그래서 그랬을까? 너무 잦은 이벤트는 감동이 없다. 선조 역시 임진왜란 7년 동안 15번이나 이런 이벤트를 해서 신하들을 괴롭혔다. 전쟁 중에 그런 이벤트로 손아귀에서 빠져나가는 권력을 움켜쥔 선조. 참 이기적인 군주의 전형이었다. 그런 선조의 모습을 영조가 자꾸 닮아가는 것은 사도세자에게는 불행이었다. 아버지의 그런 정치 기술은 아들을 정치 볼모로 삼는 것과 아들을 정쟁의 중심으로 끌어들이는 결과를 초래했다. 역사적으로 보면 선조와 광해군이 그랬다. 그런데 영조는 왜 역사에서 교훈을 얻지 못했을까?

## 누구의 얼굴이 진짜인가?

아들은 아버지와 너무 다르게 성장하고 있었다. 사도세자는 나이를 먹어가면서 점점 영조와 다른 얼굴로 커 가고 있었다. 오뚝한 콧날을 한 영조, 이마도 넓은 영조를 사도세자는 어디 한 구석 빼닮은 데가 없었다. 코도 뭉툭하고 눈도 작으며 이마와 턱이 영 영조와 다른 얼굴이었다. 나라의 원로 대신들은 세자의 모습은 효종과 많이 닮았다고 했다. 영조 스스로 그 말이 맞는다고 생각했다. 영조는 종종 효종과 현종, 그리고 숙종의 어진을 번갈아보며 어린 세자의 얼굴을 비교했다.

영조는 속으로 생각했다. "정말 이인좌의 말이 맞는 것인가? 저 녀석이 나를 닮지 않은 것이 아니라 내가 아버지를 닮지 않은 것은 아닌가?" 그런 생각들이 자주 들면 들수록 자신의 콤플렉스, 혹은 풍문이나 소문들이 사실처럼 느껴졌다. 그때 아들과 아버지 사이 틈이 벌어지자 딸들이 그 틈을 비집고 들어왔다. 특히 영빈 이씨의 딸들, 그러니까 사도세자의 누나들 네 명은 모두 엄마를 닮아 그런지 예뻤다. 그리고 영조를 많이 닮았다. 워낙 딸을 사랑했던 영조는 그런 딸들이 자꾸 병에 걸려 사라지는 것이 안타까웠다. 그래서 더 딸들에 대해 집착을 했다. 이런 것을 바라보며 신하들은 딸들에 대한 임금의 집착을 비난하기 시작했다.

1740년 5월 25일, 영조는 1년 전과 똑같이 이광좌의 정치 은퇴를 막기 위해 또 양위 파동을 일으켰다. 이 이야기는 앞에서 한 것처럼 한 편의 연극처럼 보여진다. 비가 쏟아지는 창경궁 경춘전의 숙종 진전 앞에서 거적을 깔고 통곡을 하며 퇴위를 발표한 것이다. 하지만 그날 이벤트는 그 다음날 이광좌가 죽는 바람에 별 소득 없이 끝났다.

## 너는 사랑이 무엇이라 생각하느냐?

1742년 3월 26일 세자가 성균관에 입학했는데, 대개 열 살 무렵에 입학하는 것을 놓고 볼 때 여덟 살의 입학은 빠른 감이 없지 않았다. 하지만 그만큼 세자의 학문을 받아들이는 태도나 학업 능력이 남달랐다. 영조는 성균관 들어가는 입구에 '탕평비'를 세웠다. 그 해 겨울, 전염병으로 수만 명이 죽었다. 1743년 1월에는 세자가 홍역으로 고생했다. 11월에는 세자빈으로 홍봉한의 딸을 선택했다. 숙종 시대 외척이 강성해서 정치가 시끄러웠던 것을 경험한 영조는 홍봉한의 딸을 선택함으로써 외척의 힘을 약화시키고자 했다. 1745년 6월, 영조는 세자와 그의 사부들과 함께 경연을 행했다.

세자가 그동안 공부한 것에 대해 강독을 마치자 영조는 애민(愛民)이란 구절에서 세자에게 이렇게 물었다. "너는 사랑이 무엇이라고 생각하느냐?” 영조는 형이상학적인 질문을 자주 했던 임금이다. 신하들과 밤새 경연자리에서 결론도 없는 토론을 즐겨 했던 임금이 또 갑자기 열한 살 세자에게 철학적인 질문을 던졌다. 그 아버지에 그 아들이다. “사랑한다는 것은 침해하지 않는 것을 말합니다.” 그때 세자는 아버지에게 ‘아버지! 저를 사랑하신다면 지나친 간섭을 하지 말아주십시오’ 라고 말하는 중이었다. 그렇지만 그때 영조는 다른 생각을 했는지 세자의 말에 별로 주의를 하지 않았다.

그 해 9월 11일에도 영조는 양위 파동을 일으켰다. 그러고 이틀 뒤 영조는 자신의 생일날 양위 표명을 거둔 뒤 ‘거당(去黨)’이란 두 글자를 신하들에게 내렸다. 당(黨)을 버리란 뜻이었다.

영조는 세자의 나이는 생각하지 않고 아들을 통해 현란한 정치적 기술을 발휘하고 있었다. 불과 다섯 살 어린 세자를 놓고 왕위를 물려준다는 것은 말이 되지 않았다. 영조의 복잡한 마음은 오랫동안 사람들의 궁금증을 자아내게 했다. 영조는 그 무렵 태종의 마음을 생각했을 듯하다. 일찍 선왕으로 물러나 세종의 치적을 보좌했던 임금 태종.

그 무렵 영조는 이광좌가 죽은 뒤 소수 정파로 몰락한 소론 인물 가운데 조현명에게 의지하고 있었다. 그는 맏아들 효장세자의 장인 조문명의 아우로 이인좌의 난 때 영조의 신변을 철통같이 지켜준 고마운 사람이다. 그는 이광좌를 대신할 충분한 인격과 도량을 갖춘 인물이었고 영조의 신임도 깊었다. 영조는 자신의 정치 이념 ‘탕평’을 세자에게 전수할 사람으로 그를 꼽고 있었다.

↑ 경희궁 숭정전
1749년 사도세자가 대리청정을 수행하던 장소이다. 그런데 영조는 권력이 사도세자로 급속히 이양되는 것을 보면서 불안을 느낀다.

← 경희궁 흥화문 앞
원래 이 문은 지금 구세군 건물 앞에 서 있었으나, 일제 강점기를 거치면서 마구 훼손되었다. 서울역사박물관 앞에 금천교를 복원했지만 경희궁은 여전히 옛 모습과 거리가 있다.

1746년 12월 29일, 영조는 세자와 세자빈을 경희궁(원래는 경덕궁이라고 했지만 1760년 영조가 경희궁으로 이름을 고쳤다. 이 책에서는 경희궁으로 통일했다.)으로 거처를 옮기게 했다. 이때 두 사람의 거처를 옮긴 것은 치밀한 영조의 정치 일정 가운데 하나였다. 그날 이후로 영조는 3년 뒤 세자 나이 열다섯, 임금의 나이 쉰다섯, 집권 25년 기념 양위를 하고 선왕으로 나갈 생각을 굳게 했다. 1747년 1월 16일, 영조는 세자가 아버지를 보고 싶어 한다는 연락을 받고 직접 경희궁으로 향했다.

그때까지 세자는 정신 질환이 없었고 아버지 역시 아들에게 아낌없는 사랑을 베풀고 있었다. 영조는 경희궁에서 세자를 만나 옛날 자신의 어린 시절 이야기이며 돌아가신 숙빈 최씨 생전 모습, 그리고 왕의 후계자로서의 생활에 대해 밤새도록 이야기를 하고 창덕궁으로 돌아왔다. 세자 4살 무렵 영조가 자식을 강하게 키울 마음으로 어린 아들을 창덕궁과 창경궁 사이 독립된 전각을 마련해 보모 한 사람 붙여 준 뒤 간혹 그 아들이 보고 싶어 그곳에 가서 함께 잠을 잔 뒤로 참 오랜만에 부자 사이 정이 돈독했던 날을 경험한 것이다.

그러나 여전히 세자는 어머니 영빈 이씨에게 모정을 느끼지 못했고, 그 때문인지 세자는 아버지를 더 간절히 그리워했고, 오히려 정성왕후에게 모정을 느끼고 있었다. 1747년과 1748년, 영조는 자주 세자를 불러 학문의 깊이를 확인했다. 영조의 정치 일정에 따라 1749년 왕위 양도를 염두에 둔 때문일까? 그 무렵 아버지는 아들을 심하게 야단쳤다. 마음에 들지 않아서 초조했고 그럴수록 꾸중의 강도는 심했다. 1748년 그 한 해에도 세자와 세자를 보필하는 빈객들이 자주 임금에게 혼났다. 임금 영조는 서두르고 있었다. 그 서두름은 그 다음해 정월에 이유가 밝혀졌다. 1749년 1월 22일, 영조는 세자의 생일이 지난 다음날 그러니까 딱 열다섯 살이 되는 날에 왕세자에게 양위하겠다고 선언했다. 그리고 얼마 동안 시끄러운 논쟁이 거듭된 뒤 대리청정 하는 쪽으로 목표가 수정되었다. (1749년 1월 27일)

1739년 1월 6일, 겨우 세자 다섯 살 때 영조의 양위 파동은 숙종의 전례에 따른 행동이며, 신하들이 어떻게 움직이는지 보려는 마음이었고, 1749년 1월 22일 양위 파동은 태종이 세종에게 왕위를 넘겨주고 뒤에서 보필했던 그 전례를 따르고 싶었던 영조의 마음이다. 치밀한 영조, 하지만 너무나 예민하고 사소한 마음 때문에 큰 뜻은 결국 수포로 돌아갔다.

또한 대리청정 방식도 1717년 숙종이 세자에게 행했던 방식이라 권력의 이양이 어디까지인지 불분명한 구석이 많았다. 1717년 세자(경종)에게 대리청정을 맡긴 것은 정국 운영을 더 이상 수행할 수 없을 만큼 건강이 좋지 않은 숙종이 취할 수 있는 어쩔 수 없는 선택이었다. 그러나 인사권이나 병권 등은 여전히 숙종이 갖고 있었고, 세자는 1주일에 한 번 정도 국무회의(상참)에 참석해 국가 대소사를 비준하는 권한을 갖고 있었다. 문제는 영조의 마음이었다. 영조는 아들 세자에게 권력을 통째로 넘겨주고 싶지 않았다. 아직은 56세로 그리 늙은 나이도 아닌데 뒷방 늙은이로 물러나기 싫었던 것이다. 두 사람 사이는 여기서 어긋나기 시작했다.

# 물려주니 다른 것이 확연하더라

영조는 의심이 많은 임금이다. 의심나면 물려주지 말고 물려주었으면 의심하지 말아야 한다. 그런데 막상 권력을 넘겨주니 이상하게 세자와 자신의 다른 것이 확연하게 보였다. 정통성과 도덕성을 의심받던 영조, 1755년 나주벽서 사건에서 세자가 자기와 다른 세계를 가고 있다는 것을 안 뒤, 매사 의심과 감시를 하기 시작했다.

1749년 1월 22일, 대리청정을 맡긴 뒤 영조는 늘 세자가 불안했다. 미덥지 않은 것도 그렇고 좀처럼 말이 없는 것도 불만이었다. 사실 조선의 임금 가운데 영조처럼 말이 많은 사람은 별로 없다. 말이 많으면 탈이 많이 생긴다. 특히 군주의 자리란 말은 줄이고 행동이나 실천을 많이 해야 할 자리였다. 하지만 영조는 말만 많지 이룩한 성과는 별로 없었다. 오전부터 시작된 토론은 밤에도 계속되었다. 하지만 결론 없는 토론 정치가 많았다.

임금은 세자에게 관리 인사권까지 넘겨주면서 "강직한 자는 포용

조현명 (국립중앙박물관 소장)
1752년 조현명의 죽음은 사도세자에게는 큰 불행이었다.
그가 죽은 뒤 사도세자 대리청정은 형식적이었고, 권한
이 전혀 없는 상황으로 전락했으며 나주벽서 사건 이후
세자는 고립무원의 시간을 보내다 죽었다.

하고 정직한 자는 등용하라!"라는 큰 틀의 인사 원칙을 주었다. 강하
게 임금을 비판하는 자를 포용하고, 청렴 결백한 자를 등용하라는 것
이다. 그런데 영조는 인사권을 넘기고 사법권은 넘기지 않았다. 인사
권이 세자에게 주어지자 시세에 민감한 자들이 세자에게 아부하는
것들이 보였다. 그런데 아직 사형수를 심사하는 사면권을 넘겨주지
않았는데 세자가 임금에게 실수를 한 것이다. 매년 사형수 심리를 6
월 12월 두 차례 하게 되었는데 1749년 6월, 사형수에 대한 명단을
임금에게 올리지 않은 것이다. 그래서 영조는 승지들을 모두 파직시
켜 버렸다. 그런 행동은 세자에게는 경고의 의미였다.

　문제는 조현명이란 인물이다. 1752년에 죽은 조현명, 그는 세자의
대리청정 당시 좌의정으로 무인 기질이 강했던 사람이다. 그는 영조
의 맏아들 효장세자를 통해 이루려던 효종의 꿈, '북벌'을 가슴에 간

직한 인물이었다. 그는 남쪽으로 대마도를 점령하고, 북으로는 고구려 영토를 회복하고자 빈번하게 청나라를 다녀오면서 북방 정세를 예의 주시하고 있었다. 그런 큰 꿈은 세자에게도 그대로 전달되었다. 세자의 기질 역시 문인 기질보다 무인 기질이 가슴 깊이 박혀 있었다.

문제는 그런 조현명과 세자의 통치 철학을 영조는 처음부터 의심하고 불안하게 바로보고 있었다는 것이다. 1747년 11월부터 1748년 3월까지 영조는 부적 세자의 기질에 대해 말을 자주 한다. 영조는 동궁 관원들과 세자를 함께 불러 '한나라 고조와 한나라 무제 두 사람 중 누가 더 훌륭한가?' 물었다. 그리고 두 번에 걸쳐 세자의 자질이 한나라 무제다운 것이 염려스럽다는 말을 반복했다. '북벌(北伐)'이란 정치 이념을 영조는 공유하지 못하고 있었다.

영조 내면의 불안은 여기에서 시작되었다. 영조는 세자에게 자주 송나라 영종을 본받을 것을 주문했다. 내치가 우선이란 뜻이다. 『자치통감』을 읽게 하고, 그 내용을 갖고 시험을 보았다. 그런 영조의 뜻에 세자가 적극적으로 따르지 않고 주로 군사와 관련된 병서들을 집중 공부한 것에 임금은 불만을 갖고 있었다. 1749년 2월 29일, 영조의 마음이 고스란히 느껴지는 기록이 발견된다.

임금이 춘당대에 나아가 군병을 시찰하고 장수들에게 상을 내렸다. 영의정 김재로와 좌의정 조현명이 동궁에게 어가(御駕)를 모시기를 청하자, 임금은 "아직은 독서를 하게 하는 것이 좋겠다."고 말했다.

소령원 귀대석 거북이 햇볕을 받으면 거북이 머리 위 王(왕)자가 선명하다. 권력(왕)에 욕심 없다며 종종 보관중인 어보를 세자에게 주며 양위하려고 했던 영조. 그 마음은 진실했는가?

임금의 인장

임금의 어보

　열다섯 살 나이에 불과한 세자는 어릴 때부터 성장이 빨라 성인이나 다름없이 기골이 장대했다. 그래서 영조와 함께 있으면 영조의 왜소한 몸이 고스란히 비교되었다. 영조는 그런 점이 싫었다. 무인 기질을 타고난 세자는 갑옷을 입고 있으면 그 품위가 한껏 드러났다. 영조는 그것도 싫었다. 1749년 9월, 조현명은 다시 청나라 사은사로 떠났다. 1749년 그 한해 이미 노론은 영조에게 세자와 조현명을 중심으로 한 소론 세력들의 준동을 경계했다. 그래서 종종 조현명은 대명(도성 밖에서 임금의 처분을 기다림)을 청했다. 상소가 그에게 초점 맞춰 투서되고 있었음을 의미한다.

문제는 또 전염병의 창궐이었다. 1749년 전염병으로 60만 명의 백성들이 죽자 의심 많은 영조는 속으로 이런 생각을 했다. '하늘이 세자에게 무슨 암시를 내리는 것은 아닐까?' 그해 12월 10일 형조판서 원경하를 불러 이런 말도 했다. "내가 임금노릇 하는 것이 싫다고 했지, 왕(王) 자를 싫어한 것은 아니다. 한시도 국사를 잊은 적이 없다." 세자의 대리청정에 자신이 홀대 받고 있다는 표현이다. 그 무렵 정승들조차 정사를 주관하던 동궁이 거처하던 경희궁에만 들러 일을 보고 퇴근할 때는 창덕궁의 임금에게 문안조차 하지 않는 일이 계속되자 서운한 마음을 원경하에게 내비친 것이다.

청나라를 다녀온 조현명은 1750년 3월 11일 드디어 영의정이 되었다. 소수정파 소론이 임금 바로 아래 최고 권력자(一人之下 萬人之上) 영의정에 오른 것이다. 이광좌 이후 10년 만의 정치적 변화였다. 노론은 여간 불안한 게 아니었다. 소론의 주위에 둘러쳐진 세자, 또한 영의정이 소론 출신이라는 점은 노론 중심 정치 세계에 다시 먹구름이 몰려오는 그런 형국이었다. 1750년 9월 2일, '균역법' 시행은 여러 정치적으로 미묘한 시점에서 시행되었다. 조현명은 정치 이상을 실현하기 위해 청나라를 다녀온 뒤 부국 강병에 대한 복안을 마련 세자에게 진언했지만 이것은 어디까지 먼 미래에 대한 웅대한 포부일 뿐 전혀 내용이 밝혀진 것은 없다.

문제는 국방 강화를 위한 장기 프로젝트를 마련하는 그 와중에 조선에 불어 닥친 천재지변 전염병은 인구의 15%가 감소할 만큼 대단한 기세였다. 거리에는 시체 썩는 냄새가 진동했고 유랑하는 거지들이 도성 안에서도 넘쳐나는 상황이었다. 언제 다시 민란이 일어날지 모르는 일이었다. 국방보다 당연 민생이 우선이었다. 영조의 고민은 심각했다. 1750년 5월 15일, 영의정 조현명이 말하기를, "각도의 장계로 보면 역병으로 사망한 사람이 12만 4천여 명에 이르고 원적지 밖에서 떠도는 사람까지 합하면 적어도 30여만 명은 될 것이라 하니, 비록 병란이 있다 한들 어찌 이럴 수야 있겠습니까? 더욱 수성하여 천재를 덜도록 힘써야 할 것입니다."라는 글을 올렸다. 그의 주장처럼 실록의 기록을 보면 1749년 60만 명이 전염병으로 죽었는데, 이미 그 다음해 5월까지 30만 명이 추가로 죽은 것이다.

# 구호만 요란했던 개혁 정책

세자가 대리청정을 막 시작할 때 조선은 최대 위기를 맞고 있었다. 위기는 전염병이었다. 고심 끝에 나온 결정이 균역법. 하지만 그것은 위기를 근본적으로 해결한 것이 아닌 그저 미봉책이었다. 오히려 조현명과 세자가 교감했던 북벌의 꿈을 사라지게 한 정책이었다.

1750년 5월 이후 국가의 세금 제도를 전면 수정해야 한다는 여론은 비등했다. 전염병의 극성으로 황폐화된 조선에서는 경제제도 전반에 수정이 불가피했다. 그러나 경제 문제는 언제나 계급, 혹은 신분적 차이의 갈등을 낳기 마련이었다. 처음 세금제도를 논의할 때 영조는 각 가구당 세금을 물리는 제도, 호포제를 원했다. 평민이나 양반할 것 없이 모든 백성들에게 세금을 물려야 한다는 생각이 그것이다.

그에 반해 영의정 조현명은 결포제를 원했다. 그것은 토지를 소유한 사람들 위주로 세금을 걷자는 안이었다. 지금으로 보면 부자들에게 더 많은 세금을 걷고 가난한 양민들에게 세금의 부담을 덜어주는 대신 그들에게 국방의 의무를 지우게 하자는 안이었다. 당연히 문벌 귀족들에게는 불리한 세금제도였다.

세금제도에 대해 영조는 4번이나 대궐로 백성들을 불러들여 여론 조사를 실시하고 직접 그들 의견을 청취했다. 이때 주로 임금은 세자 와 함께 도성의 일반 백성들을 창경궁 홍화문으로 불러 의견들을 청 취했다. 영조는 여론을 특히 중시한 임금이었다. 국가의 중요 대사를 논할 때 자주 일반 백성들의 의견을 청취하는 일을 했다. 청계천 준설 공사에서도 그렇고 이번 균역법 시행에서도 영조는 1750년 5월부터 8월까지 4차례 걸쳐 백성들의 의견을 물었다.

대개 백성들의 생각은 영의정 조현명의 주장한 것처럼 결포제를 원했다. 토지가 있는 곳에 세금을 물리자는 방안은 어찌 보면 당연했 다. 하지만 권문세가들의 반대와 종친들의 반대는 완강했다. 결국 '균역법'이란 세금제도는 부자들과 가난한 사람들의 생각을 모두 반 영한 절충점에서 마련되었다. 즉, 지금까지 평민들을 대상으로 걷던 세금, 16세에서 60세 이르는 성인 남성들의 병역 의무를 대신해서 걷 던 베(布) 2필을 절반인 1필로 줄이는 대신 기타 세금을 많이 늘리는 안이었다.

기타 세금은 염전이나 해안가 물고기를 잡는 사람들에게도 세금

창경궁 명정문
금천교 앞 넓은 광장에서 영
조는 백성들을 불러 놓고 균
역법에 대한 의견을 들었다.

균역법을 실시하면서 영조는 '균공애민 절용
축력' 이란 글을 지었다. 백성들에게 세금을 균
등하게 걷고 아끼고 절약해서 힘을 축적한다는
뜻이다.

오늘날 청계천 모습

을, 선박에게도 세금을 물리는 안이었다. 이 세금 제도는 토지를 막대
하게 취하고 있는 권문세족들이나 왕실 종친들의 재산은 여전히 납
세의 의무에서 빠지고 평민들이나 상인, 어업에 종사하는 하는 사람
들에게 세금을 물리는 정책이었다. 이렇게 해서 어촌이 황폐화되었
다. 어촌은 농사를 짓는다는 명목으로 전세(田稅)를, 고기를 잡는다
는 이유로 어세(漁稅)를, 그리고 굶주림을 면하기 위해 봄철에 빌린

쌀을 가을에 갚는 환곡으로 평민들 특히 해안가 어민들의 삶은 더 궁핍해지고 말았다. 지리적으로 전라도 충청도 해안가 사람들이 부담해야 할 세금이 가중된 결과를 가져왔다.

### 균역법이 북벌의 꿈을 좌절시키다

문제는 조현명과 세자가 생각했던 '북벌'의 꿈이 흔적도 없이 사라지는 국방 예산 대폭 삭감 정책이었다. 균역법 시행으로 대폭 줄어든 세금 때문에 상시 운영하는 병력의 규모를 대폭 줄였고, 결과적으로 영조의 의도대로 내치에 치중하는 국정 철학이 반영된 것이다. 1750년 9월 2일 '균역법'의 시행은 영조를 앞세운 노론의 권문세가와 세자와 조현명 등 소론의 정치 세력이 벌인 정책 공방이며 결과는 노론 권문세가의 승리로 귀결되었다.

그런 정책에 민심이 다시 요동쳤다. '개혁'과 '민생'이란 두 개의 요란한 구호가 말뿐이었다는 배신감이 특히 충청도 전라도 등지에서 두루 퍼져 있었다. 영조는 9월 12일 균역법을 시행한 뒤 곧바로 민정 시찰을 겸한 온천 관광을 떠났다. 영조는 온양으로 향하는 길에 수많은 시민들의 환영을 기대했다. 그런데 예상은 보기 좋게 빗나갔다. 지방 수령들에 의해 억지로 동원된 사람들 표정에는 근심이 가득했다. 또한 몇몇 곳에서는 괘서들이 임금 앞길에 놓여 있기도 했다.

영조는 실망했고 또한 절망했다. 여전히 자신을 임금으로 보지 않는 민심에 화도 났다. 그리고 그런 괘서들 배후에는 자신을 쫓아내고 새로운 임금을 옹립하려는 반정 세력이 있다는 것으로 확신했다. 영조는 온양을 갔다 온 뒤 곧바로 대리 체제를 무력화하고 친정 체제로 복귀할 명분을 찾고 있었다. 이런 점을 간파한 조현명은 완강하게 반대했다. 1750년 10월 23일 영의정 조현명은 영조에게 임금의 독단에 대해 비판하는 글을 올렸다. 신하들의 충고를 받지 않고 오히려 죄를 주면서 젊은 관리들의 기개를 꺾고 있다는 것이 그 글의 요지였다. 그 무렵 세자를 보위하던 동궁 관리들에 대한 견제에 조현명이 반발한 것이다. 영조는 10월 29일, 조현명이 글을 올린 6일 만에 영의정의 직임을 회수했다. 이제 그만 되었다는 말이다.

### 친정 체제로 복귀하다

1749년 새해부터 시작되었던 세자의 대리청정은 1750년 9월 균역법이 시작되면서 새로운 국면으로 접어들었다. 영조는 전염병 극성으로 시작된 국정 혼란의 책임을 조현명에게 묻고 실질적으로 친정 체제로 복귀했다. 1751년 조현명의 조카딸이자 영조가 참으로 아꼈던 첫째 며느리 현빈 조씨가 그 해 11월 16일 죽었다. 그 해 조현명을 좌의정으로 임명했지만 한 번 뜻이 꺾인 그는 임금의 여러 차례 부름을 받지 않고 있다가 1752년 4월 26일 죽었다.

1752년 열여덟 살의 세자에게는 조현명의 죽음이 기대고 의지할 정치 세력이 사라진 것을 의미한다. 하늘의 뜻은 세자에게 시련을 안겨 준 것이다. 전염병이 가장 극성일 때 대리청정을 수행했고, 그로 인해 자기 이상을 접어야 했던 세자. 그 해 1월 27일, 영조는 청계천 준설 공사를 지시했다.

영조는 물을 좋아한 임금이었다. 그래서 치수사업을 통해 국가의 대업을 성취하려고 했다. 영조의 치적은 크게 균역법 시행, 청계천 공사, 그리고 탕평책이었다. 이 세 가지 개혁 정책 가운데 완성도가 가장 높은 정책이 바로 청계천 준설 공사였다.

청계천 토목 공사는 영조의 업적 가운데 변치 않는 쾌거였다. 영조는 죽기 직전에도 청계천을 둘러보며 자신의 업적을 확인하였다. 하지만 다른 두 가지 사업, 균역법은 세금제도의 획기적인 조치라고 처음에 환영했던 것과는 달리 후반으로 갈수록 그 문제점이 노출되어 오히려 원성거리가 되었다. 특히 염전과 어업에 종사하는 백성들의 불만이 빗발쳤다. 부자 양반들은 세금을 내지 않고 어업에 종사하는 가난한 어민들에게 세금을 강탈한다고 반발했다.

탕평책은 가장 많은 노력과 번민을 들인 정치제도지만 아들 사도세자를 죽였고 수많은 사람들을 죽음으로 몰아넣은 광란의 정책이었다. 그 탕평책의 실패를 영조 혼자 모두 책임질 수 없지만 영조는 1755년 나주벽서 사건과 1762년 사도세자를 죽인 임오년의 변란 뒤에, 사실상 탕평책을 포기했다. 노론의 반대 세력을 역적이라고 그렇게 많이 죽인 영조가 탕평책으로 정치 화합을 이루었다는 국사교과서의 기술은 분명 잘못된 평가다. 탕평은 구호만 요란한 실패한 정책이었다. 그런 실패한 정책의 후유증은 정조의 노력에도 불구하고 조선 후기 권문세가의 세도정치로 흘러갔다.

## 임금도 지치고 세자도 지치다

그 무렵 영조는 토론에 지쳐 있었다. 모든 토론은 당쟁의 시각으로 바라보았다. 1752년 10월 29일, 연암 박지원의 스승 이양천은 영조에게 국가의 여러 시책들에 대해 자신의 의견을 올렸다가 흑산도로 귀양을 갔다. 이런 상황에서 조현명까지 죽자 다시 정치의 균형추, 혹은 당쟁의 둑이 사라져 버린 환경이 조성되었다. 1752년 세자 역시 이런 정치적 변화에 심리적 압박감이 상당했으며, 3월 4일 왕세손 의소가 죽고, 그 해 9월 22일 정조가 태어났다.

세자는 그 해 가을 열병으로 한 달 보름 동안 사경을 헤매기도 했다. 이때 너무 오래 앓았던 것일까? 세자의 정신에 이상이 감지된 것은 이때부터다. 세자가 위급하다는 소식을 들은 영조는 극도로 불안감에 휩싸였고 그럴수록 작은 일도 크게 생각해서 격하게 반응했다. 세자의 생명이 위험할수록 임금은 다시 이성을 잃고 있었다. 많은 신하들이 유배를 갔고 뜻을 굳건히 했던 정치인들은 영조에게 등을 보였다.

그 무렵 영조는 주로 이런 말들을 자주 했다. "저들 눈에는 나라의 운명과 임금의 어려움은 모르고 오직 당의 이익만 있다." 그런 임금의 글이 승지를 통해 발표되면 또 정승들이 대명(신임)을 청하려고 도성 밖에서 고개를 조아렸다. 세자는 병이 나은 듯 보였지만 정신은 이미 피폐해지고 있었다. 노론이나 영빈 이씨 등 사도세자 반대편에 있던 세력들은 세자를 보자 깜짝깜짝 놀라곤 했다.

'어찌 저리도 걷는 것 하며 앉아 있는 것 하며 경종을 쏙 빼닮았는가!'

조현명은 이런 세자를 효종과 닮았다고 했다. 효종과 경종은 비슷했다. 우람한 체격과 말 없음의 진중함 하며 성격과 외모도 모두 빼닮았다. 효종처럼 세자 역시 침묵을 좋아했다. 그런데 시대가 어수선한 때는 말 없는 사람들은 말 많은 사람들에게 불편할 때가 있다. 사도세자의 침묵에 영조가 그랬다. 역대 임금 가운데 말이 많은 군주인 영조는 의심이 많은 임금이라 말을 하지 않은 사람을 멀리했다. 도대체 속을 알 수 없다는 것이 그 이유였다. 그런데 자기가 가장 싫어한 인간형을 세자가 보이고 있었다.

# 한밤의 연극 무대

세자는 심한 열병을 앓은 뒤 정신이 이상한 상태에서 다시 아버지 영조에게 정신적 압박을 받는다. 두 사람은 외부에서 받는 스트레스를 서로에게 상처주고 있었다. 아버지는 너무 가혹한 연극 무대에 아들을 자주 초대했다.

1752년 12월 14일, 실록의 기록을 보면 "임금은 편전에서 『시경』의 육아편을 읽고 있었고 왕세자는 팔짱을 끼고 있었다."라는 기록이 보인다. 영조는 그런 이상한 행동을 하고 있는 세자를 향해 손을 내저으며 '어렵다! 어려워!' 라고 소리쳤다고 한다. 실록의 행간을 가만히 들여다보면 세자의 이상한 행동은 그날 시작된 듯하다.

'왕세자가 팔짱을 끼고 있었다' 라는 한 줄의 문장은 사관이 바라볼 때 세자의 이상한 행동을 간결하고 함축적으로 표현하고 있었다. 이 글로 보면 세자는 이때 이미 정신병을 심하게 앓고 있었던 것으로 보인다. 그런 점을 영조는 알고 있었을까? '어렵다!' 이 말을 두 번이나 외치면서 손을 내저었다. 영조는 뭐가 어려웠을까? 세자의 정신이 이상하다는 이야기를 들었을 영조다. 그리고 이상한 아들을 어찌하면 좋을까 고민도 하고 있다는 말이다. 최근 일본에서 발견된 사도세자가 홍봉한에게 보낸 편지도 자신의 정신질환을 언급하고 있었다. 일본에서 발견된 편지 내용은 이렇다. 편지를 쓴 시기는 아들 정조가 태어난 1752년이다.

"정신이 혼미하고 불안하여 조금도 가만있을 수 없으니 장인께서 적당한 약을 처방해 주십시오. 그리고 이 이야기는 누구에게도 비밀입니다."

창덕궁 희정당

1752년 12월 14일 전후 대궐에서는 무슨 일이 일어났는가? 그 해 11월 4일 세자가 오랫동안 병을 앓고 있다가 완쾌되었으며, 아버지 영조에게 문안인사를 올리고 있었다. 세자가 아프다는 이유로 그동안 미뤄 둔 일은 영조의 미움을 받은 관리들을 벌주는 일부터 해야 했다. 우의정 김상로가 적은 임금의 미움을 받은 신하들 명단을 보니 80명이 기록되어 있었다. 그들을 다 귀양 보내면 대궐 업무가 마비될 상황이었다.

⬆ 송현궁터 한국은행 뒤에 그 표석이 있다.
1752년 겨울, 영조는 송현궁을 확대해서 그곳에서 살려고 했다.
그 해 양위 파동 퍼포먼스는 사도세자에겐 폭력과도 같은 행위 연극이었다.

⬆ 하마비와 송현궁 표석
이 자리는 본디 조선 16대 임금 인조의 잠저, 송현궁터다. 인조의 생부 정원군이 살았던 곳이다.
1755년(영조 31년) 정원군 생모 인빈 김씨를 모시면서 '저경궁'으로 불렸다.

영조는 김상로에게 그들이 잘못을 뉘우치니 그만 두라는 명을 내린다.

　1752년 12월 8일, 함박눈이 내리고 있었다. 영조는 갑자기 약방 진
찰을 받고 대궐로 들어오다 창덕궁 입구 선화문 앞에서 앉아버렸다.
"이 문에 앉은 이유는 창덕궁 희정당은 편전이며 정사를 보는 곳이
다. 내가 왕세자에게 대리를 수행하게 한 뒤로는 다시는 앉고 싶지 않

은 곳이다. 내가 송현궁에 거둥(임금의 나들이)한 것은 나의 큰 뜻이었는데, 대비의 분부로 인하여 이루지 못하였다."

또 영조의 투정이 시작되었다. 송현궁은 한국은행 후문 쪽에 있었다는 인조의 아버지 원종이 살았다는 집이다. 1752년 10월 1일, 실록에는 그날 천둥과 번개가 치고 있었는데 영조는 창경궁 함인정에 들러 송현궁 완공일이 자꾸 지체되는 것에 짜증을 부리고 있었다. 그리고 12월 5일, 완공된 송현궁을 보고 돌아오면서 영조는 갑자기 대궐을 들어가지 않겠다고 고집을 피우고 있었다. 이유는 이 길로 곧바로 송현궁에서 살고 싶다는 뜻이었다. 그래서 선화문 입구에서 앉아 버린 것이다. 그런 영조의 양위 파동에 신하들도 귀찮은 표정이 역력했다.

감동도 없고 재미도 없는 연극이 또 시작되었다는 그런 표정들이었다. 신하들과 별로 새로울 것도 없는 실랑이가 계속되었다. 그리고 마지막 마무리는 대비의 몫이었다. 인원왕후도 영조의 양위 파동 연극 공연이 또 열렸다는 말에 짜증부터 냈다. "서둘러 입궐해서 정사를 보지 않고 주상은 무엇을 하시오." 대비의 전교는 과거와는 달리 사뭇 날카로웠다. 영조는 깜짝 놀라 소란을 서둘러 끝냈다. 이것이 12월 5일이고, 3일 뒤 본 공연을 위한 예비 공연이었다.

### 단단히 준비한 공연

12월 8일 양위 파동 연극은 단단히 각오한 연출이었다. 우선 옷도 임금의 옷이 아닌 청포(靑袍, 평범한 사대부들의 겨울 솜옷)를 입고 있었다. 임금은 남면하기 싫은 자신의 마음을 완벽하게 복장까지 맞추고 연극을 시작했다. 작정하고 시작한 '임금에 대한 욕심이 없다' 라는 연극은 그해 자신을 괴롭힌 도성에 떠돌던 익명(匿名)의 시까지 언급하고 있었다. 당시 유행하던 익명의 시는 대개 영조가 경종을 죽인 일, 그리고 숙종의 아들이 아닌 것을 풍자한 글이다.

연극 공연은 대비에게 고하는 일부터 시작이었다. "임오년(1702년, 영조 아홉 살 때)부터 머리를 땋고 받들어 모시었습니다. 오늘의 하교는 받들어 따를 수가 없습니다." 대비 인원왕후는 화를 내지 않는 성품이지만 가뜩이나 추운 겨울날 연극을 하겠다고 그렇게 버티는 영조에게 불같이 화를 냈다. 놀란 영조는 다시 대전으로 들어갔다가 다시 관을 벗어 놓고 나와 버렸다. 그 소식을 들은 대비는 더 엄한 소리로 "정사를 하겠다고 대답해 놓고 왜 이러는 거요?"라고 물었다. "그렇게 하고 하시니, 모든 것은 신의 잘못입니다. 무슨 말씀을 드려야 할지 모르겠습니다." 대비의 집요한 설득으로 대전에 들어간 영조는 "나는 지금 태상왕(太上王)이 되었다."라고 선포했다. 그는 "정종이 태종에게 왕의 자리를 양보하듯이 나도 그렇게 하겠다."라는 말을 하였다.

왕의 자리를 양보하겠단다. 12월 8일 그런 연극이 있고 난 뒤 세자는 다시 대궐 마당에 거적 하나 깔고 얇은 옷차림에 머리를 땅에 조아리며 양위하려는 뜻을 거두어 달라는 청을 올리고 있었다. 영조의 '임금 노릇 하기 싫다' 라는 연극 한 마당에 초대된 세자는 가장 힘든 배역을 수행하고 있었다.

12월 9일, 임금은 모든 공무를 정지시키고 있었고, 일체 외부 사람을 만나지 않고 있었다. 세자는 그날도 아침 일찍 얇은 옷차림으로 머리를 땅에 찧으며 잘못을 빌고 있었다. 아침 9시부터 저녁 5시, 병이 나은 지 얼마 뒤의 일이라 몸이 쇠약한 상황에서 이런 힘든 배역을 준 아버지가 미웠다.

12월 10일, 11일도 똑같은 상황이 반복되었다. 태종이 세종에게 왕위를 물려줄 때 약 보름 동안 이런 일을 했다. 그때 태종은 날이 가장 좋은 5월에 연극을 시작했다. 태종은 종종 세종의 건강이 걱정되어 아들 손을 잡고 대전까지 끌고 와서 자기 마음을 진솔하게 전달했다.

하지만 영조는 아니었다. 날씨도 음력 12월 중순이니 가장 추운 날이었고 세자가 그 추운 날 마당에 얇은 옷을 입고 벌벌 떨면서 통곡하고 있었지만 인정머리 없는 아버지는 아들을 한 번도 불러들인 일이 없었다. 12월 12일, 영조는 손수 쓴 양위에 대한 교지를 촛불에 태우고 있었다. 이 역시도 관객을 끌어 모으기 위한 퍼포먼스였다. "이 전교를 촛불에 태워도 내 마음의 상처는 불사를 수 없다."

영조는 이기적인 임금이다. 종종 신하들과 저녁 시간 토론을 하다가도 자기 혼자 식사를 하고 다시 야대를 하곤 했다.

신하들은 퇴근도 하지 못하고 새벽 두 시, 혹은 세 시까지 임금의 잔소리를 듣는 일이 많았다. 그렇게 이기적인 임금으로 변한 것은 엄격하고 품위 있는 군왕의 교육을 받지 못한 탓도 있었다. 그러나 그는 천성이 이기적인 사람이었다. 살아남기 위해 자신의 누명을 벗기 위해 아들을 이용했고, 자기 억울함만을 호소하고 있었다. 12월 13일도 임금은 정사를 보지 않았고, 12월 14일에는 석고대죄를 하고 있던 세자를 불러들였다. 그런데 이 날 세자의 모습이 이상했다. 그날 실록의 기록은 세자의 정신이 이상한 점을, 영조가 보는 세자에 대한 불신과 미움을, 그리고 임금의 광기를 다 보여주고 있었다.

"임금은 육아편을 읽고 있다가 갑자기 이종성에게 《춘방일기》를 가져오게 했다. 왕세자가 팔짱을 끼고 임금의 앞에 서 있었는데, 임금이 손으로 휘저으며 나가도록 하고 말하기를, "너는 무엇 하러 나왔는가?" 하고, 또 말하기를, "내가 시를 읽을 것인데, 네가 눈물을 흘리면 효성이 있는 것으로 생각해 너에게 내린 왕위를 거두겠다." 하고 다시 시를 읽고 있었다. 세자는 한참 그렇게 팔짱을 끼고 있다가 엎드려 눈물을 흘렸다.

팔짱을 끼고 있다는 것은 자신은 이 연극의 관객이라는 것을 보여주는 행동이다. 영조는 그런 세자의 표정이나 모습에 두려움과 분노를 동시에 느꼈다. 관객의 입장에서 아비의 연기를 감상하는 아들의 표정에는 엷은 미소까지 번지고 있었다. '아버지! 이제 이 지긋지긋

한 연극을 그만 하시지요.' 그렇게 말하는 듯한 표정이었다. 영조의 양위 파동이란 연극은 일주일째 접어들고 있었다. 무대는 대궐 밖의 육상궁과 효창묘로 옮겨 다녔다. 이제 왕위를 내려놓는 마당이니 생모에게도 고하고 죽은 아들에게도 가 본다는 뜻이다.

### 야외에서 벌어지는 영조의 연극 무대

이런 영조의 이상한 야외 공연에 한양의 사람들은 혀를 찼다. 아들을 너무 고생시킨다는 게 당시 사람들의 생각이었다. 그런 것을 아는지 모르는지 영조는 길을 가다 문득 연을 멈추고 백성들에게 "그동안 나를 임금으로 만나 고생했다." 그런 말도 했다고 한다. 그렇게 돌아다니다 갑자기 창의궁으로 간다는 전갈을 대궐 마당에서 대죄하고 있던 세자에게 알렸다. 그럼 세자의 다음 공연지는 경복궁 왼편 돌담 사이 길목이어야 한다. 세자는 각본대로 움직였다. 서둘러 소여(小輿)를 타고 그 길목을 가로막았다.

생각해 보면 영조가 그렇게 야외 공연을 하고 있는 의도는 다분히 신하들은 물론 한양의 백성들에게도 자신의 '임금 노릇 하기 싫은 뜻'을 전파하기 위함이었다.

또 그 추운 겨울밤 거리에서 세자는 무릎을 꿇고 머리를 조아렸다. 나오지 않는 눈물을 짜고 통곡하고 있었다. "이렇게 추운 날 몸이 상하려고 왜 나왔느냐?" 영조의 연기는 오늘날 유명배우들의 연기보다

경복궁 서쪽 출입문 영추문 앞 도로
영추문 건너편이 바로 창의궁이 있던 자리다.
이 길목에서 1752년 12월 14일 영조와 사도세자는
양위 파동 연극 무대를 가졌다.

경복궁 서쪽 출입문 영추문

훨씬 탁월했다. 그날 임금과 세자는 야외 대화를 계속했다. 임금의 명을 받든 환관을 통해 서로의 의중을 탐색했다. 그렇게 환관이 오고가며 전달하는 대화 방식은 알려지지 않았다.

　그날 세자는 아버지 영조에게 "이제 그만 경종을 팔라!"고 했다 한다. 세자의 속마음을 안 영조는 순순히 창덕궁 안으로 들어갔다. 그날 연극은 그것으로 끝났다.

　다음 날(12월 17)도 신하들과 대비가 임금의 하야를 막느라 진땀을 흘렸다. 그때 누군가 입에서 열흘 이상 넘기면 임금의 소중한 뜻을 받들자는 말이 흘러나왔다. 대개 관례상으로 임금이 보름 동안 양위를 선언하고 물리치지 않는다면 그것이 진심이라 생각하고 후계자에게

양위 절차를 밟게 되어 있다. 그것은 이미 태종과 세종의 왕위 교체 과정에서 굳어진 불문율이었다.

그런데 양위 파동을 한 날짜가 논쟁이 되었다. 임금의 양위 파동 시작이 12월 8일이라고 생각하는 사람과 12월 5일부터 시작했다고 보는 사람 사이에 논쟁이 있었다. 이런 소식을 전해들은 것일까? 영조는 갑자기 아무 이유 없이 12월 18일 아침 양위한다는 뜻을 거둬들였다. 양위를 거두는 이유는 세자의 빈정거림처럼, "아! 내가 대비에게 불효한다면 돌아가신 황형을 어찌 볼 수 있는가?"라고 죽은 경종의 이름을 또 들먹였다. 그리고 누구의 청을 받은 것도 아니고 스스로 승지에게 명해 가벼운 죄수들을 풀어주라고 명했다. 그래서 1752년 12월 초 시작된 영조의 양위 파동 겨울 공연은 끝났다.

세자는 아버지 영조의 열흘 동안 양위 파동의 희생양이 되었다. 영조는 그 기간 동안 양위를 발표하고도 인사 명령을 거듭 내렸다. 그동안 자기 마음에 들지 않는 인물들을 모조리 교체했다. 영의정 김상로가 갖고 있던 비점이 찍힌 80명의 명단은 세자에게 충성하면서 임금에게는 소홀히 했던 자들이다. 영조는 입으로는 탕평을 가르치려고 당의 이익과 자신의 이익을 탐하는 자들을 갈아 마시겠다고 큰 소리쳤지만 스스로 노론 영수처럼 행동했다.

### 영조, 의릉의 풀을 뜯으며 울다

1752년 12월 8일의 양위 파동 출발은 그 해 8월 25일부터였다. 영

254

조는 경종이 세제 자리를 내려준 30주년 기념식을 의릉에서 열었다. 제사를 겸한 그 자리에서 영조는 민가에서 전파되던 풍자시에 대한 울분을 털어놓았다. 갑자기 영조는 이상 행동을 시작했다. 술잔을 묘단 앞에 올리고 임금은 봉분 위로 올라가 울기 시작했다. 그리고 풀을 뽑으며 '차마 듣지 못할 말'이라고 사관은 적고 있지만 그동안 자신을 괴롭힌 독살설에 대한 소문들을 소리 높여 외치고 있었던 것이다.

"형! 내가 형을 정말 죽였습니까? 그곳에 누워 있으니 편하지요. 어디 일어나서 말 좀 하세요. 귀신이라도 좋으니 일어나세요. 세상은 내 아들(효장세자)을 데려가고 내 손자(의소)를 형이 데려간다고 하는데 사실입니까? 그럼 어디 이 자리에서 나를 죽이세요. 그럼 모든 것이 끝나는 것 아닙니까?"

그렇게 소리치면서 그동안 쌓인 울분을 털고 있었다. 그날 의릉에서 오랫동안 속에 있던 말을 다 털고 영조는 대궐로 돌아오고 있었다. 그런데 그 돌아오는 길이 꽤 늦은 시각이라 어두운데 지영(祗迎, 임금을 맞이하는 의식)을 거행하는 어영대장과 금부도사 등이 모두 임금을 수행하지 않았고 길 양 옆으로 횃불을 공급하지 않아 어두운 밤길을 더듬거리며 들어왔다. 그날 영조는 해당 관리들을 모두 파직시켰는데 그들이 모두 세자를 따르는 자들이라고 생각해서 더욱 화가 났다.

# 세자의 고립과
# 영조의 광기

세자가 극도의 스트레스와 공포로 인한 외상 후 스트레스를 받아 정신질환을 앓았다면 영조는 어땠을까? 영조 역시 조울증 같은 정신질환을 보인 환자다. 아버지와 아들은 광기의 시대에 광란의 정치 무대에서 각자 자기 맡은 배역을 열심히 소화한 배우일 뿐이다.

양위 파동은 영조가 대리청정으로 한동안 놓았던 인사권과 병권을 다시 찾으려는 의도로 기획된 정치적 이벤트였다. 영조는 권력에서 가장 중요한 두 가지 모두를 양위 파동을 겪고 나서 직접 지휘했다. 그날 이후 대리청정은 말뿐이었다. 오히려 신하들은 번거롭게 두 개의 정부에 두 번 같은 일을 해야 하는 것이 여간 고역이 아니었다. 그런 눈치 보는 일도 잠시 1755년 나주벽서 사건 이후에는 세자에게는 직접보고는 없고 대개 형식적인 서면 보고만 있었다.

1753년 9월 1일, 세자가 사헌부 사간원 관리들 모두 편전에 들라는 명령을 내렸다. 그런데 이 명령을 받은 관리들이 하나도 없었다. 좌의정 이천보가 이 때문에 사직서를 올렸고 세자는 그것을 수리했다. 그러나 다음날 영조는 좌의정 이천보를 불러 사직할 것은 없고 그저 반성문이나 제출하라고 했다.

이 사건은 세자의 권위가 무력화된 출발점이었다. 영조는 "내가 민망할 따름이다."라는 말로 그들에게 반성문을 받고 그냥 끝내버렸다. 우물우물 세자에 대한 항명 사건을 넘긴 뒤 조정은 철저하게 세자의 권위를 무시되는 분위기로 나가고 있었다. 그렇게 이상한 분위기가 1754년 한 해 내내 계속 되었다.

세자는 공식적으로 한 달에 두 번 비국당상(3정승과 의정부 각부 수장들, 오늘날 국무위원과 같은 위치)들을 접견했지만 1754년 이후 실록은 '왕세자 조회에 참가했다'는 기록만 거듭 있을 뿐, 세자의 정무 내용은 전혀 기록되어 있지 않다. 혹시 세자의 정무를 의도적으로 신하들이 기피한 것은 아닌가? 실록의 기록은 궁금증을 자아내게 한다.


고립무원의 세자

그런 이상한 기류가 계속되다가 1755년 나주벽서 사건이 일어난 것이다. 앞서 언급한 것처럼 나주벽서 사건은 뚜렷하게 무슨 변란이나 폭동이 일어난 것도 아니었다. 1728년 '이인좌의 난'과 성격이 완전 다른 것이다. 그저 나주라는 곳에서 영조를 비방하는 벽서 한 장이 발견된 것일 뿐이다.

**창덕궁 낙선재**
영조 시절 동궁 지역이며 촘촘히 담들로 이어져 고립무원의 세자의 답답했던 당시를 회상할 수 있다.

　영조 연간 벽서, 혹은 괘서라는 말은 한 해에도 수 십 번 등장하는 일상적인 일이다. 그런데 나주벽서 사건에서 영조의 과민 반응은 많은 사람을 사지로 몰아넣고 말았다. 이때 세자는 아버지 영조와는 달리 냉철하게 이 살육의 현장을 그저 묵묵히 지켜보고 있었다. 또한 광기의 현장에서 노론의 가혹한 처벌을 혼자 물리치고 있었다. 스물한 살의 세자는 1755년 살육의 현장에서 한 해를 두려움에 떨며 보내고 있었다. 실록에는 그 무렵 세자의 정신이 이상한 상태라는 글이 또 등장한다.

1755년 4월 28일, 영의정 이천보가 임금에게 다음과 같이 말했다. "동궁이 최근에 가슴이 막 뛰고 발자국 소리만 들어도 경기를 일으킨다고 합니다. 그래서 약방에서 몇 가지 약을 지었습니다. 동궁의 모습을 보면 안타까운 마음뿐입니다." 그런데 영조의 반응이 이상하다. "안타까울 일이 뭐냐?"

이런 반응을 보면 임금이 세자를 보는 마음이 그대로 읽혀진다. 당시 대궐에서 연일 살육이 벌어지고 있는데 그가 놀라는 것은 당연하다. 원래 허약한 자식이니 별로 놀라운 일도 아니라는 반응이다. 시니컬하고 약간 비웃는 말투다. 나주벽서 사건은 7개월 동안 진행되었다. 중간에 역적 토벌을 축하한다고 시험을 보았는데 답안지 가득 영조를 욕하는 시험지 때문에 후반부 벽서 사건의 진압은 더 잔인하게 전개되었다.

세자는 누구에게 의지할 사람이 없었다. 고립된 세자가 유일하게 의지할 사람은 영의정 이천보였다. 1755년 9월 10일, 세자가 영의정 이천보를 간절하게 찾았다. "영상이 들어올 때까지 내가 저녁을 먹지 않겠다." 그런데 승지가 세자에게 다음과 같이 말했다. "지금 영상이 몸이 좋지 않아 퇴궐한 뒤 내일 일찍 뵙겠다고 하고 집으로 갔습니다." 당시 세자의 위치와 영의정 이천보 사이의 관계를 말해 주는 대목이다.

그리고 다음날 아침 영조는 세자를 불러 이렇게 말한다. "어제 세자는 저녁을 먹지 않았는가? 영상을 기다린다고 하고 오지 않았다고 밥을 굶는 것은 잘못된 것이다. 세자의 위엄이 전혀 없는 행동이다. 앞으로는 이런 일이 없게 하라!"

영의정 이천보는 이 날 사직을 청하는 글을 올리고 도성 밖에서 대명하였다. 임금은 승지에게 위로하는 글을 주고 그를 신임한다. 이천보는 특별히 어느 당 사람이 아니었다. 항상 중용을 유지하려고 했던 사람이다. 하지만 1755년 나주벽서 사건 이후 그는 영의정의 직임을 수행하기 힘들다며 60번이나 넘는 사직서를 냈다. 그가 그렇게 많은 사표를 제출한 것은 영조의 이중적인 정치 스타일 때문이었다. 겉으로는 세자를 잘 보필하라고 말하지만 세자에게 충성도를 보일 경우 집요하게 당인의 마음을 갖고 있다고 사람들을 공격하고 괴롭혔다.

이천보를 영의정에 앉힐 때는 세자의 대리청정을 잘 보필하라고 지시하고, 또 열심히 세자를 보필하면 당인이라고 나무라니 어느 장단에 춤을 출지 모를 상황이 매일 반복되었다. 이천보가 세자의 간절한 부름을 외면하고 일찍 퇴궐한 이유는 그가 세자를 싫어해서가 아닌 영조의 '영상은 세자 접견을 하지 마라!'는 지시가 있어 그랬던 것이다.


영조는 다음날 아침 태연하게 세자에게 동궁의 체통이니 후계자의 위엄이니 하는 말로 혼내고 있었다. 이것을 보면 영조는 이미 아버지로써 세자를 대한 게 아니라 정치적 라이벌로 아들을 대하고 있었던 것이다. 이런 이중적인 행동에 영의정 이천보도 미쳐 버릴 정도였다.

1756년 11월 17일 세자가 갑자기 천연두를 앓았다. 그러자 영조는 다시 안절부절 어찌할 바를 몰라 했다. 아직 정조(원손)는 겨우 다섯 살. 아들 세자처럼 예쁘다고 품에 안고 대궐을 돌아다니기도 했지만 예순세 살의 나이에 스물두 살의 장성한 아들이 죽는다면 큰일이란 생각을 하고 있었다. 영조는 매일 약방에 나타나 세자의 병세를 물었다. "요즘 내 마음은 하루가 한 달 같다. 걱정이 태산이다." 이런 말로 세자의 완쾌를 위해 최선을 다하라고 당부한다. 그리고 11월 25일 세자가 병을 이기고 일어났다. 그때 영조는 참으로 오랜만에 세자에게 다정한 편지를 적어 주었다. 그날 세자는 밤새 그 편지를 읽으며 눈물을 흘렸다.

그는 겉으로는 강한 듯 보였지만 아버지의 광기와 폭력, 그리고 몇 번의 중병 등을 앓으며 세자는 한없이 나약한 상태로 있었고, 그럴 때 아버지에게 받은 따뜻한 편지였으니 얼마나 위안이 되었는지 모른다. 마지막 아버지 편지를 예감한 것일까? 세자는 이 편지를 받고 한없이 눈물을 보였다.

## 두 사람을 중재할 두 사람이 죽다

1757년 새해부터 세자에게는 시련의 시간들이 몰려오고 있었다. 우선 2월 15일 영조의 첫째 왕비 정성왕후 서씨가 피를 토하고 죽었다. 피를 그렇게 많이 토하고 죽었다는 것은 그동안 그녀에 대한 남편 영조의 무관심을 보여주는 증거였다. 아마 결핵 같은 것을 앓았을 터이고 극진한 간호가 필요했을 터이지만 그녀는 아이를 낳지 못하는 왕비라는 이유로 예순여섯 살이란 나이로 한이 많은 삶을 끝냈다.

세자가 유일하게 의지할 수 있는 사람이 죽은 것이다. 정성왕후 서씨는 살아서도 영조의 사랑을 받지 못했지만 죽는 날도 찬밥이었다. 그날 공교롭게 화완옹주의 남편 정치달이 죽었다. 같은 날 아내와 사위가 죽었는데 영조는 또 이상한 행동을 하기 시작했다. 죽은 아내 곁이 아닌 딸의 집으로 가겠다고 한 것이다. 화완옹주는 영조에게는 입안의 혀처럼 달콤한 말, 애교 있는 몸짓을 보이며 사랑을 독차지한 딸이었다. 그녀는 종종 사도세자를 보고 "왜 대리 자리를 사임하지 않느냐? 그렇게 임금이 하고 싶냐?"는 말로 핍박했다고 한다.

영조의 법도에도 없는 이상한 행동에 놀란 이천보가 급히 임금의 어가를 막았다. 그리고 몇몇 승지도 함께 길을 막았다. 그러자 "이 자들을 모두 변방으로 내쳐라!" 그리 명하고 서둘러 화완옹주 집으로 거동했다. 가면서 방금 전에 취한 명을 거둬 그저 승지들을 교체하란 말로 바꾸었다. 그리고 또 한 달 뒤 숙종의 계비이자 영조가 평생 의지했던 대비 인원왕후 김씨가 승하했다. 그녀의 죽음은 이제 대궐에서 영조와 세자의 대립에서 완충 역할을 할 사람이 하나도 없음을 의미했다. 그녀는 숙종에게 시집와서 자식 하나 낳지 못하고 서른셋의 나이에 과부가 되었으며, 그리고 영조의 효도를 받으며 38년 동안 과부로 살아온 여인이다. 정치적으로 영조의 후견인이나 마찬가지였던 여인이다.

1721년 12월 영조가 경종에게 충성하던 환관들에 의해 감금되다시피한 상황에서 영조를 구출한 여인도 그녀였고, 영조의 말에 의하면 거만한 노론 강경파들의 핍박에도 영원한 지지를 약속한 여인도 그녀였다. 어머니라고 부르기에는 일곱 살 나이 차이 뿐이 안 나는 여인, 그녀에 대한 고마움일까? 영조는 두 번째 왕비 정순왕후를 선택할 때에도 경주 김씨를 선택했다.

인원왕후는 세자에게도 고마운 여인이다. 대궐의 가장 큰 어른이라는 위치에서 임금이 세자를 놓고 양위 파동을 할 때도 적절하게 임금을 비판했다. 워낙 성격이 온화한 여인이라 좀처럼 화를 내지 않았지만 영조가 자주 하는 양위 파동에는 호되게 야단을 쳤다. 그런 울타리가 사라지자 세자는 극도의 공포감을 갖기 시작했다. 이제 세자는 고양이 앞의 쥐 모양이었다. 아버지를 극도로 무서워하던 세자, 그는 이제 '임금'이란 말만 들어도 공포에 떠는 외상 후 스트레스 같은 정신질환을 앓기 시작했다.

1762년 윤 5월 21일 사도세자가 뒤주 속에서 죽었다. 그러나 세자는 이미 4년 전 고립된 채 유령처럼 살고 있었다. 아들은 아버지를 무서워했고, 아버지는 아들이 미웠다. 세자는 서서히 정신이 이상해졌고, 아버지는 그런 아들이 미친 척하고 있다고 생각했다.

# 세자,
# 자신의 모습을 자꾸 숨기다

아내 홍씨는 남편의 정신 이상이 아들 정조가 태어난 1752년부터라고 회상했다. 1752년 10월 세자는 크게 한 번 앓고 난 뒤 겨우 회복되자 곧바로 양위 파동으로 추운 곳에서 마음고생 한 뒤 밤마다 헛것이 보인다고 하소연하였다. 그리고 증상이 더 심해진 것은 1755년 나주벽서 사건 뒤부터였다.

1755년, 대궐 안은 그 해 내내 죄인의 목이 달아나고 피가 여기저기 튀는 폭력의 현장이었다. 심지어 죄인을 죽이는데 뜨거운 물에 집어넣는 참혹한 처벌도 자행했다. 아들은 그 뒤 아버지 목소리만 들어도 벌벌 떨었다. 그런데 아들의 그런 행동을 보고 아버지는 세자가 다른 뜻이 있다고 생각했다. 아들과 아버지 사이에는 오해의 벽이 시간이 지날수록 높아졌다. 영조는 형 경종이 환취정 깊은 곳으로 숨으면서 이상한 행동을 하던 것과 연관시켜 보기 시작했다. 그때 영조나 노론 세력들은 경종이 대궐 깊은 곳에서 자신의 모습을 숨긴 채 노론을 완전히 제거할 무슨 음모를 꾸민다고 생각했다. 그래서 김일경을 통해 친위 쿠데타를 일으킬지 모른다는 소문이 자자했다.

그런 소문의 중심에는 경종의 이상 행동, 사람들을 피하고 목소리만 들리면서 누구는 그것이 임금의 목소리가 아닌 환관의 목소리라고 말하기도 했다. 경종은 환관의 옷을 갈아입고 다니면서 환관을 대신 편전에 앉혀 두기도 했다는 소문까지 돌았다. 경종의 걸음걸이는 내시와 같았다. 그런 소문이 증폭되어 살이 붙었고 이야기가 더해졌다. 영조는 집권 초반 "앞으로 경종의 병을 언급하는 자들은 그 집안 가문을 폐쇄시킬 것이다." 그렇게 입단속 시켰다. 영조는 왕실의 명예와 관계된 일이라고 생각했다. 그러나 당시 여러 기록들을 보면 경종은 분명 이상한 병에 시달렸다. 혼자 웃거나, 혼자 떠들고, 사람을 피하고, 말을 더듬고 이런 증상들은 몰래 밖으로 전파되었다. 누구는 이런 말들이 이미 숙종이 알고 이이명과 독대할 때 거론되었다는 말도 나돌았다. 그리고 그런 경종의 병을 영조가 알고 있었을 것이라고, 그래서 불안을 느끼던 일부 강경파 노론이 영조의 묵인하에 경종을 독살했다는 것이 당시 사람들 생각이었다.

1757년 6월 정성왕후 서씨의 장례식과 인원왕후 김씨의 장례식이 있었다. 부자는 잠깐 서로의 얼굴을 보았을 뿐, 눈도 마주치지 않았다.

1757년 11월 8일, 그날 영조는 판부사 유척기, 우의정 신만, 좌의정 김상로와 야대를 행하고 있었다. "내가 세자 얼굴 본 지 벌써 4개월이나 지났다." 장례식이 끝나고 영조는 세자 얼굴을 한 번도 보지 못했다는 말이다. 그러자 김상로가 손으로 땅을 치며 눈물을 흘렸다. 임금과 김상로의 연기가 시작된 것이다. 그 해 좌의정 김상로는 몇 번이나 세자에게 "아버지에게 문안도 드리고 이것저것 좀 물어보세요?"라고 말하곤 했다. 그때마다 세자는 "알았다."라는 짧은 대답을 했다. 그 무렵 세자는 철저하게 밀폐된 공간에서 살고 있었다. 그 해 8월 2일, 광화문 정문 앞에 임금을 비방하는 벽보가 붙어 있었다. 흉악한 글을 본 영조는 치를 떨었다. 이런 일이 일어나면 영조는 더 사람을 의심하고 주변 사람을 괴롭혔다. 자신을 반대하는 세력들이 자신의 목숨을 노리고 있다고 생각했다. 얼마 뒤 영조는 "영남 지방에서 올리는 해산물 등을 받지 마라!"라는 전교를 내린다. 그 지방에서 올라온 해산물에 독극물이 있을지 모른다는 불신감이 그런 결정을 내린 것이다.

그 다음날 김상로와 신만이 경희궁으로 가서 세자에게 임금의 하교를 전달했다. 그러자 세자는 눈물을 흘리며 자신이 불효해서 그렇다고 말하였다. 그런 뜻을 두 사람은 임금에게 전달했다. 아들이 눈물을 흘렸다는 말을 듣고 임금은 흡족한 미소를 지었다.

"울었다고? 잘못을 뉘우친다고? 그럼 내가 세자에게 하고 싶은 말이 있다. 승지는 종이와 붓을 갖고 들어와라."

그리고 임금은 구술하기 시작했다. 그것은 바로 영조가 종종 세자를 공포로 몰아넣은 양위 파동이었다. "아! 백수(白首) 늙은 나이에 황형을 추모하는 마음 갑절이나 깊다. 나는 이번 기회에 반드시 내가 생각한 것을 달성하겠다. 원량(세자)과 조정의 중신들을 모두 입시하도록 하라." 이날 연극은 세자의 마음을 떠보기 위한 심리극이었다. 날씨는 초겨울로 접어들고 있었다. 세자 뒤로 판부사 유척기와 좌의정 김상로, 우의정 신만이 배열했고, 좌참찬 홍봉한과 삼사 관료들이 뒤로 배열했다. 좌의정 김상로가 엎드려 울면서 고하기를, "전하께서 어이하여 이러한 거조를 하십니까?" 하니, 임금이 말하기를, "승지가 동궁의 잘못을 말하지만 내가 가만 생각해 보니 끝내 시원하게 말하지 않고 자꾸 숨기고 있다. 나는 묻고 싶다. 동궁이 뉘우친 것이 무엇이냐?"고 세자에게 물었다.

그러나 세자는 아무 말도 하지 않았다. 세자는 이때 엉엉 울면서 "아버님! 잘못했습니다."라고 손발을 비비며 빌면 될 일이었다. 그런데 멍한 눈으로 허공을 응시하며 앉아 있는 세자는 정신이 나간 사람 같았다. 세자가 아무 말도 하지 않자 영조는 더욱 화가 났다. 누군가 이렇게 소리쳤다. "동궁께서는 전하를 너무 엄하고 두려워하는 마음을 갖고 있어 감히 우러러 말씀 드리지 못하는 것입니다. 삼가 바라건대, 빨리 다정하게 하문하소서." 그러자 갑자기 임금은 승지에게 "나는 이제 전위를 하려 한다. 바로 전위 교지를 쓰라!"고 명했다.

승지가 "죽어도 붓을 들지 못하겠습니다."라고 말하고 신하들은 동궁에게 잘못을 빌라고 재촉하고 있었다. 세자는 벌벌 떨면서 "잘못했습니다. 아버님!" 그렇게 말을 했다. 세자가 떨고 있는 모습은 너무 안타까웠다. 온몸이 사시나무 떨듯이 부르르 흔들고 있었다. 그러나 영조는 잔인했다. "네가 그런 말을 하는 것은 신하들 강요에 의한 것이다." 그러자 유척기가 이렇게 말을 했다. "자식을 가르치는데 귀천의 차이가 없습니다. 부형이 지나치게 엄하면 자식이 두려워 위축되고 그러다 보면 둘 사이 어긋남이 깊어 질병으로 발전하기도 합니다."

유척기는 사도세자가 정신적으로 이상이 있다는 것을 알고 있었다. "지금 전하께서는 항상 엄하게 대하니 동궁이 위축되고 두려운 마음으로 부왕의 용안을 피하고 있는 것입니다. 만일 지나친 잘못이 있으면 조용히 훈계하여 점점 젖어 들도록 이끌어 주십시오. 그럼 자연히 나아져 가는 효험이 있을 것입니다." 홍봉한도 유척기처럼 비슷한 말을 했다. "세자는 전하가 입시하라는 명령만 들어도 두려워서 벌벌 떨었습니다."


영조는 모든 신하들이 세자의 잘못보다 임금이 지나치게 엄격히 대하는 것이 더 문제라고 하는 말에 화가 났다. "모두 물러가라!" 그러나 오랫동안 무릎을 꿇고 있었던 세자, 일어나 뜰로 내려오다 계단에서 굴렀다. 임금은 그런 세자의 행동이 자신을 속이기 위한 연극이라고 생각했다. 나흘 후, 1757년 11월 13일, 임금은 간단하게 김상로에게 세자의 안부를 묻고 괜찮다는 대답이 들리자 이런 말을 했다.

"지금 동궁을 끼고 도는 자들이 잘못이다. 내가 이들에게 죄를 주기 위해 국문을 하려 한다."

그렇게 말을 하고 이어 명을 내리길, "세자를 보필하던 동궁 관원 유인식·서태항·최성유, 그리고 환관 홍석해, 나인 득혜 등을 제주도로 정배하라! 그것도 배도압송(일반 걸음보다 두 배 빠른 걸음) 하라!"고 명했다. 1757년 11월에 영조의 양위 파동 공연은 그렇게 세자가 수족처럼 부리던 사람들을 제거하기 위한 의도에서 기획된 것이었다.

# 세자,
# 경종처럼 행동하다

아버지 영조의 광기, 조울증, 난폭함에 세자는 두려웠다. 그는 자신도 경종처럼 아버지에게 회생될 수 있다는 두려움에 떨었다. 그리고 그가 취한 행동은 미친 사람처럼 보이는 것이었을지 모른다. 그러다 정말 미쳐 버렸을지도 모른다.

이 사건 이후 세자는 실록에서 환자로 등장한다. 세자는 더욱 마음의 문을 닫았다. 아버지에 대한 두려움은 1757년 11월 양위 파동 뒤분노로 변했다. 한 달 두 번 있는 세자와 비국당상의 회의도 서면으로 대체되었다. 실록에는 한 달에 꼭 두 번 "왕세자가 덕성합에 앉아서 대신과 비국당상을 접견했다."는 기록이 있지만 그것은 동궁 관원들의 거짓 기록이다. 그리고 5일마다 한 번씩 "왕세자 약방의 진찰을 받았다." 그런 기록도 실록에 지겹게 등장한다. 1758년 2월부터 세자는 지겹게 약방 진찰을 받는다. 그는 환자였다. 그런데 세자가 먹은 약이 무엇일까? 그게 궁금하다. 혹시 정신질환을 낫게 하는 약이 아닌 더 악화시키는 약을 먹었던 것은 아닐까? 기록을 보면 세자는 설사를 종종 했고 발의 무좀이 심했다고 한다. 1757년 12월 25일, "세자 족부의 무좀이 심해 움직이지 못해 문안을 드리지 못하다."라는 기록이 등장한다. 발이 썩어가는 고통, 또한 앉아 있어도 줄줄 설사가 나오는 바람에 온전한 정무를 수행할 수 없을 만큼 세자의 건강이 좋지 않았다. 그러나 더 큰 문제는 이런 육체적인 것 말고 보이지 않는 정신이 더 피폐해지고 있었다.

## 김상로 귓속말로 임금과 비밀 대화를 자주 하다

그런데 사관은 기사 뒤에 세자의 증상을 김상로가 임금에게 귓속말로 알려 무슨 말을 한지 몰랐다. 이런 기록들이 실록에 계속 등장한다.

1757년 11월 19일, 좌의정 김상로가 어탑(御榻) 앞에 나아가서 나직한 목소리로 진언(進言)하였는데, 사관(史官)은 들을 수가 없었다. 11월 24일 좌의정 김상로가 약원 도제조로서 의관(醫官)을 거느리고 동궁을 입진한 뒤에 이어서 임금에게 엎드려 낮은 목소리로 뭔가 말을 했는데 사관은 너무 작은 소리라 듣지 못했다. 11월 29일 약방에서 동궁을 진찰했고, 처방이 끝난 뒤 김상로는 임금에게 엎드려 나직한 말로 아뢰었지만 들을 수 없었다.

사관은 집요하게 김상로가 임금에게 무슨 말을 하는지 들으려고 했지만 듣지 못했음을 기록하고 있다. 추측컨대 김상로는 임금에게 세자의 정신적 발작을 소상하게 말하고 있었을 것이다. 김상로란 인물이 약방도제조라는 것도 의심이 갈 만한 부분이다. 그가 처방하는 약이 정신 질환을 낫게 하는 것인지 아니면 그 반대인지 모를 일이다. 1757년 12월 3일, 이때 세자의 상태가 아주 위중하였다. 여러 신하들이 모두 물러간 뒤에 좌의정 김상로가 의관을 불러 진찰한 것을 듣고 임금에게 낮은 목소리로 아뢰고는 한참 있다가 사관을 돌아보며 말하기를, "오늘 한 말에 대하여서는 쓰지 마라." 하였다.

김상로와 영조, 두 사람은 무덤까지 갖고 갈 비밀을 간직하고 있었을 것이다. 1758년 영조실록은 1757년 기록보다 분량이 더 적었다. 지겹도록 똑같은 기록의 반복이다. '왕세자 비국당상을 덕성합에서 접견하다', '왕세자 약방에서 진찰을 받았다' 이런 기록은 형식적인 것일 뿐이다. 세자는 이제 보이지 않는 존재, 유령 같은 존재다. 그저 간혹 목소리만 들렸다. "알았다." 혹은 "유념하겠다." 이 짧은 대답은 문 밖의 사관 기록이다. 대개 세자의 대답은 그 두 마디가 전부다. 그 정도면 경종처럼, 환관을 내세워 대신 하게 할 수도 있다. 만약 접견이 이루어진다 해도 동궁의 옷을 입은 환관이 앉아서 동궁과 비슷한 말, "알았다." 혹은 "유념하겠다."로 짧게 대답하면 누구도 눈치 채지 못할 것이다. 감히 신하들은 세자나 임금의 용안을 볼 수 없으니까.

이때부터 세자는 꼭두각시 환관을 앉혀놓고 어디를 돌아다닌다는 말이 돌았다. 1758년 특이한 사건은 영조의 큰 딸 화순옹주가 14일 동안 곡기를 끊고 자살했다. 1월 17일 남편 김한신이 갑자기 사망했고 그녀는 갑작스런 남편 죽음을 원통하게 생각해서 자살했다고 알려져 있다. 그런데 그녀 죽음이 세자와 연결시켜 나쁜 말들이 돌았다. 내용은 이런 것이다. 세자와 월성위 김한신이 말다툼을 하다 세자가 던진 벼루에 맞아 죽었다는 말이 그것이다. 이건 누군가 사도세자를 고의로 모함하기 위해 날조한 것이 분명했다. 화순옹주는 남편이 죽은 뒤로 14일이나 먹을 것을 멀리하고 슬퍼하다 죽었다.

사도세자의 정신이 이상한 점을 이용해 그가 폐륜 행동을 하고 있음을 강조하기 위해 만들어 낸 말일 것이다. 이런 소문을 영조가 사실로 믿었을까? 1758년 1월 27일, 영조는 사도세자의 미움을 그의 장인 홍봉한에게 풀고 있었다. 그날 능행을 다녀 온 뒤 어영대장을 불렀는데 홍봉한이 대장 신분의 옷을 입지 않고 관복을 입었다고 심히 꾸지람을 들었다. 그리고 임금의 명을 잘못 전달한 승지들도 파직시켰다.


아버지에게도 보이지 못할 아들의 병

그 무렵의 실록 기록과 혜경궁 홍씨의 회고록 『한중록』을 번갈아 보면 당시 두 사람의 관계를 보다 명확히 알 수 있다. 1758년 2월 26일, 세자는 약방 진찰을 받고 아버지 영조에게 문후 드리겠다고 청했다. 전날 영조의 변에 피가 뭉친 것이 함께 보였기에 아무래도 건강에 자신이 없었던 임금은 아들을 부른 것이다. 임금은 그날 "이제 세자가 이렇게 나를 찾아오니 나라가 온전하겠다."고 기쁜 표정을 지었다.(실록) 그러나 『한중록』의 기록에는 이런 글이 보인다.

"대조는 소조를 불러 '너는 요즘 어디가 아픈 것이냐?' 그리 물었다. 그러자 소조가 답을 한 것이 놀랄 따름이다. '저는 갑자기 속에서 치미는 것이 많아 동물이고 사람이고 닥치는 대로 죽여야 살 것 같습니다.' 그러자 놀란 대조는 '언제부터 그렇더냐?' 라고 물었고, 소조는 '저하의 사랑을 받지 못한 뒤로 그렇습니다.' 고 하였다. 그리고 한 참동안 엎드려 소리 내어 울었고 대조는 아무 말씀 하지 않으시고 그저 가만 바라보았다."

그리고 다음날 1758년 2월 27일, 두 사람은 오랜만에 다정히 제를 지내기 위해 능행을 나선 것이다. 그런데 능행을 나선 두 사람 사이에 다정함은 어디로 사라져 버렸고 또 다시 서로의 마음에 상처를 준 일이 벌어졌다. 그것은 아버지 영조가 아들 사도세자에게 가한 정신적 폭력이다. 『한중록』 기록이다.

두 사람이 오랜만에 능행을 함께 나섰다. 그런데 이상하게 말짱하던 날이 갑자기 폭우가 쏟아졌다. 대조께서는 "세자와 함께한 길이라 이렇게 날이 궂는다. 그의 건강도 좋지 않으니 서둘러 돌려보내라!" 이리 명하셨다니 당시 당신(남편) 마음이야 오죽했겠는가?

2월 28일 세자는 울면서 김상로에게 "나는 글을 입으로 전파하는 것도 힘들다."고 말을 했다. 자신의 상황이 너무 좋지 않음을 하소연하고 있었다. 두 사람은 서로를 믿지 못하는 정도가 아닌 증오심까지 보이기 시작했다. 1758년 8월 30일, 영조는 좌의정 이종성을 앞에 놓고 "경은 매일 나를 나쁘다고 하는데, 그렇지 않다. 동궁이 앞으로 열흘 동안 매일 세 번의 강연을 하고 공사(工事)를 가지고 입대를 청한다면 내 달리 볼 것이다."라고 했다. 그 사이 6개월 동안 두 사람은 전혀 만난 적이 없었다. 이런 명령을 내렸지만 세자에게 변화가 없자 화가 난 영조는 좌의정 이종성을 파직했다.

세자는 이종성이 파직 당하자 불안한 마음이 더욱 심했다. 세자가 기댈 수 있는 몇 안 되는 사람 가운데 한 사람이 그였는데 이제 하늘 아래 믿을 사람은 아무도 없다고 탄식했다. 얼마 뒤 불안했는지 세자는 형식적으로 정사를 보기 시작했다. 또 실록은 형식적인 글들이 기록되고 있었다. 1758년 9월 한 달 동안 앞서 영조가 세자에게 요구한 것처럼 매일 "왕세자가 손지각(遜志閣)에 좌정하니, 승지들이 공사(公事)를 가지고 입대(入對)하였다."라는 기록이 등장했다. 그러나 이런 기록은 가짜임이 나중에 밝혀진다. 승지가 알아서 기록한 내용일 뿐이다.

1759년 그 해 가장 중요한 행사는 예순여섯 살의 임금을 새장가 보내는 일이었다. 6월 9일 영조는 고작 열다섯 살 어린 신부를 맞아 장가를 갔다. 세자는 그 경사스런 날에도 대중들의 눈을 피하고 있었다. 몸이 좋지 않다는 이유였다. 그러나 세자의 이상하고 돌발적인 행동이 나타날까 동궁의 관리들은 노심초사하고 있었다. 사실상 세자는 폐쇄된 공간에서 유폐와 가까운 상태로 살고 있었다. 성대한 결혼식이 끝나고 한참 신혼의 단꿈을 꾸고 있는 영조는 세자의 상태에 별 관심이 없었다.

1759년 10월 5일, 영조는 이런 말을 했다. "6개월 동안에 동궁이 대신들과 상참(회의)을 한 것은 고작 두 번이라고 한다. 이것은 내가 게을러 그러니 내일은 명정문에서 아침 조회를 할 것이니 준비를 하도록 하라. 도성의 백성들 가운데 유식한 자들도 뽑아 함께 접견하게 하라." 세자가 6개월 동안 회의를 두 번 밖에 열지 않았다는 것은 사실상 세자가 정사를 놓고 있었다는 말이다. 창경궁 명정전에서 민의를 직접 들었던 영조는 다음날 도성의 백성들을 모아 놓고 청계천 준천 공사에 대한 그들 생각을 하문했다. 그런데 실록에 세자가 함께 참석했다는 기록은 없었다. 여전히 실록은 '왕세자가 덕성합에서 대신과 비국당상을 인접하다.' 는 형식적인 기록만 5일 혹은 7일 간격으로 한 줄 메모된 것이 전부다.

1760년 1월, 영조는 왕자 연잉군이란 봉작을 받은 지 60년이 되었다며 대대적인 경축 행사를 취했다. 그 해 7월 8일, 영조는 갑자기 경희궁으로 이어했다. 신혼의 단꿈을 좀 외진 궁궐에서 지내고 싶은 마음에서일까? 아들 세자를 보기 싫은 까닭도 있었을 것이다. 이렇게 해서 두 사람은 경복궁과 북촌이란 넓은 공간을 두고 마음까지 멀어지며 다른 길을 가기 시작한 것이다. 영조는 간혹 보고 싶은 세손(정조)만을 불러들이곤 했다. 세손이 경희궁에서 다시 창덕궁으로 돌아가려고 하면 "오늘 세손을 머물러 자게 하려고 하였으나 창덕궁에는 단지 빈궁(嬪宮)만 있으니, 세손을 위하여 효(孝)를 지도하는 도리에서는 돌아가서 보도록 하라." 하였다.(1760년 7월 20일) 영조가 다시 창덕궁에 나타난 것은 1762년 5월 1일이며 나경언 고변이 일어나기 21일 전이다. 그리고 딱 두 달을 머물면서 세자를 죽이고 영조는 다시 경희궁으로 돌아갔다.

# 영조는 괴서,
# 세자에게는 환영 인파

사내들은 아버지와 아들 사이에도 경쟁 한다. 사내들은 언제나 경쟁과 투쟁, 싸움을 생각한다. 영조는 아들이 자신을 모욕한다고 보았다. 콤플렉스 강한 사람은 사소한 것에 마음의 상처를 입는다. 영조가 그런 사람이다.

마침내 두 사람 사이 끝도 없는 오해와 갈등, 증오의 시간이 이어지고 있었다. 누군가 세자에게 온양 행궁을 제안했다. 이것이 영조에게 받아들여져 세자는 정신이 이상해진 뒤 처음으로 바깥 공기를 마시게 되었다. 1760년 7월 10일 온양으로 온천 여행을 떠났다. 온양으로 세자가 떠난 뒤 영조는 여러 차례 그의 행적을 보고받았을 것이다. 그런데 대궐에서는 미친 사람 같았던 세자는 밖을 나오니 펄펄 날았다. 직산과 성환 등을 거쳐 온양에 도착한 세자, 가는 곳마다 환영 인파들이 거리를 가득 메웠다는 말을 듣자 영조는 불쾌한 감정을 억누르지 못하고 있었다.

세자의 온양 행차, 그 꼭 10년 전 영조도 균역법이란 개혁 정책을 발표하고 온양으로 내려간 일이 있었다. 그때 영조는 모욕을 당했다. 가는 곳마다 환영하는 인파는 없었고 비방하는 괘서들만 난무했다.

영조는 10년 전 자신이 내려갔을 때는 온갖 비방이 난무하는 괘서들을 뿌렸던 곳에서 세자 행차에는 환호했다니 기가 찰 노릇이었다. 불쾌감은 세자에 대한 분노로 변했다. 자신 앞에서는 정신이 나간 사람처럼 행동하던 세자가 아닌가? 세자는 온양에서 약 보름을 머물렀다. 그리고 한양으로 돌아왔다. 한양의 분위기가 심상치 않다는 보고를 듣고 곧바로 올라온 것이다. 한양에 올라와서 임금에게 문안을 드리려고 하니, "긴 여행 피로할 것이니 가서 쉬라!"는 말로 세자의 얼굴도 보지 않고 문안인사를 물리친 영조. 다시 두 달 뒤인 1760년 10월 2일, 영조는 부교리 심이지에게 이런 말을 했다. '세자가 온양을 갔다 온 뒤 한 번도 문안을 한 적 없다.'는 말로 아들에게 섭섭함을 표시한다. 정말 실록에는 다시 '세자 약방 진찰을 받다'라는 기록들만 등장한다.

### 영조의 질투심이 활활 타오르다
정치적 극한 대결에서 절충을 모색하려고 움직임도 있었다. 승지 김한로가 보다 못해 세자에게 찾아갔다. 1761년 2월 25일 일이다. 그 날 실록의 기록을 보자. "왕세자가 덕성합(德成閤)에 좌정하자, 승지 김한로가 글을 가지고 입대(入對)하였다. 하령하기를, "바람을 쏘일 수 없어 문을 열 수 없으니, 승지가 높은 소리로 그 글을 읽는 것이 좋겠다." 하였다. 읽기를 마치니, 답하기를, "진달한 바가 절실하고 옳으니, 마땅히 깊이 유념할 것이다."라고 세자가 답했다. 세자는 항상 이런 식으로 사람들을 접견했다.

다음 날 영조는 김한로의 행동에 불쾌감을 표시했다. 승지를 시켜 세자에게 올린 글을 읽으라고 명했다. 그리고 영조는 "그 자가 무엇인데 왕과 세자 사이를 갑론을박 하는가? 태종의 장인 김한로와 이름자가 같아서 그 이름으로 중간에서 교량 역할을 할 수 있다고 보는가? 건방진 그 자를 당장 파직시켜라." 그 무렵 영조는 세자를 폐위시키려고 하고 있다는 소문이 파다했다. 보다 못한 승지가 세자를 찾아갔다 오히려 파직을 당한 것이다. 그러니 누구도 나설 수 없는 상황이다.

영조의 관심은 온통 이제 막 성균관에 입학한 정조(세손)에게 쏠려 있었다. 세자가 온양 가는 길에 연도의 많은 사람들로부터 '성군'의 자질을 타고났다고 칭찬 듣는 소리에 속이 좁은 영조는 불쾌한 기분도 들었고 불안한 마음도 일었다. 부자 사이 갈등의 골이 더 깊어 간 것은 바로 세자의 온양 여행이었다.

온양에 열흘 남짓 있던 세자는 무엇인가 불길한 이야기들을 듣고 서둘러 한양에 올라온다. 영조가 세자를 폐위하려 한다는 것, 그것도 대궐을 비운 사이에 할 것이란 믿을 만한 소식통의 정보를 들었을 것이다. 세손의 나이 열 살이니 영조 건강을 생각하면 늦은 것도 아니었다. 세자가 없는 대궐에서는 모든 사람들이 정신 이상자를 후계자에서 끌어내 폐하는 것이 옳다고 나서고 있었다. 그 중심에는 어머니 영빈 이씨가 있었고, 아내 홍씨도 한몫 거들고 있었다. 홍씨는 『한중록』에 남편이 던진 바둑판으로 왼쪽 눈이 실명될 뻔했다고 기술하고 있다.

역사학자들은 생모 영빈 이씨가 아들 사도세자를 죽게 만들었다고 한다. 하지만 『한중록』을 읽다보면 세자의 아내 홍씨 역시 남편을 참 미워한 여인이었다는 것이 글의 행간 속에 다 묻어 있다. 그녀는 부부 사이 둘만 아는 이야기들도 모두 영빈 이씨에게 고해 바쳤다. 그래서 세자와 이불 속에서 했던 내밀한 말들은 모두 영조의 잠자리에서 영빈 이씨의 입을 통해 전달되고 있었다. 그 무렵 세자를 죽음의 길로 재촉한 자가 또 있었는데, 그가 바로 문성국이란 자다.

그는 육상궁 별감으로 있으면서 자기 여동생을 영조에게 바친 인물이다. 그녀를 흔히 '문녀'라고 부른다. 문성국은 영조에게 사도세자에 대한 여러 비행들을 과장하거나 부풀려서 보고했다. 아들을 정쟁의 대상으로 보던 영조에게 정순왕후와 영빈 이씨, 혜빈 홍씨, 그리고 화완옹주 등이 세자 비방에 경쟁적으로 열을 올리고 있었다.

1764년 7월 26일, 영빈 이씨가 죽자 두 달 뒤 영조는 세손(정조)과 세손빈(효빈 김씨)을 데리고 영빈방 곡례에 같이 참가했다. 그리고 돌아오면서 두 사람의 손을 잡고 "임오년(사도세자 죽은 해) 일을 이야기 하면서 영빈의 잘못이라고 손가락질 하는 세상의 말을 믿지 마라!"는 하교를 했다고 한다. 영빈 이씨 사당 영빈방은 지금 연세대학교 캠퍼스 안에 있다. 원래 그곳에 영빈 묘도 있었지만 지금은 서오릉으로 옮겨졌다. 영빈 이씨의 묘 때문에 '벌고개' 라는 지명도 생겨났다고 한다.

봉원사와 연세대 후문 산기슭에 위치한 영빈 묘는 사람들이 자주 다니는 길, 그래서 많은 사람들이 그녀 무덤을 밟고 다니자 영조는 그 무덤을 밟는 자는 엄벌에 처한다는 명을 내린 것이다. 그래서 그 고개 이름이 '벌(罰) 고개' 가 되었다고 한다. 사도세자의 억울한 죽음은 약 250년이 지난 오늘날에도 사람들의 마음을 안타깝게 한다. 진실이란 아무리 감추어도 그렇게 감출 수 없는 것이다. 당시 백성들도 아들을 죽이는데 앞장 선 생모 영빈 이씨의 무덤을 꼭꼭 밟으며 그녀를 저주했다고 한다. 영조는 그녀가 죽자 '의열(義烈)' 이라고 그녀의 강직함을 칭찬하는 묘호를 내렸다. 하지만 정조가 집권하고 이름을 '선희(宣禧)' 라 고쳐 버렸다. 할아버지와 생각이 다르다는 뜻이다.

자결을 강요받기 시작하다

영조는 세손 정조가 1761년 성균관에 입학한 뒤 세손의 외할아버지 홍봉한을 우의정으로 제수했다. 이때부터 영조는 세자를 폐하고 세손으로 후계자를 세울 마음을 먹었다. 이런 것을 눈치 챈 세자는 아내 혜경궁 홍씨에게 "나 죽거든 아들하고 잘 사시오."라는 말을 자주 했다고 한다. 혜경궁 홍씨는 모른다. 그 당시 사도세자가 겪은 고통을. 자신의 폐위를 예감한 세자는 진시황이 죽은 뒤 이사와 조고가 장남을 죽이고 진시황의 막내아들을 옹립하면서 거짓 유서로 장남에게 자결을 요구한 것을 예로 들면서 자신이 스스로 죽어야 나라가 살 수 있는 것인가? 그런 질문들을 춘방 관리들에게 묻곤 했다고 한다.

그렇게 자결을 강요한 것은 영조였다.

영조는 그 무렵 세손을 위해서도 세자는 앞서 죽은 이천보, 민백상처럼 스스로 목숨을 끊는 것이 조선의 400년 종사를 더럽히지 않는 것이라고 계속 압박을 가하고 있었다. 이런 자결 강요에 세자가 대처한 것은 1761년 4월 2일부터 4월 22일까지 평양을 몰래 갔다 온 일이었다. 이 일이 왜 심각한가는 평양이란 지리적 위치가 상징하는 의미를 알아야 한다.

# 세 가지의
# 세자 제거 작전

1761년 1월 5일 영의정을 지냈던 이천보가 죽었다. 그리고 40일 뒤 2월 15일, 인현왕후의 후손이며 민진원의 손자인 우의정 민백상이 죽었다. 사도세자 사부 좌의정 이후는 3월 4일 죽었다. 이렇게 한 달 간격으로 정승들이 죽었다. 그런데 이들 죽음은 자살임이 밝혀졌다. 모두 음독 자살이었다. 한 달 간격으로 이들이 왜 음독 자살을 했을까?

1761년 1월 5일, 이천보 죽음에 실록은 "그가 죽기 전 유서를 썼는데, 세자를 아끼고 보존하는 것보다 더 중한 일은 없습니다."라는 글을 남겼다고 한다. 물론 실록 기록은 음독 자살했다고 적지는 않고 있다. 영조는 그의 죽음에 "안타까운 마음 금할 길 없다."는 글을 보냈다고 실록은 적고 있다. 40일 뒤 2월 15일 민백상도 죽었다. 실록에서 사관은 민백상과 홍봉한의 대립 구도를 잠시 언급한다. 행간의 깊은 뜻은 이런 것이다. 홍봉한을 중심으로 사도세자 제거에 반대하던 이천보가 먼저 자살로 자신의 뜻을 표현했고 이어 민백상 역시 우의정으로 발탁된 뒤 얼마 후 홍봉한과 영조의 세자 제거에 동조하지 않고 자결한 것이다. 그가 죽은 뒤 영조는 "갑작스런 비보에 충격이다. 우의정이 나라를 외경(畏敬)하는 마음은 저 하늘에 닿아 있다."는 말로 그의 죽음을 안타까워했다.

영조는 두 사람의 자살에 극렬한 비난을 하지 않고 오히려 매우 안타까워 한다는 말로 심경을 나타내고 있다.

## 한 달 사이 세 명의 의로운 죽음

그들이 자신을 버려가며 세자에게 충성한 그 마음을 영조는 높이 사고 있는 것이다. 그 무렵 세손의 성균관 입학을 앞두고 갑자기 영조는 세손 입학을 연기하라는 명을 내린다. 세손의 입학식을 앞두고 대제학 김양택이 지방에 있다는 말을 듣고 영조는 발끈하면서 의금부는 서둘러 그를 잡아들이라고 명한다.

김양택은 김장생의 5대손이며 할아버지 김만기, 아버지 김진규에 이어 3대째 대제학을 지내고 있었다. 또한 김춘택의 동생이다. 노론에서 이천보와 민백상, 이후 등이 세자 제거 작전에 합류하지 않고 반대하고 김양택도 항의하는 뜻으로 지방으로 내려가 버린 상황인 것이다. 세손 입학식을 전후해 영조는 세자 제거 작전에 홍봉한을 중심으로 노론이 일치된 생각을 듣고 싶었고 이런 임금의 뜻에 이들은 죽음으로 반발하고 있었다.

3월 4일 좌의정 이후가 갑자기 죽었다. 영조는 이후의 죽음에 아무

이천보 · 민백상 · 이후 등은 영조와 홍봉한이 추진하던 세자 제거 정치적 음모에 목숨을 걸고 반대하다 힘이 부치자 음독 자살한다. 이들은 항거의 뜻으로 약 한 달 간격으로 목숨을 끊었다.

**이천보 초상** 사도세자 죽음을 음독자살로 막으려 했다.

런 언급을 하지 않고 있었다. 세자의 제거에 죽음으로 저항하는 태도들이 처음에는 그 뜻을 가상하다 생각했지만 이제는 아니었다.

세자가 죽기 15개월 전의 정국 상황은 이런 것이다. 세자의 평양행은 이들 정승들의 음독 자살과 깊은 연관이 있다. 이들이 한 달 간격으로 음독 자살했지만 당시 실록은 그들이 지병이 있어 죽었다고 적고 있다. 이천보를 필두로 이들이 지키려고 했던 것은 세자의 목숨이다. 일부에서는 세자의 관서 밀행의 책임을 물어 영조가 자진케 했다고 하지만 그건 시간적으로 앞뒤가 뒤바뀐 이야기다. 이들 죽음은 3월에 모두 끝나지만 세자의 관서 밀행은 4월 2일에 이루어진다. 시간

홍봉한 영정

적으로 보면 사도세자 제거 작전은 1760년 8월 온양행궁 뒤부터다. 이때부터 영조는 세자의 행동을 놓고 의심을 하고 있었다.

영조는 세자가 미친 척하면서 무엇인가 흉계를 꾸미고 있다고 보고 있었다. 양측의 대결 구도는 대궐 내에서 내전이 일어날지 모른다는 흉흉한 소문까지 돌았다. 온양 행차 당시 보인 세자의 모습은 평소 보인 정신질환 환자가 아니란 점에서 그가 부왕을 감쪽같이 속였다고 비난하는 여론이 노론 내에서 비등했다. 인조와 소현세자의 예를 들며 이념을 함께하지 않는 세자는 정치적 매장 뿐 아니라 생물학적으로 매장시켜야 한다는 강경한 발언들이 쏟아졌다. 그리고 노론 세력 가운데 강경파들은 이런 상황까지 왔으므로 구체적인 행동들을 이야기하기 시작했다. 그것은 세자 제거 작전이었다.

좌의정 이후 죽음 전 세손의 입학식을 연기하려고 하자 홍봉한 등은 임금의 약한 마음을 눈치 채고 성균관 입학식을 강행한다. 영조는 그 무렵 내적으로 굉장히 불안해 하고 있었다.

밤마다 신하들을 불러 놓고 인조 시절 병자호란 때 쓴『산성일기』를 읽어주며 '나라가 지금 망해 가고 있다며 탄식!' 하고 있었다. 1761년 3월 10일, 드디어 세손의 입학식이 거행되었다. 세손의 성균관 입학식과 사도세자 죽음에는 어떤 정치적 연결고리가 있음이 분명하다. 세 명이 음독 자살하면서 사도세자에게 시간을 더 주자는 뜻은 영조에 의해 받아들여진 것 같다.

## 138년 만에 충신으로 복권되다

그들의 의로운 행동은 그들이 죽은 지 138년 만인 1899년 11월 21일 특진관 심상황의 상소로 사건 전모가 밝혀진다. 그는 1761년(신사년) 이들 세 명의 정승들이 보인 충성스러움은 해와 달이 영원하듯 만고 역사에 길이 빛날 것이라며 추존하자고 고종에게 제안했다. 그리고 고종은 5일 뒤 그의 주장이 받아들였다.

그 예민하던 시간에 세자가 평양에 몰래 갔다 온 일이 벌어진 것이다. 이것은 단순히 평양 유곽으로 놀러간 것은 아니다. 분명 세자는 살기 위한 어떤 대안을 찾기 위함이었을 것이다. 이 사건을 알기 위해서는 화완옹주의 남편 정치달 집안을 알아야 한다. 세자에게 극렬한 비판을 쏟아붓던 화완옹주, 또한 그녀의 남편 정치달에게는 아버지 정우량과 작은 아버지 정휘량이 있었다. 그 정휘량이 1760년 5월 18일, 평안감사로 제수되었다. 정휘량은 세자의 갑작스런 평양 밀행에 극진한 대접을 했다. 그가 1761년 8월 26일 우의정으로 발탁된다. 세자는 정휘량에게 의지하고 싶었다.

화완옹주의 남편 정치달의 작은 아버지이지만 그는 노론이고 소론이고 편을 가를 인물이 아니었다. 정치적 색깔로 보면 소론에 가까운 사람이었다. 40대 중반에는 영조에게 비판적인 상소를 많이 올렸고 임금은 그의 강개함을 받아들여 중요한 일을 맡겼다. 1742년에는 동부승지로 발탁되어 임금을 보좌했고, 영조의 비서 역할을 하던 정휘량은 세자가 대리청정을 할 때 대사간으로 보임을 옮겼다. 대사간으로 있으면서도 세자에게 좋은 충고를 전해 주던 그였기에 세자는 그를 굳게 믿었다.

그런데 세자가 갑자기 평양에 나타나자 정휘량은 무척 놀랐다. 그 무렵 세자를 폐할 것이라는 소문은 전국으로 퍼져 나가 평안감사 정휘량도 알고 있었다. 또한 노론은 세자를 세 가지 방법으로 죽일 것이란 말도 함께 나돌았다. 첫 번째는 독살이다. 궁녀나 환관을 매수해 독살하는 방법이다. 그리고 두 번째 방법은 완벽하게 고립시키고 미치광이로 몰아 자살케 하는 것이다. 그리고 마지막으로는 역모 혐의를 씌워 사약을 내리는 일이다.

여러 사정 등으로 보면 궁녀나 환관을 매수해 독살케 하는 방법은 몇 차례 시도되었던 것으로 보여진다. 사도세자가 칼로 궁녀들을 죽인 일이 '의대증'이란 정신질환으로 그러했다고 하지만 추측컨대 세자 독살을 시도하려고 했던 궁녀들을 응징한 것일 수 있다. 나경언의 고변에는 세자가 의대증이란 병에 걸려 왕손의 어미(귀인 박씨라는 여인, 은전군의 어미)를 죽였다고 하지만 이 역시 독살설과 깊은 관련이 있다고 볼 수 있다. 은전군은 나중에 정조를 제거하고 그를 추대하려던 홍낙임 일당들의 역모 사건에 휘말려 스스로 목숨을 끊고 만다.

세자가 뒤주에 갇혀 죽은 지 이틀 뒤 영조는 "환관들의 죽음을 목격하고 참혹하다. 이들을 위해 휼전을 베풀라!"라는 지시를 내린다. 환관들이 왜 죽었을까? 세자의 광기 때문일까? 아니다. 그들은 세자를 독살하려다 참혹하게 죽은 것이다.

하지만 철저하게 세자를 미치광이로 몰아붙이는 노론들은 세자의 광기로 이들이 살해 됐다고 사건을 둔갑시켰다. 비슷한 시기 세 명의 정승들이 자살이란 극단적인 방법으로 항거한 것은 이런 사실들을 알고 있었기 때문이다. 미친 세자는 물러나야 한다는 압박감, 그 무렵 세자는 줄곧 "내가 죽어야 나라가 살 수 있는가?" 이런 물음을 던졌다고 한다. 삶을 선택할 것인가? 아니면 죽음을 선택할 것인가?

마침내 두 가지 방법이 모두 실패하자, 나경언의 고변을 통한 세자 제거 작전을 펼치는데 그것이 세 번째 방법이었다. '역모 혐의를 씌워 사약을 내려 죽인다' 세 번째 방법은 사건이 일어난 뒤 1년 뒤 사건을 영조와 노론 세력들이 다시 제기해서 세자를 역모의 수괴로 끌고 간 것이다.

# 1761년 5월 5일
# 놀라운 강연

1761년 봄부터 사도세자와 영조 사이에 일촉즉발의 긴장감이 돌고 있었다. 두 사람은 심리진으로 상대를 탐색하고 있었다. 온양에서 세자 행동, 성군 같은 모습은 1761년 5월 5일 단옷날에 다시 재현되었다. 그날 세자는 대소신료들을 모아놓고 멋진 강연을 하였다.

1760년 7월 10일 세자의 온양 행차 뒤 『한중록』에는 세자가 대궐에서 무슨 일이 있어 서둘러 한양으로 올라오다 갑자기 한강에서 대궐로 들어서지 않고 황해도 지역을 유람하고 싶어 했다는 기록이 등장한다. 대궐 그 음모가 넘실대는 곳만 벗어나면 세자는 그야말로 성군의 자질을 유감없이 보여준 것이다. 세자의 평양행은 서북 지역 군사 요충지에서 반란을 획책하려 한 증거라고 몰아붙이는 노론 강경파들 말이 사실이 아닐 것이다. 그러나 까마귀 날자 배 떨어진다는 격으로 그런 의심을 주기에는 충분한 것이 당시 세자의 평양행이었다.

1761년 4월 22일 평양에서 돌아온 세자. 그리고 2주일 만인 단옷날 5월 5일, 정언 서유원은 세자에게 "오늘 강연은 참석한 모든 사람들이 놀랄 정도로 대단했습니다. 마치 그동안의 허물을 벗고 천둥과 번개가 치며 하늘을 날아오르는 듯 아련한 것들이 모두 손에 잡히는 듯했습니다."라고 세자의 강연을 극찬했다. 실록의 기록을 보면 1761년 5월 5일, 사도세자 죽기 한 해 전 열린 강연에서 소론은 물론 노론 정치인들도 다수 참가해 세자의 정치 신념을 듣는 자리가 있었다고 한다. 그런데 그 자리에서 세자는 도무지 미친 사람 같지 않은 훌륭한 제왕적 자질을 대내외에 유감없이 보여준 것이다. 아버지 영조가 자신의 정치적 야망을 이루기 위해 연극 무대를 가진 것처럼 그 아버지의 아들 역시 살기 위해 다양한 연극 공연을 펼치기 시작한 것으로 봐도 무방하다. 아들과 아버지가 벌이는 정치적 대결은 심리전부터 시작이었다.

영조는 다시 혼란에 빠졌고 결국 이 일로 세자의 죽음을 재촉하는 시간은 더 빨라졌다. 1761년 5월 5일 정언 서유원의 말처럼 세자가 그렇게 멋진 강연을 했다면 그는 정신병을 앓는 사람이 아니다. 영조는 도대체 판단할 수 없는 혼란스러움 때문에 당혹했다. 그러나 세자의 그런 심리전 행동들은 곧바로 공세의 빌미를 제공했다. 5월 8일, 대사성 서명응이 세자의 비행을 부추긴 동궁 관리들을 비난하는 글을 올리며 처음 관서 지역 유람을 제기했다. 그러나 임금은 서명응 글을 보고 "아니 반성하겠다고 하는 사람에게 또 이런 글을 올린 저의는 뭔가?"라고 불쾌해 했다. 단순히 유람이라고 생각해서 그랬을까?

## 두 사람 사이 심리전이 일어나다

겉으로는 태연한 척했지만 영조는 다시 세자를 의심하고 있었다. 1761년 5월 9일, 영조는 동궁의 단오첩을 보았다. 단오첩이란 단옷날 신하들이 궁중에 올린 첩자(帖子)를 말한다. 그 글을 본 영조는 다시 세자의 글에서 무엇인가 이상한 점을 발견했다. 그리고 다시 《춘방일기》를 가져오라고 명했다. 그리고 《춘방일기》를 꼼꼼하게 검토하던 영조는 그것이 조작된 것이란 사실을 알게 된다. 일기는 세자가 관서 지방을 다녀온 그 시기에도 여전히 '비국당상들을 접견하였다.'는 기록을 확인한 것이다. 문제는 세자가 왜 자꾸 자신을 숨기고 때로는 미친 행동을 때로는 미치지 않은 행동들을 번갈하게 반복하며 임금을 속이는가 하는 점이다. 그것은 스스로 살기 위함이었다. 아버지를 믿지 못하는 아들은 그렇게라도 해서 살기 위한 시간을 벌기 위해서였다. 그러나 아버지는 그것조차 자신을 해하려는 교묘한 술책이라고 오해하기 시작한 것이다.

세자는 1761년 가을부터 노론 강경파들 움직임에 이상한 기운을 느끼고 "이제 열심히 서연도 하고 차대도 행하겠다. 그리고 그동안 불효한 마음을 뉘우치고 찾아가 뵙는 예절을 당장 수행하겠다. 그런데 여러 신하가 이해하지 못하니, 실로 개탄하며 스스로 부끄럽게 여기는 바이다."라는 말로 아버지와 아들 사이를 가로막는 무리들을 비난했다. 그런 세자의 글을 받은 임금은 다음과 같은 답을 내렸다. "우선 지금 시점에 이런 글을 올린 것은 잘한 일이다. 정신이 투철하면 안목이 열린다." 세자는 이 대목에서 안도하다가 이어 다음 구절을 읽고 절망한다. "우선 잘못인지 알면서 하는 것이 정말 안 된 일이다. 자숙하고 기다려라."

세자는 절망감이 몰려왔다. 화해의 손짓을 뻗었지만 아버지로부터 냉담한 반응을 들은 것이다. 1761년 9월 13일, 영조의 생일이지만 아들은 아버지에게 문안드리지 않았다. 가고 싶어도 영조는 생일잔치 같은 것을 좋아하지 않고 임금의 생일이라 특별히 호들갑을 떠는 것을 대단히 꺼려했다. 그렇지만 영조의 이중적인 행동은 사람들을 혼란스럽게 한다. 1770년 10월 1일에는 임금의 생일을 모른 채 지나간다고 며칠 동안 창의궁 사저로 돌아가 정사를 보지 않고 시위를 한 기록도 있다. 1761년 9월 13일, 생일 이후 냉랭한 기운은 세 번째 제거 방법으로 압박이 밀려왔다.

1761년 9월 22일. "임금은 갑자기 4월 2일부터 4월 22일까지 창덕궁에 입직했던 승지들을 파직시켰다. 그것은 세자가 관서지방을 간 시기인데 그 일을 덮고 거짓 일기를 기록한 것에 대한 체벌이었다."

1761년 10월부터 노론의 강경파들은 세 번째 제거 작전을 실행에 옮기기 시작했다. 관서행이 역모를 모의 기도한 사건이라고 집요하게 영조를 충동질하던 노론, 또한 세자의 평양행 당시 평양감사였던 정휘량의 보고가 겹쳐지면서 세자 평양행은 역모로 바뀌었다. 정휘량을 알기 위해서는 그 당시 홍계희와 경쟁 구도를 알아야 한다. 라이벌 홍계희가 영조의 여러 개혁 정책들을 추진하면서 총애를 받고 있을 때 정휘량은 실무에 능한 홍계희에 항상 뒤처진다는 열등감에 세자의 평양 밀행이 역모 혐의가 있다고 영조에게 고했고, 영조는 세자를 제거하기 위한 세 번째 작업(역모 혐의를 씌워 사약을 내리는 일)에 그 일(세자의 관서행)을 실마리로 삼은 것이다.

임금이 쏟아내는 처벌을 받아 적던 승지들의 손놀림도 빨라졌다.

"우선 세자의 사부를 모두 파직시키라! 서명응·윤급·이정보·서지수 등이 그 대열에 있을 것이고, 이들 가운데 잘잘못을 가려 영남과 극변(함경도 갑산)으로 귀양 보낼 것을 상신하라. 작년 온양행차에 수행한 인물들도 우선 파악해서 파직시켜라!"

놀란 홍봉한이 서둘러 세자에게 가서 이런 조치를 보고하고 잘못을 빌라고 전했다. 세자는 곧바로 임금이 기거하는 경희궁으로 향했다. 그런데 임금의 표정은 사뭇 부드러웠다.

"그래 지난날을 반성하는 마음이 간절하다면 안으로 들어와라!"

그런데 세자는 감히 들어갈 수 없다고 버티고 있었다. 세자는 정말 아버지 얼굴이 무서웠던 것이다. 영조는 영의정 홍봉한을 시켜 부드러운 말로 "들어와 고하라!"라는 말을 거듭 전했다. 그렇게 해서 두 사람은 오랜만에 자리를 함께했고 대화 내용은 알려지지 않았다. 사관이 들어가지 못한 때문이다. 며칠 뒤 홍봉한이 "세자가 이제 5일마다 꼬박꼬박 상참(국무회의)을 행하겠다고 합니다."라고 보고하자 임금은 "그것을 또 믿을 수 있겠는가?"라고 시니컬하게 답을 했다.

### 어설픈 세 번째 방법

1762년 임오년 새해가 밝았다. 실록의 기록은 두 사람이 화해를 한 것처럼 별 특이 사항 없이 기록되고 있었다.

1월 10일, 영의정 한익모와 우의정 윤동도 등이 세자에게 문안을 올렸다. 대궐이 겉으로는 평화로운 분위기를 연출하고 있었다. 얼마 동안의 평화로운 분위기는 다시 세자의 병이 깊어지면서 다시 긴장 상태로 돌아갔다. 1762년 1월 22일 이후 다시 옛날의 기록으로 돌아갔다. 매일같이 세자는 약방을 드나들었다. 다른 기록은 없었다. 2월 한 달은 승지가 공사 여러 일을 가지고 왕세자를 만났다. 이런 기록이 일주일에 한 번씩 기록되어 있다. 3월 달 역시 다른 일은 없다. 이 달에는 세자의 약방 진찰 기록이 없다.

1762년 4월 4일, 영조는 갑자기 영의정 홍봉한을 불러 "오늘부터 40년 전 역적 목호룡이 나를 끄집어 낸 날이다. 내가 어찌 이 날을 잊을 수 있는가? 그러나 그 아비의 잘못을 아들에게까지 묻고 싶지 않다." 갑자기 임인옥사가 일어난 40년 전 그날이 생각났나 보다. 이렇게 이상한 평화가 겉으로 지속되고 있었다. 그러다 갑자기 5월 22일 나경언의 고변서가 등장한 것이다. 나경언의 고변서는 노론 및 영조가 사도세자 제거를 위해 마지막 제거 방법을 쓰기 위한 각본을 세상에 내놓은 일이었다. 그러니까 각색되고 연출된 연극 무대에 다시 사도세자가 초대된 것이다. 세자는 원하지 않는 죽음의 무대에 비극의 주인공으로 차출된 것이다.

당시 세자는 임금과 대립적 구도에서 자기 목숨이 위태롭다는 것을 직시하고 상당히 조심스럽게 지내고 있었다. 약방 진찰도 5월 들어서 뜸했다. 세자는 고양이에게 쫓기는 쥐처럼 살고 있었고, 영조는 쥐를 잡는 고양이처럼 그의 약점을 캐고 있었다. 겉으로의 평화로움은 더 보이지 않는 곳에서 더 치열한 음모들이 전개되고 있음을 의미하고 있었다. 1762년 5월 13일 가뭄이 길어 임금이 걱정하고 있다는 기록으로 봐 그 무렵 마른장마가 계속되고 있었다. 5월 22일 나경언의 고변은 여러 면으로 어설픈 노론의 세 번째 세자 제거 작전의 시작을 의미했다. 어설픈 것은 그 고변서가 '왜 하필 나경언인가?' 하는 점이다. 액정별감(궁중의 열쇠, 임금의 심부름 등을 하는 액정서 관청에 소속된 하급 벼슬아치) 나상언의 형이란 자가 세자를 제거하는데 이용되었다는 것은 아귀가 딱 맞지 않는 세 번째 세자 제거 작전을 서둘러 실행한 증거였다. "네가 왕손의 어미를 때려죽이고, 여승(女僧)을 궁으로 들였으며, 평양으로 가서 그곳 성곽을 유람했는가?" 지난 해 일을 또 들춰내는 영조의 저의는 무엇인가?

나경언의 고변서는 먼저 형조에 올라갔다가 한 장을 복사한 뒤 다시 그것을 나경언에게 주고 임금에게 상소하게 한 것이다. 친국 현장에서 나경언은 옷소매 고변서를 꺼내 임금에게 올린 것이다. 이것은 분명 이상한 행동이었다. 형조참의 이해중이 나경언 고변서를 받고 자기가 한 장을 복사하고 그것을 고변자에게 다시 돌려주며 임금에게 직접 올리라고 한 것이다. 친국이 시작된 것은 이해중이 영조에게 직접 보고를 한 것 때문이다. 이해중은 세자가 죽은 뒤 3년 만에 복귀해서 대사성과 대사간을 역임했다. 그렇지만 정조 즉위년 그는 함경도 단천부에 귀양 조치가 취해졌다. 나경언을 통해 사도세자를 죽음에 이르게 한 원인 제공자란 혐의 때문이다.

# 훌륭한 연극배우
## 영조

사도세자의 죽음은 가장 비극적인 역사다. 우리 역사에서 이렇게 극적이고 완벽한 슬픔의 헌정은 없다. 임금 영조는 1년 동안 아들 사도세자를 죽이기 위한 각본을 구상하고 드디어 그 연극을 무대에 올린다. 구성 자체가 꽉 짜인 것은 아니다. 어딘지 얼기설기 하지만 이 연극은 어떤 것보다 더 비극적이었다.

아버지가 아들을, 그것도 우람한 아들을 작은 쌀뒤주에 넣고 8일 동안 물 한 모금 주지 않고 굶겨 죽였다는 것이다. 뒤주가 왜 그 비극의 현장에 소품으로 등장하는지 많은 사람들이 궁금해 했다.

가해자들 논리는 이렇다. 사도세자는 창덕궁과 창경궁 사이 동궁궐 주변에 동굴을 파서 그곳에서 뒤주를 보관했다는 것이다. 뒤주 속에는 각종 무기들이 들어 있었고, 임금은 뒤주 안 흉물들이 바로 반역의 증거물로 채택한 것이다.

피해자의 진술은 이렇다. 그들 생각은 뒤주를 준비한 것은 홍봉한이고 장인은 사위를 뒤주라는 소품까지 마련해서 각본을 짠 장본인으로 보고 있었다. 우람한 체구를 가진 사도세자는 그 좁은 뒤주 속에 갇혀 8일 만에 죽었다. 시신은 온통 피멍들이었고 오그라든 발과 등이 펴지지 않았으며, 뒤주의 못이 다 구부러질 정도였다고 한다. 아들을 뒤주에 가두고 못질을 한 영조. 나경언의 고변서를 받고 지난 일, 관서 미행을 눈감아 주고 용서했던 영조가 일개 액정서 별감의 형이란 자의 신빙성 없는 종이 한 장에 아들을 죽이는 일에 앞장선 것은 너무 이해하기 힘든 일이다. 고변서가 들어온 다음 날, 5월 23일 아침 영조는 세자의 대리청정을 중단한다고 선언했다.

윤 5월 13일, 영조는 창덕궁에 나가 세자를 폐하여 서인(庶人)을 삼고 그를 뒤주 안에 가두었다. 세자가 뒤주에 들어가던 날 갑자기 대궐에 유언비어가 난무했다. 임금은 놀라 곧바로 창덕궁에 나가 역대 임금들의 어진이 있는 선원전에 전배하고 이어 동궁의 대명(석고대죄)을 풀어주었다. 이어 휘령전으로 세자를 오라고 하였으나 그가 병을 이유로 가지 않자 이에 임금은 화가 더 일어났다. 휘령전은 오늘날 창경궁 문정전이란 곳이다. 그곳은 정성왕후의 혼전이 있던 곳이다. 세자가 임금의 심한 꾸중을 듣고 겨우 휘령전에 나가니 임금이 갑자기 손뼉을 치면서 이런 말을 했다.

"여러 신하들 역시 귀신의 말을 들었는가? 정성왕후가 나에게 이르

창경궁 선인문
정문 홍화문 왼편에 위치한 이 문은 사도세자 죽음
의 역사를 간직하고 있다.

창덕궁과 창경궁 가는 길
그 사이로 동궁이 거처하던 곳을 볼 수 있다.

기를, '변란이 호흡 사이에 있다' 고 하였다."

    임금은 귀신에게 홀린 것인가? 갑자기 살아생전 잘 해주지도 않았던 정성왕후가 세자의 반란을 일러주었단다. 영조는 갑자기 사열하는 총관의 칼을 뽑고 휘두르며 군사들을 더 충원해서 궁궐 담을 4, 5겹으로 감싸게 했다. 그리고 영의정 신만을 홀로 들어오게 했다. 임금은 세자에게 땅에 엎드리고 관을 벗게 한 뒤 버선도 벗게 하고 땅에 머리를 조아리라고 명했다. 그리고 거듭해서 "이 망할 놈! 죽어버려라! 천하의 나쁜 놈! 아비를 죽이려 하는 못된 놈!" 이런 '차마 말할 수 없고 들을 수 없는 말'을 내뱉기 시작했다. 세자의 이마에서 피가 나왔다. 이때 세손이 들어와 머리에 쓴 모자를 벗고 관복을 벗은 뒤 아버지 뒤에 엎드려 "살려주세요! 할아버지. 아버지를 살려주세요." 그리 울부짖었다. 임금은 환관들을 시켜 세손을 밖으로 나가게 한 뒤

선인문 앞에 위치한 회화나무
사도세자의 죽음의 공간 뒤주가 이곳에 있었다고 한다.
회화나무는 8일 동안 사도세자의 통곡을 들었을 것이다.

다시는 들어오지 못하게 했다.

　다시 임금은 칼을 휘두르며 "네가 죽어야 나라가 산다. 400년 종사는 네가 죽어야 지켜진다." 그렇게 말하였다. 춘방(春坊)의 여러 신하들이 말렸지만 그들을 모두 서인으로 삼는다는 영조의 불호령이 떨어졌다. 세자는 "다시는 아버지의 말을 거역하지 않는 착한 세자가 되겠습니다."고 말하자 영조는 세자의 어미 영빈 이씨가 한 말을 그 자리에서 말했다. 영빈 이씨가 아들 사도세자를 모함하는데 얼마나 많은 좋지 않은 말을 했는지 그것은 기록되어 있지 않다.

이에 도승지 이이장이 어찌 "전하께서 깊은 궁궐에 있는 한 여자의 말로 인해서 국본(國本)을 흔들려 하십니까?" 하니 임금이 더욱 화를 냈다. 이미 밤은 새벽 절반을 지나가고 있었다. 윤 5월 13일 실록의 기록은 한편의 참혹한 비극의 연극을 보는 듯하다. 세손(정조)은 오랫동안 아버지 사도세자가 죽은 날을 윤 5월 13일로 알았다. 그래서 매년 그날 제사를 지냈다. 세손에게도 차마 8일 동안 네 아비를 뒤주에 가둬 죽였다는 말을 영조는 하지 못했다.

윤 5월 14일, 환자 박필수와 여승 가선 등이 복주되었다. 처음에 박필수가 세자를 따라 유곽을 출입하면서 세자를 유혹했고, 여승 가선이란 자는 바로 안암동의 여승인데, 머리를 기르고 입궁하였다. 이때 이들과 서울 서부 지역 기녀 5명을 함께 참하라는 명이 또 떨어졌다. 다음 날, "죄인 서필보와 정중유을 모두 효시하라고 명했다." 이들은 모두 40년 전 연잉군 시절 세제를 핍박하던 환관들이라 이런 명을 내린 것이다.

윤 5월 18일, 엄홍복이 세자에 대한 무상한 말을 지어냈다는 이유로 참형에 처해졌다. 윤 5월 19일, 13일에 세자를 보호하려던 시강원 관리들을 모두 파직하라고 명했다. 조재호를 먼 변방으로 위리 안치하라는 지시도 떨어졌다. 춘천에서 정치를 멀리하던 소론의 영수 조재호가 사도세자가 위급하다는 소식을 듣고 한양으로 올라오다 잡혀 임금의 명을 기다리다 이런 조치를 당한 것이다. 엄홍복은 조재호와 사도세자가 변란을 일으키려 했다고 고변했다. 이것 역시 거짓이다.

　윤 5월 21일, 사도 세자(思悼世子)가 훙서(薨逝)하였다. 어찌 30년에 가까운 부자간의 은의(恩義)를 생각하지 않겠는가? 세손은 비록 3년 상을 마쳐야 하나 진현(進見)할 때와 장례 후에는 담복(淡服)으로 하라!

　세자가 죽은 날 임금은 경희궁으로 다시 돌아갔다. 5월 22일 나경언 고변서를 읽고 그 다음날 창덕궁에서 일체 잡인 출입을 금하게 한 뒤 벌인 사도세자 제거 작전을 진두 지휘했던 영조는 작전이 성공한 뒤 다시 원래의 자리인 경희궁으로 돌아간 것이다. 그는 돌아가면서 무슨 생각을 했을까? 그런데 세자가 정말 나경언의 고변서처럼 그렇게 흉악한 짓을 저질렀는가 하는 점에 의문을 가질 수밖에 없다.
　그런데 윤 5월 4일, 실록은 이런 기록이 있다. "박지성과 김인단 등이 복주되었다. 이들은 무뢰하게 날뛰면서 동궁을 사칭하고 밤에는 종적이 음흉하고 비밀스러운 짓을 많이 했다." 이들 무리들은 가면극 산대놀이 등을 하며 부녀자들을 겁탈 강간하고 다녔다. 세자를 사칭하고 산대놀이 가면극 등을 하면서 부녀자들을 강간했다는 이들의 정체, 세자의 비행에는 그가 저지르지 않은 것도 상당수 그에게 덮어씌운 정황을 말해 주는 기록이다. 사도세자가 정신이 이상해 광기를 부리고 이성을 잃고 사람을 죽이고 한 일 가운데 상당 부분은 왜곡된 것들이 많다. 그러나 역사에서 사도세자 기록은 철저하게 은폐되었다. 사도세자가 14년 동안 대리청정을 하면서 이룩했던 업적들은 전부 삭제되었다. 실록조차도 세자의 기록은 언급하지 않았다. 정조가 아버지 사도세자의 몇몇 기록을 보고 울분을 터트렸다는 글 몇 개에서 아들은 아버지가 훌륭한 임금의 자질을 가진 인물이었다는 것을 익히 확인한 것으로 볼 수 있다.

불행한 일은 아들 정조도 자신의 삶을 위해 정치적 입지를 위해 아버지 한 일을 모두 소각하게 하는 역사 은폐 일에 동참한 것이다. 영조는 경희궁으로 돌아가면서 아들을 죽이는데 사용한 뒤주를 비롯해 세자가 거처하던 동궁에 그의 흔적들을 모두 소각하게 했다. 1776년 2월 4일, 세손 정조는 아버지 사도세자 묘소를 참배한 자리에서 임오년 비극의 역사를 기록한 1722년의《승정원일기》도 전부를 불태우라고 지시한다. 그리고《승정원일기》임오년(1762년) 모일(사도세자 죽은 날) 기록도 사초하라고 지시했다.

# 실록 행간 속에 숨어 있는 진실

# 정조,
# 아버지 일을 불태우다

사도세자의 아들 정조는 아버지 죽음에 관한 역사적 기록물을 불태우면서 할아버지가
지은 죄를 은폐했다. 그것이 영조 죽기 불과 한 달 전 일이다. 아버지 묘 앞에서 정조는
울부짖으며 임오년《승정원 일기》들을 불태웠다.

 

1762년 윤 5월 28일, 사도세자가 죽은 지 1주일 만에 열린 전체 조
회 시간, 좌의정 홍봉한이 임금에게 아뢰기를, "이번의 일로 말하면
전하가 아니셨으면 어떻게 처치하였겠습니까? 바깥에서는 전하께서
결판을 짓지 못하실까 염려하였는데, 이렇게 결판을 지어 혈기가 왕
성하심이 변함없으니 신은 흠앙(欽仰) 하여 마지않았습니다." 하였다.
사관은 말미에 이런 논평을 실었다. 13일 일은 성상이 종사를 위해 부
득이한 조치이지만 신하된 자가 많은 사람들이 있는 전석(前席) 에서
할 말인가? 무엄함이 심하였다.

세자 제거 작전을 축하하는 자리였다. 사위의 죽음을 축하하는 자리? 아들을 죽인 아버지에게 축하한다고? 참 무서운 시대임에 틀림없다. 세 가지 방법 가운데 가장 잔인한 방법을 취해 사도세자를 죽인 것에 대해 노론 전체를 대표해 홍봉한이 임금에게 심심한 위로(?)를 전하는 자리였다. 홍봉한은 사위를 버리고 손자를 택했고, 한때 사도세자를 통해 세상 높은 곳까지 올라가려 했던 윤급은 영조의 미움을 받고 급히 자신의 방향을 수정하여 자신의 집사였던 나경언의 고변으로 목표한 이조판서까지 올라간다. 영조의 비극 무대에서 임금이 땅에 드러누울 때 손을 베개로 제공한 신만은 손 하나 빌려준 일로 영의정까지 올라갔다.

## 세손은 마음도 맞고 얼굴도 같다

사도세자의 죽음 이후 후계자 자리를 차지한 세손(정조)은 겨우 열한 살 어린 나이이지만 할아버지 영조의 마음에 쏙 드는 말과 행동들을 했다. 앞서 아들을 죽여야 하는지에 대한 고민으로 설왕설래 하고 있을 때 홍봉한은 적극적으로 사도세자의 죽음을 건의했던 것이다. 그리고 사도세자 아들 정조 역시 아버지 죽음에 자유로울 수 없었다. 어린 나이라고 하지만 총명했던 세손은 윤 5월 13일 비극의 현장을 직접 목격한 것이다. 그리고 아버지의 죽음 이후 그 괴물 같은 권력이 자신에게 손짓하고 있음을 직감했을 것이다.

할아버지 영조는 끊임없이 세손을 보며 묻고 또 물었다. 임금이 보

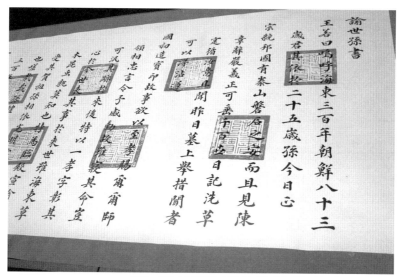

영조는 아들 사도세자를 죽인 뒤 세손에게 많은 것을 의지하며 살았다.
이 글은 영조가 직접 손자에게 쓴 글이다.

며 이르기를, "너는 장차 어떻게 우리 백성들을 구제할 것인가?" 하
니, 대답하기를, "모든 것은 군상(君上)에게 달려 있습니다." 하였다.
1763년 2월 3일, 왕세손에게 시좌(侍坐)하라 명하고, 이어 묻기를,
"왼쪽에 궤(앉아 있을 때 편하게 하기 위한 팔걸이)를 두고 오른쪽에 장(杖)
을 둔 뜻을 네가 아느냐?" 하고 묻자, 세손이 대답하기를. "궤를 왼쪽
에 둔 것은 기대는 데 편하게 하기 위해서이고, 장을 오른쪽에 둔 것
은 부지(扶持, 받들고 지지함)하는 데 적당토록 하기 위해서입니다." 하
니, 임금이 잘했다고 칭찬하였다.

아들 사도세자와는 너무도 다른 세손이었다. 듣기 좋은 말로 잘 꾸
며 대답하고 생각이며 말이 겨우 열한 살 나이라고 믿겨지지 않을 만

영조와 정조, 할아버지와 손자는 참 여러모로 비슷했다. 얼굴도 그렇고, 치밀한 성격도 비슷했다.

큼 총명했다. 가장 마음에 드는 것은 할아버지 얼굴을 그대로 빼어 닮아서다. 1752년 9월 22일, 태어난 정조. 임금이 홍봉한에게 물었다. "음성이 심히 크던가?" 그러자 홍봉한은 "코가 높고 미간이 넓은데다, 눈빛이 사람을 두렵게 하였으니, 비단 음성이 우렁찬 것이 보통 인물이 아닐 것입니다. 나라의 큰 복입니다."라고 장황하게 답했다. 홍봉한의 표현처럼 코가 높은 것, 미간이 넓은 것 모두 할아버지 영조를 빼닮았다.

영조는 사도세자를 죽인 뒤 곧바로 반성했다. 그러나 자기 탓으로 돌리지 않고 남 탓으로 돌렸다. 처음에는 조재호를 비롯한 소론 세력들에게 돌렸다. 그래서 조재호가 사도세자를 조종했다는 혐의를 씌워 죽여 버렸다. 세손이 더 자란 뒤에는 노론의 원로 척신 김상로 같은 자들이 귀가 먹은 임금을 속였다고 비난했다. 그러면서 영조는 노회한 정치가로 산전수전 다 겪은 경험으로 세손을 끝내 지켜냈다. 영조의 건강이 걱정이었던 노론이었다. 사도세자가 죽었을 때 영조의 나이는 예순아홉 살이었다. '사도세자의 아들'이 임금이 된다는 것이 못내 불안했던 저 탐욕스런 노론당의 행태를 잘 아는 영조는 멋진 연극 배우로 노년의 명연기를 보여주었다. 영조는 초조한 노론을 달래기 위해 일부러 자신의 건강함을 과장해서 표현했다.

## 영조의 마지막 연기

1766년 3월 6일, 약방의원들이 입진하였다. 임금은 "옛사람의 말에 '누런 머리에 아이의 이(齒)'라고 하였는데, 나는 검은 머리가 다시 나서 이제 두 치나 자랐다." 하였다. 1768년 1월 10일, 임금이 말하기를, "나의 이마 위에 검정 머리카락을 경들이 보라." 하니, 도제조 김상철 이하 여러 신하들이 앞으로 나아가 바라본 뒤에 아뢰기를, "과연 성상께서 말씀하신 대로이고, 안색이 윤기가 나 새해 이후로 전보다 더 화색이 감도니, 그지없는 경사이고 다행스럽습니다." 하였다.

그러나 달려드는 백발을 아무리 막으려 해도 그것은 어찌할 수 없었다. 1773년 영조 집권 49년이 되었고, 나이 여든을 바라보는 해가 되자 임금의 치매 기운은 정사를 볼 수 없을 만큼 심했다. 그 해 영의정 김상복은 먹기 싫은 탕제를 계속 올린다고 벌써 세 번이나 파직과 복직을 반복했다. 노론은 영조의 관상이나 운세를 보니 아흔 살까지 거뜬할 것이란 말을 믿었는지 모른다. 그래서 마음을 놓고 있다가 갑자기 세손의 대리청정에 기습을 당한 것인지 모른다.

1775년 11월 20일, 영조는 도저히 이 상태에서는 정사를 볼 수 없다며 세손에게 대리청정을 맡기겠다고 선언했다. 그날 영조의 마지막 연극이 대궐에서 펼쳐졌다. 이번에는 비극적인 것보다는 희극적이었다. 영조는 승지에게 "대리청정을 명한다."라는 것을 쓰게 했다. 그러자 주위에 있던 홍인한이 승지의 팔을 잡았다. 임금의 명을 받아 적지 못하게 한 것이다. 영조는 눈도 침침하고 귀도 어두웠다. 다른 노론 인사들은 임금에게 부당하다는 뜻을 계속 큰 소리로(임금이 귀가 어두워 작은 소리를 전달되지 않았음) 떠들었다. 영조는 "뭐? 크게 말해. 안 들려?" 이러고 있었고, 대궐 여기저기에서 저마다 한 마디씩 하는 바람에 승지는 임금의 명을 받아 적지 못하고 사관 역시 '와글와글' 너무 시장바닥 같아 한 소리도 적지 못했다고 그날의 희극적인 풍경을 우회적으로 표현했다.

1775년 11월 20일, 이후 영조는 다시 11월 30일 세손에게 대리청정을 넘겨주겠다고 선언한다. 그러나 이번에도 좌의정 홍인한을 비롯한 신하들의 반대로 뜻을 관철하지 못했다. 영조는 12월 1일부터 대리청정 시행을 반포하지 않으면 밥을 먹지 않겠다고 단식을 선언했다. 영조에게 밥은 약보다 더 소중하다. 영조 집권 52년 동안 단식을 선언한 것은 이번이 처음이었다. 밤에 야대를 행할 때도 신하들은 쫄쫄 굶고 있는데 때가 되면 혼자 야식을 먹고 야대를 행할 정도로 임금은 식사를 거르는 일이 없었다. 영조의 장수 비결은 바로 끼니를 거르지 않은 식사 습관일 것이다.

그렇게 단식으로 맞서고 있는 상황에 서명선과 정호인 등이 세손을 위기에서 구한 것이다. 그들은 목숨을 각오하고 임금에게 11월 20일과 11월 30일 대전에서 있었던 좌의정 홍인한 등의 소란 행위를 고발했다. 이 일로 인해 좌의정 홍인한은 파직되었고 대리청정은 통과되었다. 그러나 노론은 세손에게 공개적으로 반발하고 있었다. 1776년 1월 25일 대사헌 박상로가 세손의 대리청정을 수행하는데 공경함이 전혀 없다는 이유로 파직되었다.

## 아버지 묘에서 하는 정치 이벤트

불안한 노론을 대표해서 영조는 세손의 마음에 아버지를 생각하는 감정이 어느만큼인지 시험하고 싶어서 2월 4일 사도세자 묘인 수은묘에 가서 제사를 지내라고 명했다. 영조가 이 날 이런 지시를 한 것은 자신의 죽음 뒤 일어날 '사도세자 죽음'에 대한 정쟁을 걱정한 뜻이었다. 영조의 이런 지시는 나중에 결과적으로 세손이 집권하는데 결정적 역할을 했다. 그날 세손은 아버지를 죽이는데 공헌한 인물들을 수행하고 수은묘에 참배했다. 그리고 아버지 묘에 술을 한 잔 올렸다. 죽은 지 14년 만에 아버지 묘소에 술잔을 올린 것이다. 할아버지는 사도세자 장례식에도 세손이 참가하는 것을 허용하지 않았다. 그 일은 정조에게 평생 한이 되었다.

갑자기 쏟아지는 눈물에 정조는 주체할 수 없었다. 목에서는 이상한 소리가 나왔다. 감정이 격해지자 어떤 이상한 기운이 스스로를 통제할 수 없게 만들었다. 그 자리에서 별 감응 없이 서 있던 신하들은 다리가 후들후들 떨렸다. 결국 죄인의 아들이 임금이 된다면 자신들은 죽은 목숨이라고 생각하고 있었을 것이다. 그때였다. 정조는 그들에게 이렇게 말을 했다.

"모년 모월 일기는 내가 차마 볼 수 없다. 《승정원일기》를 비롯해 그 무렵 기록들은 모두 세초하라!"

이 날의 일은 정치 이벤트였다. 이 이벤트를 영조가 정조에게 배려한 것일까? 노론에게 안심시키기 위한 정치 이벤트를 한 것은 노련한 정치 9단 영조와 정조의 자작극인가? 그 다음날 세손 정조는 이런 명을 내렸다. "즉시 임오년 《승정원일기》를 모두 세초하라! 그때 적은 《춘방일기》도 모두 세초하라!" 영조는 세손의 이런 이야기를 듣고 감격하여 눈물짓고, 세손을 보필하던 춘방 관리들 모두에게 상을 주었다고 한다. 정조의 지시를 듣고 그날 사도세자의 역사적 기록물들은 공식적인 것이든 비공식적인 것이든 모두 불살라졌다. 사관들의 사초들조차 모두 사라졌다.

그것이 하룻밤 사이 다 사라진 것은 영조가 앞서 지시하지 않고선 불가능한 것이다. 그럼 영조는 손자 정조에게 미리 이런 정치 이벤트

316

를 지시한 것일까? 그렇지 않고는 대리청정 14년 동안 기록들 모두를 하룻밤 사이에 불사를 수 없는 것이다. 실록의 행간 속 이야기에는 영조의 앞선 지시가 있음을 드러내고 있다. 1776년 2월 4일 실록의 기사를 보자. "세손은 존현각 뜰에 앞에 꿇어 앉아 있었다. 도승지가 세손이 쓴 글을 읽고 있었다. '후원일기(승정원일기)'를 읽는 자들이 임오년 일을 다르게 전파하고 있으니 그것을 세초하길 바란다는 세손의 뜻이 전해지고 있었다. 그러자 임금은 '이미 다 일렀는데 다시 무엇을 이르겠는가? 이 상소는 아까 하교한 것과 함께 사고(史庫)에 간직해 두어라.'라는 말을 남긴다."

할아버지와 손자의 역사 은폐 이벤트는 사전에 모의한 것이 이 대사에서 우리는 알 수 있다.

영조는 1776년 3월 5일 묘시(아침 5시에서 7시 사이)에 죽은 것으로 공식 기록되어 있다. 아들을 죽인 영조, 그런데 그 억울한 사도세자의 죽음을 은폐한 것은 또 사도세자의 아들이다. 정조는 아버지의 죽음을 감추고서 집권에 성공했다. 만약 그런 일이 없었다면 그 혼란스런 와중에 노론은 무슨 일을 하였을지 그것은 모르는 일이다. 사도세자의 억울한 죽음은 그래서 완벽하게 은폐되었다. 영조가 경종을 죽였을 거라는 의심에 결정적인 기록물 두 개, 《임인옥안》과 《승정원일기》를 불태운 것처럼 아버지 죽음이 상세하게 기록된 역사 기록을 그 아들이 불태운 것이다. 정조는 집권 24년 동안 아버지 죽음을 가슴에 품고 살았다. 그는 아버지 죽음 직전 일들을 알고 있었을 것이다. 그러나 자신도 아버지처럼 비극의 주인공이 되지 않기 위해 할아버지 잘못을 덮어 버렸다. 정쟁의 근원을 제거한 것이다.

# 경종과 사도세자는 정말 미쳤나?

300년 동안 우리 역사에서 풀리지 않는 수수께끼는 역시 경종과 사도세자는 미쳤는가? 그 질문이다.

두 사람은 정말 미친 사람일까? 이 문제는 두 사람의 죽음과도 관련된 아주 민감한 문제다. 영조는 형 경종이 미쳤다는 말을 했다는 이유로 노론 인물들을 귀양 보낼 정도로 민감하게 반응했다. 영조는 노론이 경종을 대신해서 형제인 영조에게 왕위를 넘겨달라고 요구한 이유가 자식을 낳지 못하는 병과 정신이 이상하다는 병 때문이지만 그것을 입 밖으로 내는 자들에게 무거운 형벌을 가했다. 그런데 당시 유언비어 가운데 경종의 독살에 대해 이상한 약제를 썼다는 소문도 있었다. '이상한 약제' 란 이런 것이다. 사람이 서서히 미쳐가는 신비한 약, 그런 약제를 중국에서 들여온 노론 강경파들이 궁녀들을 통해 경종을 서서히 미치게 했다는 이야기와 또 사도세자가 정신병에 걸린 것도 경종처럼 '이상한 약'을 준 것은 아닐까 하는 의심들을 하는 사람이 많았다. 실제로 세자는 정기적으로 5일에 한 번 약방 진찰을 받고 약을 먹었다.

경종은 어떤 상태였을까?

한편 경종이 미쳤다고 주장하는 사람은 많았다. 주로 노론 측 인사들이다. 인현왕후 오빠 민진원은 『단암만록』이란 책에서 이렇게 기술했다.

"1717년 왕세자가 대리청정을 수행하게 되었다. 그런데 세자는 점점 병이 깊어 때로는 혼자 벽을 향해 무슨 말을 혼자 중얼거리곤 했다. 누가 보면 마치 다른 사람과 대화를 하는 듯 보였다. 또한 한밤중에 계단과 뜰 사이를 방황하거나 앉아 있었고, 먹고 자는 행동도 보는 사람이 이상하다고 할 정도로 별난 곳이 많았다. 또한 남녀 사이 일을 알지 못해 춘추 30에도 여색을 가까이 하지 않았고 비록 궁녀들과 놀아도 애들하고 장난치는 수준 정도였다."

문제는 민진원이란 인물이라는 점에서 신뢰가 가지 않는다. 그는 장희빈을 표독한 여인으로 만들어 숙종의 분노를 유도했던 인물로,

영조 집권 뒤 그의 이름들을 뒤져보면 소론을 제거하기 위해 갖가지 말들로 영조를 혼란스럽게 했다. 한 마디로 혀끝으로 세상을 유린하는 인물이었다. 그런데 괘서들 가운데는 그 당시 경종의 모습을 이렇게 표현했다.

"혼은 집을 지키지만 눈빛은 제 눈빛이 아니고 몸은 마치 고목처럼 텅 빈 듯했다." 대개 이런 모습들은 약물 중독자들을 표현할 때 쓰는 글이다.

그런 경종의 이상한 행동은 대개 당시 희빈 장씨 죽음과 연관돼서 바라보려는 것이 일반적이었다. 당시 생각을 알 수 있는 이문정(李聞政)이 지은 『수문록』이란 책에는 이런 글이 등장한다. "희빈 장씨가 임금에게 사약을 받아 놓고 청을 하길, '내 죽기 전에 아들 한 번 보고 싶소.' 그리 말하여 숙종이 허락하자 희빈 장씨가 세자에게 다가가 차마 어떻게 손을 쓸 수 없을 만큼 빨리 흉악한 손으로 세자의 하부를 침범하였다. 세자가 땅에 쓰러져 기절해 있다가 반시간 만에 회생하였는데 이때부터 기이한 병을 앓아 용모는 점점 파리하고 누렇게 되고 정신은 때때로 혼미하였다." 이문정은 1717년 숙종이 이이명과 독대한 것도 이 문제 때문이었다고 주장하고 있다.

유전인가? 아니면 빙의인가? 아니면 약물에 의한 것일까?
우리가 주목할 것이 의학에 해박한 지식을 가진 자들이 영조 주변에 많았다는 점이다. 사도세자를 죽이는 데 앞장 선 신만과 홍봉한이 모두 의학에 해박한 지식을 갖고 있었다. 이들이 그 지식을 '나쁜 일에 이용하지 않았을까?' 하는 점은 충분히 의심할 만한 단서다. 경종과 사도세자의 병이 유사한 것은 무슨 이유일까? 노론이 인정하지 않은 경종과 사도세자. 하필 두 사람만 정신질환을 심하게 앓은 이유는 뭘까? 만약 유전적 기질이라면 왜 노론이 지지하는 세자나 임금은 그렇지 않은데 노론과 대립 관계에 있는 사람만이 그렇게 정신이 이상했다는 말이 나오는 걸까?

우선 유전이란 말에 대해 생각해 보자. 정신질환은 유전인가? 그럼 유전이라는 것을 가정하고 조선의 27명 군주 가운데 미치광이 짓을 하다 폐위된 사람은 연산군이 대표적이다. 연산군은 어머니 폐비 윤씨의 억울한 죽음에 스스로 광폭한 행동을 하며 많은 사람들을 죽이고 도성을 유곽으로 만들었던 임금이다. 이 광란의 파티를 즐겼던 연산군에 대해 역사학자들은 빙의에 걸렸을 것으로 의심했다.

광해군 역시 폐위되기 직전 이상한 행동을 했다. 굴을 파고 지냈고 하루 종일 자취를 감추었다고 한다. 사도세자 역시 자신의 모습을 감추고 살았다. 그의 정신질환을 암시하는 글은 실록 곳곳에 자주 묘사되고 있다. 그런 점에 비추어 세자는 분명 정신질환을 앓고 있었다. 영조는 이런 아들이 왕으로 등극된다면 조선의 400년 역사가 하루아침에 무너질 것이라고 생각했다. 혜경궁 홍씨가 지은 『한중록』에는 사도세자의 생모 영빈 이씨가 아들의 광기를 말하며 "전하를 살리고 조선이란 나라를 살리기 위해 세손으로 왕위를 이어야 합니다."라는 말을 했다고 한다.

더 확실한 증거는 최근 일본에서 발견된 사도세자가 홍봉한에게 보낸 편지가 그것이다. 그 편지에는 사도세자가 직접 홍봉한에게 "정신이 혼미하고 불안하여 조금도 가만있을 수 없으니 장인께서 적당한 약을 처방해 주십시오. 그리고 이 이야기는 누구에게도 비밀입니다."라는 글이 발견되었다. 그런 점으로 보면 세자의 아내 혜경궁 홍씨가 말한 사도세자의 정신질환은 거짓이 아님이 확인되었다.

그런데 필자는 두 사람(경종과 사도세자)의 정신적 발작들을 확인하면서 이런 의문이 생겼다. 두 사람은 노론 강경파들의 독살 방법 가운데 하나, 즉 서서히 약물 중독으로 미쳐가게 만든다는 그 음모로 그렇게 된 것은 아닐까? 숙종은 장희빈을 잔인하게 죽였다. 숙종의 그 잔인함을 온전히 본 경종이 아버지를 무서워하고 사람들을 기피하며 벽을 보고 중얼거리고 혼자 웃기도 한 미치광이로 변한 것은 사도세자와 증상과 너무도 흡사하다.

사도세자 역시 1755년 나주벽서 사건에서 보여준 아버지 광기, 임금을 향해 욕을 하던 자들을 목 치고 칼 끝에 그 목을 달아 몰려든 군중들을 향해 소리치던 광기의 영조를 보고 세자는 정신적으로 큰 충격을 받았을 것이다. 그날 이후 세자는 대궐 깊숙한 곳에 숨어서 '아버지'라는 말만 들어도 벌벌 떨었다고 한다.(영의정 이천보 증언) 두 사람 모두 아버지 숙종과 영조의 가혹한 폭력을 경험한 뒤 정신적 충격을 극복하지 못하고 이상 행동을 하기 시작한 것이다.

역사는 두 사람을 나약한 군주, 나약한 세자로 평가하고 있다. 노론의 역사 기술이 주류 역사이니 당연한 평가다. 그런데 궁금한 것은 왜 노론의 반대쪽에서 이런 일이 거듭 문제되는 것인가 하는 점이다.

1724년 경종이 승하하기까지 궁중의 환관과 궁녀들은 다수 경종의 독살설에 연루되었다. 독살하기 위해 약을 시험한다며 죄 없는 궁녀들을 실험 대상으로 쓰기도 했다. 약제 가운데 어떤 것은 마치 진시황제가 서서히 미쳐가면서 죽은 것처럼 그렇게 조금씩 정신이 이상하고 그러다 결국 광인으로 변하는 약제들이 중국에서 수입되었을 것이다. 약제 가운데 상반(相反)된 성질의 것을 같이 쓰면 원래 성질보다 나쁜 성질로 변하는 것들이 있다. 누군가 어의가 조제한 약제에다 이런 '상반'된 약제를 임의로 섞어 두 사람을 서서히 미쳐가게 하지 않았을까?

### 사도세자가 뒤주에서 죽은 진짜 이유

경종과 사도세자 최후는 비슷한 점이 너무 많다. 경종은 환취정에서 죽었고, 사도세자는 덕성합에서 갇혀 살았다. 덕성합, 이곳은 세자의 죽기 직전까지 공간이다.

혜경궁 홍씨 『한중록』에 보면 휘령전(창경궁 문정전)과 가까운 곳이라고 하니 창덕궁에서 창경궁으로 내려오는 낙선재 부근에 있었을 것으로 추정된다. 아무튼 그런 공간에서 사도세자는 유폐된 듯 지내다 정신발작이 심해지고 결국 죽었다.

영조가 끝내 역사에서 거짓말로 자신을 숨기려고 한 것은 자신도 의심하고 있던 자기 출생의 미스터리가 그 첫 번째이고, 두 번째 거짓말과 세 번째 거짓말은 바로 경종을 독살시키지 않았다는 것과 사도세자가 미쳐 발광하여 임금을 죽이고 역모를 꾀했다는 것들이다. 첫 번째 거짓말(숙종의 아들이 아니다)은 영조에게는 치명적인 약점이고 죽음과도 맞바꿀 비밀이며 두 번째와 세 번째 거짓말은 자신이 권력을 갖기 위해 행했던 용서받지 못할 비행이다.

경종을 서서히 미치게 하여 결국 독살시키는 방법, 즉 목호룡이 이야기한 것처럼 삼급수 가운데 두 번째 방법으로 선왕을 죽인 영조, 아들 사도세자 역시 노론의 강경파이며 당시 영의정이었던 김상로가 약방제조 직분까지 수행하고 있었으니 사도세자는 그 유폐된 공간에서 그들이 끊임없이 갖다 바치는 '이상한 약'을 먹으며 서서히 미쳐가고 있었던 것은 아닐까? 약방제조 김상로가 끊임없이 영조의 귀에 대고 귓속말로 한 말들은 그 약의 효험을 서로 확인한 행동들은 아니었을까?

영조는 집권 52년 내내 이 세 가지 의혹, 혹은 거짓말 때문에 시달렸으며, 결국 처음 출생 의혹을 숨기려고 하다 보니 두 가지 세 가지가 더 추가된 것으로 볼 수 있다.


사도세자가 뒤주 속에는 흉물스런 칼이나 무기 이외에 필자가 추측한 것은 그 뒤주 속에 영조의 비밀, 그러니까 출생의 비밀이 숨겨져 있지는 않았을까 그런 추측을 해 본다. 영조가 열어본 그 궤(뒤주) 속에 그동안 도성에 나붙었던 '영조는 숙종의 아들이 아니다'라는 흉서가 보관되어 있지는 않았을까? 그렇지 않고 영조의 상식 밖의 패륜, 그 광기의 분노를 표현할 수 없다.

많은 사람들이 왜 세자의 죽음의 공간이 '뒤주'일까 궁금해 하였고 그 비밀은 지금도 풀리지 않았다. 영조는 그 뒤주 속에 아들을 가두어 죽게 한 뒤 역사에서 완벽하게 자신에게 쏟아지는 자신의 콤플렉스, 혹은 정통성의 시비를 숨기기 위해 그 도구를 사용한 것으로 볼 수 있다. 영조는 실제로 사도세자를 죽인 뒤 숙종이 누렸던 제왕적 지위를 누렸다. 노론이 득세하고 남인은 자취도 없고, 소론은 몇 명만이 명맥을 유지하는 상황에서 영조는 절대군주의 위상을 지키며 죽을 때까지 군주의 위엄을 누릴 수 있었다.

경종의 죽음의 비밀을 간직한 1722년 임인옥사 기록과 《승정원일기》는 영조에 의해서 불살라졌다. 1762년 임오년의 세자 죽음이 상세하게 기록된 《승정원일기》와 《춘방일기》는 정조가 세손 시절 왕위 계승을 위해 불살라졌다. 정조는 14년 동안의 후계자 수업 시절 아버지 사도세자의 대리청정 기록들을 상세하게 읽었을 것이다. 그 기록을 보면서 땅을 치며 원통해 했다. 성군의 자질을 갖고 있던 아버지는 결국 미치광이 세자라는 오명을 쓰고 죽었다. 그 죽음에는 어머니와 외할아버지도 함께한다. 정조가 즉위하자 그 첫날 '나는 사도세자의 아들이다'라고 외친 것은 아버지가 자랑스럽다는 뜻이다. 아버지는 억울하게 죽었다고 소리친 것이다. 그 때문에 어머니와도 소원해지고 외할아버지를 죄인 취급했지만 세자의 대리청정 기간《승정원일기》와《춘방일기》를 본 정조는 그리 확신한 것이다.

# 영조와 정조의 이상한 행동들

영조 역시 이상한 행동들을 많이 했다. 갑자기 격한 반응을 보이는 조울증 증상. 또 갑자기 슬픔을 이기지 못해 눈물을 펑펑 쏟는 임금. 그런데 정조 역시 말년 조울증이 심각해 이상한 행동들을 했다는데······.

1752년 8월 25일, 영조는 경종에 의해 왕세제로 결정된 날(1721년 8월 21일), 그 고마움을 기리고 또한 그동안 소홀히 했던 형의 기일을 직접 지내기 위해 의릉으로 향했다. 그곳에서 갑자기 영조는 이상 행동을 시작했다. 잔을 묘단 앞에 올리고 임금은 봉분 위로 올라가 울기 시작했다. 생각해 보면 도저히 상상할 수 없는 이상한 행동을 하고 있었다. 형의 무덤에 올라가 울고 있다니, 그리고 풀을 뽑으며 '차마 듣지 못할 말'이라고 사관은 적고 실록에 적고 있다. 그날 실록의 기록을 잘 한 번 읽어보자.

"임금이 의릉(懿陵)에 행차하였다. 능소 옆 재실에서 옷을 갈아입고 4번 절은 한 뒤 직접 능 위로 올라섰다. 그리고 능을 지키는 석물 곁에 엎드려 이렇게 혼잣말로 소리쳤다. '형님! 오늘 여러 신하들은 내가 직접 제사를 올리러 왔다고 생각하겠지만, 나는 이 일로 온 것이 아닙니다. 오늘날 세상 돌아가는 것이 너무 한심해서 형에게 호소하러 온 것입니다.' 하고, 이어 차마 들을 수 없는 하교를 많이 하였다. 옆에 있던 우의정 이천보가 놀라 '이 무슨 거조이십니까?' 라고 말하니 임금은 무고함을 씻은 뒤에 일어나겠다고 하였다. 이때 따가운 볕이 내리쬐는데도 임금이 한참 동안 일어나지 않았고 이천보를 비롯한 여러 대신들이 눈물을 흘리며 일어날 것을 청하니 임금은 다시 혼잣말처럼 '5년 동안 형님을 모신 것이 꿈만 같습니다. 원컨대 빨리 돌아가 모시어 이런 세계를 보지 않게 해주소서' 하고, 다음 말은 차마 기록할 수 없는 험한 말들이 이어졌다."

사관이 차마 기록하지 못할 말은 무엇일까? 그건 영조의 광기를 본 것이다. 상상도 할 수 없는 욕을 했을 것이다. 누구에게 한 것인가? 영조는 그동안 자신을 괴롭힌 독살설에 대한 소문들을 소리 높여 외치고 있었다. 무덤 안에 있는 형이 들으라고 소리치고 있었다. 그날 밤 늦은 시각까지 무덤에서 그렇게 가슴에 맺힌 것을 털고 영조는 대궐로 돌아오고 있었다. 영조의 이상 행동은 자주 보이지 않지만 간혹 고개를 갸웃거릴 정도로 이상했다.

**의릉의 전경**
경종의 무덤, 유난히 작은 봉분이라 초라한 느낌이 든다.

**곡장으로 둘러싸인 의릉**
의릉에는 경종과 그의 계비 선의왕후 어씨가 잠들어 있다.
다른 능과 달리 아담하고 부부 쌍릉이지만 독특하게 앞뒤로
배열되어 있다.

1761년 7월 21일, 비를 흠뻑 맞고 임금은 피리를 불며 환궁했다는 기록이 실록에 등장한다. 비를 좋아했던 영조, 답답함 때문인지 주위의 만류에도 불구하고 임금의 가마(여)도 타지 않고 그렇게 종묘에서 창덕궁까지 걸어갔다. 왜 그런 이상한 행동을 했을까? 그 무렵 거의 보름 이상 비가 오지 않자 가뭄으로 걱정이 많은 영조는 며칠 동안 기우제를 지냈다. 그리고 종묘에서 제사를 지낸 영조가 여에 오르려고 하는데 갑자기 천둥 번개가 치고 비가 쏟아지기 시작한 것이다. 그러자 영조는 가마에 올라타지 않고 그 떨어지는 비를 보고 있었다. 실록의 기록은 상당히 묘사적이다.

"임금이 홀(笏)을 잡고 친림하자 비가 주룩주룩 내려 곤의(袞衣)가

다 젖어 옥체(玉體)가 훤히 내비치었으나 밤새도록 밖에 서 있었다."

그렇게 오랫동안 쏟아지는 비를 다 맞은 영조는 가마를 타지 않고 어두워지는 종묘를 등지고 창덕궁으로 걸어갔다. 비를 유난히 좋아했던 낭만적인 군주 영조라고 표현해야 하나? 비가 내리자 영조에게는 여러 생각이 났을 것이다. 1728년 이인좌의 난을 승리로 이끈 그때 비도 생각났을 것이다.

1762년 윤 5월 13일, 사도세자를 뒤주에 가두던 날도 영조는 이상한 행동을 했다. 아들의 비행을 전해 듣고 세자 자리를 폐하고 서인으로 삼은 뒤 뒤주에 가두기 전, 세자에게 휘령전(정성왕후 혼전)에 가서 고하라고 명한다. 그리고 세자가 고집을 피우다 임금에게 심한 꾸중을 듣고 겨우 휘령전에 나가니 영조는 갑자기 손뼉을 치면서 이런 말을 했다고 한다. "여러 신하들 역시 귀신의 말을 들었는가? 정성왕후가 나에게 이르기를, '변란이 호흡 사이에 있다'고 하였다."

임금은 귀신에게 홀린 것인가? 영조는 죽은 정성왕후를 팔아먹으면서 아들을 죽이려고 한 것일까? 정말 정성왕후 귀신이 그런 말을 한 것일까? 귀신을 이용해 살아 있는 아들을 죽이려고 한 영조. 이상함은 이뿐 아니다. 1768년 8월 18일 실록을 보면 한밤에 영조는 갑자기 관리들 소집령을 내린다. 그때 대사헌 황강이 나오지 않자 의금부에게 명해 즉시 잡아오게 했다. 1762년 아들 사도세자를 죽인 뒤 영조는 14년 동안 후계자 정조에게 여러 유훈(遺訓)들을 남겼지만 날카로운 성격은 더욱 심해져 조울증 증세 같은 모습들이 실록에 자주 기록되어 있었다. 그런 고령의 임금 할아버지 밑에서 정조는 아주 치밀하고 냉정하게 자신을 다스리며 영조 이후의 집권 구상을 가다듬은 것이다.

## 정조도 죽기 전 정신질환을 앓았다?

정조는 1752년 태어나 열한 살 때 아버지 사도세자의 참혹한 죽음을 목격하고 다시 14년 동안 살얼음 같은 세손 생활을 무사히 견뎌냈다. 스물다섯 살에 집권한 정조는 24년 집권하면서 나이 쉰 살을 채 마치지 못하고 의문의 죽음을 당하게 된다. 그런데 정조 역시 집권 기간 동안 종종 조울증 증상 같은 행동들을 간혹 보이는데, 특히 아버지 사도세자의 죽음에 있어서는 그 분노가 주변을 두렵게 하기 충분할 정도로 광적이었다.

특별히 정조는 매년 5월 아버지 기일이 다가오면 전후 일주일 정도는 침묵의 시간을 가졌다. 그것은 스스로 참을 수 없는 분노를 다스리는 시간이었고, 분노를 억제하면서 정밀한 정치 행하기 위한 사색의 시간을 보내곤 했다.

그러나 집권 24년 동안 종종 마치 천둥소리처럼 큰 소리로 신하들을 호되게 야단치며 때로는 정밀하고 예리한 정치를 펴던 정조는 이상하게 죽기 한 해 전부터 조급한 마음을 드러내며 급한 성정을 드러냈다.

임금이 죽기 4개월 전, 1800년 2월 29일 우의정 이시수가 정조에게 이런 말을 했다. "요즘 신하들이 전하를 보면 부들부들 떨며 할 말을 하지 못하고 있습니다."며 임금을 보면 두려움을 느낀다고 하소연을 하고 있다. 그러자 임금은 기록하는 승지에게 이시수 말 가운데 30자는 기록하지 말라고 한 뒤 "나는 국사에 매달려 밤을 낮같이 보냈다. '옷을 입은 채 밤을 지새우길 벌써 25일째다' 지난해 체력이 급격히 떨어져 이제 안경이 없으면 글씨를 읽을 수 없다. 복잡한 일을 만나면 어김없이 이상이 생겨 등골과 옆구리에 불덩이가 올라오는 것을 느낀다."라는 말을 덧붙인다.

우린 사도세자의 정신질환 가운데 '의대증(衣帶症)'이란 용어를 알고 있다. 옷 입는 것을 싫어한 사도세자가 '빙애'라는 여인과 '경빈 박씨(은전군의 생모)'를 때려 죽였다고. 그런데 정조가 죽기 4개월 전에 옷을 벗지 않고 잔 것이 25일째라는 것은 무엇을 의미하는가? 그저 불안과 초조가 이유였을까? 아니면 우리가 앞서 언급한 것처럼 노론에게 개혁의 칼을 빼들었던 정조를 서서히 정신이 미쳐가게 만든 무슨 음모가 숨어 있는 것은 아닐까? 아니면 숨어 있던 왕실의 정신병 유전 기질이 갑자기 활발히 활동한 것일까?

## 세 가지 거짓말로 살았던 영조를 말하다

52년 동안 제왕의 자리에 앉아 있었던 영조. 천민 어머니에게서 태어나 천민 출신 임금이란 비하 섞인 말들을 들으며 그는 1724년부터

1776년까지 18세기 조선이란 나라를 온전히 통치했다. 그를 바라보는 역사학자들은 대개 일반인들과 비슷한 시각이다. 개혁군주 정조보다는 보수적인 입장에서 조선을 다스렸던 임금으로 평가한다. 하지만 노론이 득세하던 시절 당파 갈등을 최대한 억제하기 위해 노력하다 아들을 죽였고, 출생의 비밀이나 콤플렉스 때문에 50년 넘게 자신의 약점을 붙들고 씨름해야 했던 안타까운 임금이 바로 영조인 것이다.

영조와 정조의 말년 모습은 정신질환이라기보다는 군주의 과다한 스트레스 때문에 보인 이상 행동이라 판단할 수 있다. 그러나 영조가 껴안은 문제들은 정치적으로 그의 손자 정조가 해결하지 못하고 결국 죽음을 맞았으며 이후 조선은 쇠락의 길을 걷게 되었다. 그것이 영조 개인사의 굴곡진 운명이라 할 수 없고 조선이란 나라 전체의 운명과 함께했으니 역사에서 아쉬움이 남는 것은 어쩔 수 없다.

영조가 자신에게 주어진 그 콤플렉스를 슬기롭게 극복했다면 그래서 좀 더 정치적 갈등이 완화된 상태에서 정조에게 대권을 물려주었다면 정조의 갑작스런 죽음은 나타나지 않았을 것을, 이런 '만약에'라는 추측과 아쉬움은 역사에서는 별 의미가 없을 것이다. 역사란 사람이 만들어가는 것처럼 보이지만 기실 들여다보면 사람보다 그 시대 보이지 않는 손에 의해 움직인다고 느껴질 때가 많다. 시대가 그 사람을 원하고 시대가 원하지 않으면 그 사람의 운도 다하는 것이다.

# 영조가 장수했던 비결

영조는 평생 약을 달고 살았다. 그래서 오히려 더 오래 살았다. 숙종은 허약한 아들을
위해 행복하게 오래 살라는 뜻으로 '연잉군'이란 이름을 지어 주었다. 그러나 영조는
행복하진 않았어도 오래 산 임금이다.

영조의 이름은 '금'이다. 금(昑)은 밝다는 뜻인데, 영조의 어진을 가
만 들여다보면 그리 밝은 표정이 아니다. 어진(御眞)이란 임금의 참모
습을 의미한다. 그래서 어진화가들은 항상 임금의 내면의 모습을 화면
에 표현하기 위해 공을 들였다. 영조의 어두운 표정은 그의 삶이 그렇
다는 것을 의미한다. 10년마다 자신의 내면세계를 음미하기 위해 어진
을 봉헌하라 지시한 영조. 영조는 10년마다 자신의 모습을 보면서 무
슨 생각을 했을까?

스스로 자기 내면의 거울인 어진을 보며 그가 생각한 것은 무엇일

까? 83세까지 살았으니 조선에서 가장 오래 산 임금, 장수왕이다. 그의 건강 비결이 궁금하다. 영조는 인삼을 누구보다 좋아하고 즐겨 먹었다. 죽기 직전에도 그가 살아서 마지막으로 음미한 것은 '인삼차'였다. 인삼은 조선에서 아주 귀한 약제다. 조선의 인삼은 중국에서는 불로장생의 명약으로 꼽힌 식품이었다.

## 영조의 각별한 인삼 사랑

1776년 3월 3일, 영조 죽기 이틀 전이다. 갑자기 어지럼증이 심하다고 호소했다. 왕세손(정조)이 임금의 손발을 주무르고 있었고 도승지 서유린이 임금 옆에 "초지를 가져왔습니다."라고 말한다. 이때 모두들 "왕위를 세손에게 전한다."라는 전위 교서를 기다렸다. 그토록 양위 파동으로 신하들을 괴롭히고 아들 사도세자를 죽인 영조. 이제 마지막 양위 파동 연극을 끝내야 할 시점이었다. 그런데 그 마지막 무대에서 영조는 엉뚱한 말을 한다.

"다음(茶飮)이 왔는가?" 인삼차를 무척이나 좋아했던 영조는 죽기 전까지 인삼을 찾았다.

영조는 죽기 직전까지 왕위를 물려주지 않고 그저 차를 찾은 것이다. 죽기 직전 정조는 할아버지 영조에게 불신을 받고 있었다. 1775년 12월부터 할아버지를 대신해서 대리청정을 수행하던 정조는 영조의 불신의 벽을 뛰어넘기 위해 아버지 죽음. '사도세자의 모든 기록'을 불태우게 한다. 그래 가까스로 위기를 넘긴 정조, 하지만 의심 많은 영조는 죽기 불과 5일 전 이런 말을 한다.

"의심하면 맡기지 말라는 말이 있지만 요즘 너무 잦은 인사 교체로 신의를 잃어버렸다. 영의정은 그대로 두고 판부사 신회를 좌의정으로 삼고 지금의 좌의정을 우의정으로 삼아라!" 신회는 사도세자를 죽이는데 앞장 선 신만의 동생이다.

죽기 불과 5일 전 대리청정을 수행하던 세손의 인사가 마음에 들지 않는다고 참견한 영조다. 또 사람을 믿지 못하는 병이 도진 것이다. 만약 손자 정조의 대리청정이 6개월 만 더 지속되었어도, 아니 영조의 생명이 6개월 만 지속되었어도 정조의 왕위 계승은 어떻게 되었을지 아무도 모른다. 그만큼 1776년 3월 5일 죽은 영조는 죽기 직전까지 대궐을 긴장감으로 몰아넣었다. 영조는 죽기 직전까지 인삼차를 찾았고, 살아 생전에도 인삼차를 달고 살았다.

영조의 장수 비결은 규칙적인 생활 습관, 한 번도 식사 투정(단식 투쟁)을 하지 않았고 성정을 흐리는 방사(색욕)를 하지 않았다. 1765년 12월 29일, 며칠 동안 가벼운 감기 증상이 있던 영조는 그날 깨끗하게 나았다. 그런 임금을 보며 약방제조가 천안(天顔, 임금의 얼굴)을 바라보며 "모두 말하길 옥색이 화창하시어 그전보다 더 젊습니다. 수염과 머리카락이 조금도 쇠하지 않으셨으니, 이는 건공(建功)의 효과입니다." 하니, 임금이 말하기를, "내가 건강을 얻은 것은 인삼의 정기인데, 1년간 진어(進御)한 것이 몇 근 정도인가?" 하니, 의원들이 말하기를, "거의 20여 근입니다." 하였다. 임금은 인삼은 자신의 장수 비결이라고 덧붙였다.

## 영조는 건강을 위해 비기(秘記)도 읽었다

건강을 아주 각별히 챙겼던 영조, 그는 1733년 남원괘서 사건에서 역모 혐의자들이 주로 읽었다는 『남사고비기』라는 책에 '장생불사'란 부분을 깊이 숙독한 듯하다. 그 무렵 실록의 기록에서 그것을 찾을 수 있다. 1733년 8월 26일, 실록에는 원자의 보양관 임무를 수행하던 윤순과 영조가 '장생불사'라는 주제로 대화를 나누고 있었다. 이때 윤순은 "제가 과거 말씀드렸던 건강법을 실행하고 있습니까?" 하고 묻는다. 그러자 "그것 간단하면서 매일 실천하기가 어렵다."고 대답한다.

두 사람이 말한 건강법은 다름이 아닌 '웅경조신(熊經鳥伸)', 곰처럼 웅크리고 새처럼 편다는 뜻이며 평소 앉아서 하는 운동 자세를 말한 것이다. 곰이 나무를 휘어잡고 기운을 쓰는 것과 새가 목을 길게 빼고 먹으려 하는 것과 같은 자세를 취하라는 뜻이다 윤순은 이날 몇 가지 수련 방법을 더 알려준다. "청컨대, 얼굴을 문지르며 침을 삼키고 코를 문지르는 몇 가지를 오랫동안 실행하소서." 하였다. 그러자 영조는 "경이 말한 건강 비결은 『남사고비기』라는 책에도 있더라."

하니 윤순이 "그는 명종 시절 천문과 지리에 달통한 기인으로 알고 있습니다." 하였다.

그러자 도제조 서명균이 "남사고의 비기(秘記)가 세상에 전해지고 행해지자 세상 사람들이 말을 덧붙이고 부회(傅會)하여 와전(訛傳)된 것이 많습니다."라고 하자 윤순은 "지리산과 변산에는 송하(宋河)와 태진(太眞)의 무리들이 다 그들입니다. 전라도에는 이처럼 기이한 인물들과 요상한 중들이 민심을 현혹하고 있습니다."라고 덧붙였다.

영조는 자신의 건강을 꽤나 챙긴 인물이지만 겉으로는 오래 살고 싶지 않다는 것을 표현하기 위해 탕약을 자주 거부했다. 1752년 12월, "대조(영조)께서 탕약을 도로 내주면서 당(黨)을 하는 사람들을 갈아 마시겠다고 하교하셨으므로 신 등이 정신을 잃고 넋이 빠져 대명(待命)한 지 4일이나 되었습니다. 그런데도 아직까지 처분이 없으시니, 엄한 벌을 내려 주소서."라는 글이 발견된다. 영조는 이처럼 약을 먹지 않겠다고 투정을 부리던 사례[湯劑還給]가 유난히 많이 발견된다. 이광좌가 임금의 부름을 어기고 고향 앞으로 갔을 때도 탕제를 거부했다.

괘서들이 나붙으면 "임금 노릇이 겸연쩍으니, 무슨 마음으로 약을 먹겠느냐?"면서 약을 먹지 않았다. 늙으면 어린 아이가 된다는 말이 영조를 보면 확실히 알 수 있다. 일흔이 넘은 나이가 되자 그렇게 탕제를 거부하고 신하들이 사정해서 올리면 몇 모금 마시다 화가 난다며 그릇을 던져버렸다. 그러나 그러면 신하들은 영조에게 약을 먹이기 위해 세손(정조)을 데려온다. 그 손자의 손에 탕제를 올리면 차마 그것은 어찌하지 못하고 받아먹으며 "내가 세손에게 들린 약을 먹는 것은 세손이 나를 향하는 마음을 알기에 그렇다."고 신임했다.

영조는 종종 두통을 호소하곤 했다. 노론과 소론의 난타전을 참견하고 그들의 잘잘못을 지적하다 보면 머리가 깨질 듯이 아팠다. 대개 만성두통이 지나치면 우울증이 오고 그 뒤로 심해지면 정신 발작을 일으킨다고 한다. 영조의 만성 두통은 평생 고칠 수 없는 불치의 병이었다. 그러나 그때마다 영조는 세손을 불러 『소학』을 읽게 하곤 했다. 그리고 신하들에게 "내가 세손의 글 읽는 소리를 들으면 아픈 머리도 금방 개운하다."라고 좋아했다. 그런데 영조의 장수 비결이 신비한 약을 복용해서 그렇다는 이상한 기록이 있어 흥미를 끈다.

## 영조 금단을 복용하다?

흥미로운 것은 1774년 9월 13일 실록의 기록을 보면 홍봉한이 임금에게 금단(金丹)을 바쳤다는 내용이 있다. 영조 나이 딱 만으로 여든 살인 해, 9월 13일은 영조의 생일이다. 그러니까 팔순잔치 그날에 홍봉한은 금단이란 약을 생일 선물로 임금에게 바쳤다는 것이다. "신등은 금단을 만들어 전하의 영전에 헌수합니다.(臣等以此爲金丹, 將以獻壽矣)" 금단이란 무엇인가? 바로 수은이다. 수은 복용은 조선의 왕실에서는 굉장히 꺼리는 약이었다. 진시황이 수은을 복용하면서 장

▲ 창덕궁 불로문
이 문은 임금 이외에는 다닐 수 없는 문.
이 문 안으로 들어서면 창덕궁 후원, 임금의 휴식처
가 나온다.

◀ 금단이란 영생불멸의 수은을 즐겨 먹었던
당태종 이세민 화상

수를 하려고 했다가 오히려 그 수명을 단축시키고 정신 발작을 일으
켰다가 죽었다.

　사관의 기록이 정확하다면 홍봉한은 영조가 죽기 1년 6개월 전에
'금단'이란 약을 복용했다는데 놀라운 사실을 우린 확인한 것이다.
홍봉한은 의약 분야에 해박한 지식을 가진 인물이다. 그런 그가 위험
하고 조선에서는 상당히 꺼리는 금단을 임금에게 팔순 생일잔치에
선물했다고 한다. 영조는 그 뒤로도 계속 이 신비의 명약 금단을 복용
했을까?
　금단은 진시황제가 꾸준히 복용하여 불로장생을 꿈꾼 명약이며 비

약이다. 연금술사들이 인간의 영원한 욕망, 바로 '영생불멸'을 꿈꾸며 집착한 것도 바로 이 '금단'이란 약물이다. 중국의 당나라 황제들은 금단을 복용하다 갑자기 숨을 거둔 일이 많았다. 당나라 태종 이세민(599~649)부터 시작되었다. 그는 죽기 한 해 전 인도 지역을 정벌하고 포로 1만2천 명을 이끌고 귀국했다. 그때 포로 가운데 '나이가 200세'인 장생(長生)의 호승(胡僧)이 있었는데 그에게 비밀의 약을 짓게 하였다. 역사책 『구당서』에는 이런 글이 남아 있다. "태종이 호승의 장생약을 복용하고 광기를 일으켜 끝내 살아나지 못했다." 그런데 그 아들 고종 역시도 금단의 약을 가까이 하다 끝내 중독되어 죽었다고 기록되어 있다. 그런데 아들 고종의 후궁 자리를 차지한 측천무후는 다시 두 아들을 차례로 황제에 올려놓고 독재의 수렴청정을 휘둘렀고 결국 여왕의 자리까지 올랐다. 그런 그녀도 금단에 한때 매료되었던 여인이었다.

그러나 당나라에서 금단에 대한 병적인 집착을 보인 황제는 '연단황제'라 불리던 현종이 으뜸이다. 황제는 도교를 숭상하고 금단을 만들고 연구하는 관청까지 따로 두었다. 그리고 스스로 약을 처방하고 조제하는 전문적인 지식을 습득했다. 현종 이후에도 금단을 복용해서 중독사한 당나라 황제는 계속 나타났다. 결국 당나라 멸망은 위로는 불로장생을 꿈꾸었던 황제들의 광기어린 생활과 그런 분위기가 일반인들에게까지 전파되어 기인과 도인들이 넘쳐나고 그로 인해 퇴폐풍조가 만연하여 멸망의 길로 접어 든 것이다. 그래서 나타난 것이

송나라의 성리학인 것이다. 조선의 역대 임금은 그런 중국의 역사를 잘 알기 때문에 도교에 대해 엄히 단속했다. 영조가 금단을 복용한 것이 그날 이후 꾸준했는가? 궁금하지만 그 이후 실록에는 그런 기록이 전혀 없다.

# 두 개의 궤에 담긴 사연

사도세자가 뒤주에서 죽은 것은 아버지 출생의 비밀을 의심하고 그런 흉한 문서들을 보관한 때문이다. 그리고 영조는 83세 일기로 숨을 거둔다. 그는 자기 시신 옆에 태령전에 보관하고 있는 궤(櫃, 함)를 놓아 달라 손자에게 유언으로 남긴다.

1740년 가을, 그 무렵 대궐에서는 항간에 떠도는 소문, 즉 '숙종이 죽기 전 금등이라 할 만한 시를 남겼다'는 말이 전파되어 영조의 귀에 들어간 일이 있었다. 영조는 숙종의 금등에 대해 관심이 많았고 그 숙종의 시를 술만 먹으면 읊고 다닌다는 자가 김춘택의 동생 김복택이란 것을 알고 그를 조사하게 했다. 1740년 10월 25일, 영조는 좌의정 송인명과 우의정 조현명을 접견했다. 조현명이 임금에게 과거 임인년 옥사에서 김용택의 초사에 보면 숙종이 '금등을 남겼다는 말이 있어 은밀히 조사하던 중, 최근 김복택이 이 시를 세상에 전파한다는 보고를 받았다고 전했다. 임금은 즉시 김복택을 불러 조사를 했는데 그가 전하는 시 구절 가운데 의심스런 두 개의 글자, 하나는 위예(違豫, 경종은 미쳐 있었다)라는 낱말과 또 한 글자는 해석되지 않는 부침(復寢)이란 글 때문에 한 달 반 동안 정국을 시끄럽게 했다.

이 사건은 확대되어 김용택의 아들 김원재가 붙들려 왔다. 그는 시는 백망(영조의 집사)이 준 것이라고 하였고, 이때 영조는 그가 거짓 자백을 한다며 김복택까지 잡아와서 5일 동안 대궐에서 추국이 이루어졌다. 그런데 조사를 받던 김복택이 11월 5일 맞아 죽었다. 이때 영조는 숙종이 남겼다는 그 시가 위작이라며 불사르게 한다. 처음 숙종의 금등이라고 조사를 청한 조현명은 임금에게 고개를 숙이고 잘못을 빌었다. 영조는 조현명도 문책하지 않고 또한 김용택의 아들 김원재도 그냥 풀어주었다. 몇 차례 대간들이 조현명의 탄핵을 주장했지만 임금은 묵묵부답이었다.

그런데 사관은 김복택과 김원재 두 사람을 국문하는 과정에서 임금의 행동을 의심스럽게 지켜보고 있었다. '부침(復寢)'이란 단어에 영조는 예민하게 반응하고 있었다. 단어의 숨은 뜻을 영조는 출생의 비밀에 대한 어떤 단서로 추국하고 있었다. 1740년 11월 5일 실록의 기록이 그런 상황을 잘 말해 주고 있다. "부침이란 말에 대해서는 임금도 그 뜻을 알지 못하였으며, 흉언(凶言)인가 의심하여 여러 신하들에게 하문하니, 처음에는 모두 모르겠다고 했는데, 뒤에는 그 말이

『예기』에 나온 것이라고 말하는 사람도 있었다. 임금이 그제야 비로소 의심이 풀렸으나, 김복택은 이미 죽은 뒤였다."

사관은 '흉언인가 의심했다'는 말로 영조의 마음에 '김춘택의 아들'이란 은유적 표현을 찾으려고 한 것이다. 그리고 그날 몇 차례 형신(刑訊)이 반복되었다. 사관은 죽기 직전 김복택과 영조 사이 있었던 일을 집요하게 파고든다. "임금은 언문으로 두 글자를 써서 그에게 보였는데 김복택이 이상한 표정을 짓고 아무 말도 하지 않았다." 이런 기록이 실록에 등장하는데 영조가 쓴 언문 글자 하나에 '불'자가 들어 있는 것을 사관은 확인한 것이다.

필자는 이 '불'자가 무엇을 의미할까? 고민했다. 왜 사관은 두 개 글자 가운데 '불' 하나만 적어 실록을 읽는 독자들의 호기심을 자극하고 미궁에 빠뜨린 것일까? 그런데 전후 맥락을 따져 추측하면 사관이 영조가 언문으로 쓴 두 글자, 그것은 바로 '불위'였다는 것을 알 수 있다. 그건 바로 영조의 콤플렉스 출생의 비밀을 묻는 글자였을 것이다.

그 무렵 김복택을 놓고 영조는 종종 '불휘(不諱)'에 대한 진위를 물었다. 불휘란 1722년 영조가 포함된 노론 강경파들이 경종을 제거하기 위해 쓴 은어였다. 당시 사건 관련자들 대개가 죽은 뒤여서 영조는 자신이 수괴로 등록된 '임인옥안'을 놓고 그에게 묻고 있었다. 불휘, 한자로는 꺼리고 싫어한다는 뜻이다. 노론은 경종을 꺼리고 싫어했다. 그 의미로 당시 많이 쓴 것이고, 그 말은 결국 '경종 제거'의 은어로 표현한 글이다.

그런데 영조가 김복택에게 '불휘'라 하지 않고 언문으로 '불위'라는 말을 써 보였다는 것이다. 김복택도 임금이 묻는 진위를 몰라 처음에는 어리둥절하고 있다가 얼마 뒤 그 '불위'란 바로 진시황의 진짜 아버지 여불위를 뜻하는 말임을 알고 소스라치게 놀란 것이다. 여불위는 성이 여(呂) 씨이고 이름이 불위(不韋)로 진나라 승상(오늘날 총리)이란 벼슬에 있던 인물이다. 그가 진시황의 어머니와 바람을 피워 진시황을 낳았다는 것은 다 알려진 사실이다.

진시황의 어머니 조희는 원래 요염한 기녀였다. 그런데 진시황의 아버지 장양왕(莊襄王)이 그녀를 보고 반해 결혼을 했다. 그런데 진시황의 어머니 조희가 승상이었던 여불위와 바람을 피워 아들 영정을 얻었는데 그가 바로 진시황인 것이다. 김복택이 죽기 직전 임금은 언문으로 몰래 '불위'라는 글을 그에게 보였을 때 어리둥절한 표정을 짓다 이내 놀라 아무 말도 하지 못했다는 기록이 실록에 등장한다. 1740년 11월 5일, 김복택이 죽던 날 사관의 기록을 다시 살펴보자.

"처음 김복택을 추국할 적에 임금이 차마 분명히 말하지 못하고 다른 사람 몰래 언문 두 글자를 손수 써서 그에게 주고 물었는데, 이는 두 글자가 무슨 글자인지를 숨기기 위한 것이다. 처음 김복택이 말의 뜻이 무엇인지 몰라 어리둥절하다 이내 어떻게 답을 할 줄 몰라 쩔쩔맸다."

사관은 이 날 김복택을 추국하면서 사람들 몰래 영조가 쓴 언문 글자를 의심하고 있었다. 그리고 의혹을 보내고 있는 것이다. 느닷없이 왜 언문으로 그 글자를 쓴 것인가? 사관을 피해 죄인에게 글자를 보이려던 영조, 또한 그것을 악착같이 보려 했던 사관의 당시 모습들이 상상해도 재미있다. 사관은 숨기려던 영조의 행동 때문에 '불' 그 한 자만 본 것이다. 사관은 차마 필자처럼 상상까지 적지 못했다. 그러나 사관은 실록을 읽는 독자들의 상상력을 자극하기 위해 《영조실록》에 이 기록을 굳이 적어 놓았다. 사관 역시 영조 출생의 근본을 의심하고 있지 않았을까? 사관조차 이런 생각을 갖고 있었으니 당시 영조 출생의 근본을 의심하는 사람들은 하나둘이 아니었다는 것을 우리는 알 수 있다.

### 죽기 직전까지 자기 출생 의혹을 붙들고 있었다

영조는 1776년 3월 5일 숨을 거두었다. 선왕이 죽자 정조는 곧바로 경희궁 태령전(泰寧殿)에 가서 궤(櫃, 함) 하나를 가져 와 임금의 재궁(임금의 시신이 담긴 관) 옆에 두라는 명을 내린다. 정조는 이것은 평소 선왕이 내린 유교였다고 덧붙였다. 도승지와 총호사가 태령전에서 궤를 받들고 오니 그것을 받아 든 정조는 그 궤 안의 물건들을 보고 슬픔에 복받쳐 눈물을 흘렸다.

**경희궁 태령전**
영조의 정통성을 상징하는 공간이다.
영조는 집권 후반에 홀로 이곳을 찾아 조용히 혼자만의 시간을 갖곤 했다.
오늘날 이곳에 영조어진이 유리관 속에 전시되어 있는 것은 다 그런 이유
때문이다.

태령전 안에 전시된 영조 어진

　궤 속에는 영조의 어진이 있었고 또한 생모 숙빈 최씨의 한성부 여
경방 탄생을 알리는 호적단자(戶籍單子)가 소중히 간직되어 있었다.
또한 여러 문서 가운데 영조 여섯 살 때(1699년), 숙종이 친필로 '아들
금(昑)을 연잉군(延礽君)으로 봉한다'는 어찰도 들어 있었다.


　2002년 복원된 경희궁 태령전은 영조가 1744년 직접 지시해서 만
든 전각이다. 이 태령전은 영조의 정통성을 상징하는 건물로 볼 수 있
다. 이 전각이 완성되자 영조는 '상량문' 이름을 직접 내리고 자신의

**태령전 뒤에 있는 서암**
예전에 이곳에서 뜨거운 온천물이 나왔다고 한다. 실록 기록에는 세 개의 구멍에서 물이 흘렀다고 하며,
위치도 이곳보다 서북쪽일 것으로 추정되지만 아직 발견되지 않았다.

어진을 봉안하게 했다. 그리고 또 그 안에 궤를 보관하고 그 속에 숙종이 자신을 왕자로 인정한 어찰, 그리고 어머니 숙빈 최씨 한성부 여경방 탄생 호적단자를 비롯해 자신이 집권하던 동안 여러 중요한 정책들의 문서들을 보관하게 한 것이다.

1744년이면 집권 20년이 되는 해였으며, 4년 전 김복택 사건에서 볼 수 있듯이 여전히 세상 민심은 영조 출생의 의혹들이 가라앉지 않은 시점이었다. 그런 안팎의 정통성에 대한 의심을 차단하기 위해 자신의 상징 전각을 마련한 영조는 사랑하는 아들 사도세자도 죽이고 손자에 의지하면서 때론 힘들고 고단할 때 혼자 그곳에서 조용히 머물다 나오곤 했다. 그런 상징 건물이 태령전이고 그 안에 보관된 궤가 바로 자신을 상징한다고 생각한 영조는 죽은 뒤 그 궤를 자기 관 옆에 놓아 둘 것을 손자에게 미리 유언으로 남겨 둔 것이다. 그런 영조의 고단한 삶을 손자 정조도 알기에 그 궤를 열고 눈물이 솟구쳐 올랐던 것이다. 영조가 죽는 날 자신의 관 옆에 그 궤를 두게 한 것은 자신의 정통성을 상징하는 세 가지, 즉 영조의 어진과 숙종이 내린 왕자 확인서, 그리고 논란이 되었던 생모 숙빈 최씨의 탄생지를 증명하는 한성부 호적단자로 더 이상 자신을 의심하지 말라는 유훈을 드러낸 것이다.

정조가 흘린 눈물 속에는 할아버지 영조에 대한 안타까움과 또 다른 감정이 함께 섞여 복받쳤을 것이다. 그날 정조의 통곡에는 할아버지가 끝내 자기 목숨처럼 간직했던 이 세 가지의 유물들이 사도세자는 세 가지의 거짓말로 아버지 영조를 의심해서 결국 죽음을 당했고 그것이 겹쳐 생각났기 때문이다.

하지만 정조는 할아버지 손을 들어주지 않고 아버지 손을 들어주었다. '나는 사도세자의 아들이다' 이 한 마디는 할아버지를 정(正)으로 본 것이 아닌 아버지 사도세자를 올바르다고 본 것이다.